PARCE QUE C'EST NOUS

Traduction française: © 2025 Harper Bliss

Roman traduit de l'anglais par Audrey Smondack et Valentin Translation

Publié par Ladylit Publishing – First Page V.O.F., Belgique

Impression : Libri Plureos GmbH, Friedensallee 273,
22763 Hamburg (Allemagne)
Dépôt légal : Juin 2025

ISBN-13 9789464339550

D/2025/15201/04

Titre original: Still the One

© 2023 Harper Bliss

ISBN-13 original: 9789464339284

HARPER BLISS

Parce que c'est nous

CHAPITRE 1
MAC

La voilà. La femme qui m'a brisé le cœur en mille morceaux. Jamie Sullivan, propriétaire de la boulangerie Les mains dans le levain, cette incroyable coureuse de jupons.

J'ai eu des mois, voire des années, pour me préparer à ça, mais peut-être n'est-on jamais vraiment prête à vivre un truc pareil.

Je suis pantoise quand je vois à quel point le temps n'a pas eu d'effet sur elle. Ses cheveux ont toujours ce brun profond, ça ne peut plus être sa couleur naturelle à présent, et Jamie conserve la même frange, qui lui cache pratiquement les yeux.

Elle fonce vers moi.

— Waouh ! Gabrielle Mackenzie en chair et en os.

Elle me décoche un sourire radieux.

— Je te vois tout le temps à la télé, mais…

Elle fait une pause et me regarde brièvement dans les yeux avant de détourner le regard. Jamie secoue furtivement la tête et demande :

— Je peux te serrer dans mes bras ?

— Oui.

Je prends une grande inspiration.

Ça fait vingt ans. Il a fallu que je tourne la page, et pour cela, j'ai dû pardonner à Jamie ce qu'elle m'avait fait, me lacérer le cœur, mais je n'oublierai jamais. C'est impossible.

— Si tu veux.

J'ouvre les bras, pensant tout juste à une accolade qui nous garderait à une distance respectable, les bras noués avec une certaine de réserve. Néanmoins, Jamie a une autre idée en tête. C'est son genre.

Elle m'attire dans une étreinte. Je n'ai d'autre choix que d'enfouir le nez dans les cheveux magnifiquement doux que sont les siens. On dirait de la soie, et ils ont l'odeur d'un riche bouquet de fleurs.

— Sandra et son hétéronormativité tardive, hein ? me chuchote Jamie, sa bouche proche de mon oreille.

— Exact.

Nous nous séparons, et je n'ai pas le temps d'analyser mes sentiments, pas le temps d'évaluer s'il reste quelque chose de ce que je ressentais pour Jamie, car Sandra, la raison de notre venue, nous saute dessus.

— Bien, s'exclame cette dernière, qui pointe son doigt sur moi puis sur Jamie. Ça y est. C'est fait.

Elle plisse les yeux.

— J'ai assez de bon sens pour ne pas vous demander ce que ça vous fait. Aujourd'hui, c'est mon jour.

Elle agite les sourcils. Pauvre Sandra. Elle se trouve prise entre deux feux depuis le début. Pas étonnant qu'elle nous demande, exige, même, que nous passions l'éponge pour assister au mariage de ses rêves sur l'île de Maui. Nous y voilà.

— Oui, c'est ton jour, ma belle.

Jamie frotte l'épaule de Sandra. Elle est toujours aussi tactile.

— Où veux-tu qu'on s'installe ? Est-ce qu'on peut t'aider à faire quoi que ce soit ?

On ? Waouh ! C'était rapide. Elle est toujours aussi directive qu'à l'époque en tout cas, ou comme Jamie avait coutume de dire, elle prend en main les choses.

— Cet homme charmant là-bas…

Sandra désigne l'organisateur du mariage que j'ai rencontré à mon arrivée plus tôt dans la journée.

— … va tout vous expliquer. Ce n'est que la cérémonie de répétition, alors si vous voulez vous entraîner à vous asseoir l'une à côté de l'autre, on peut faire ça.

Elle me décoche un clin d'œil.

— Il n'y a pas de places assignées ? s'étonne Jamie.

— Asseyez-vous simplement de mon côté, répond Sandra. Et soyez aimable l'une envers l'autre. C'est tout ce que je demande.

Un large sourire se dessine sur ses lèvres.

— Merci à toutes les deux d'être là. Ça me touche que vous ayez mis de côté vos… différends pour moi.

J'aurais peut-être dû le faire il y a longtemps, pour les nombreuses soirées organisées par Sandra que j'ai manquées parce que je craignais que Jamie y soit. Seulement, la vie réserve beaucoup d'imprévus, et je n'ai qu'à jeter un coup d'œil à la femme qui se tient à côté de moi pour m'en souvenir. Et puis, j'étais obligée d'assister au mariage de Sandra.

— Le meilleur des prétextes pour aller à Hawaï, s'exclame Jamie avec sa façon bien à elle de s'exprimer.

Sa remarque pourrait paraître odieuse, car nous ne sommes pas là pour passer des vacances dans une destination exotique, mais pour notre amie. Or, pour une raison qui m'a toujours échappé, ça n'est pas le cas. Jamie s'en tire toujours à bon compte.

— C'est un honneur d'être ici, poursuit Jamie, mais je ne vais pas te mentir, San, ça m'étonne que tu te mettes la corde au cou. C'est drôle, la vie.

— Le cœur a ses raisons que la raison ignore, se contente de répondre Sandra avant que l'organisateur du mariage nous l'enlève.

— Alors ? me fait Jamie tout en penchant la tête. Tu veux t'asseoir avec moi ?

— Pourquoi pas ?

Étonnamment, je souris avec sincérité. Au lieu de m'énerver à l'idée de revoir mon ex-fiancée, je suis peut-être simplement heureuse de passer un peu de temps avec ma meilleure amie d'autrefois. Ce doit être ça.

— Viens.

Jamie m'entraîne vers l'endroit où nous sommes censées nous asseoir. Cela me donne l'occasion de bien l'observer de derrière. Elle est vêtue d'un tailleur rose pastel et ce pantalon lui fait de belles fesses.

Nous trouvons une place dans la rangée du milieu. Il n'y en a que trois, car il ne s'agit pas d'un grand mariage. Seuls la famille proche des mariés et un petit nombre d'amis sont invités.

— J'hallucine ! s'écrie une voix de crécelle, qui vient de derrière nous. Il va pleuvoir ! Qu'est-ce que ce sera ensuite ? Des poules auront des dents ?

Jamie et moi nous retournons. Alan nous regarde fixement. C'est l'un des amis que j'ai perdus de vue après la rupture, quelqu'un qui, avec le temps, s'est rapproché de Jamie. Je ne lui en veux pas. Je pars souvent à l'étranger et, quand je suis à New York, mon travail me prend généralement tout mon temps.

— Salut, mon chéri !

Nous nous levons toutes les deux et Jamie dépose des baisers aériens sur ses joues.

— Bon Dieu, Mac ! J'en ai le souffle coupé !

Alan me tend les mains. Instinctivement, je lui donne les miennes.

— Pfiou ! Tu es encore plus sexy qu'à la télé. Canon, ma chérie. Mince alors, c'est si bon de te voir. Viens par ici.

Il m'attire dans ses bras, et les baisers enthousiastes qu'il plaque sur mes joues n'ont rien d'aérien.

— Ça me fait vraiment plaisir de te voir, Alan.

Le groupe d'amis très soudé dont Jamie et moi faisions partie s'est brusquement désagrégé après qu'elle m'a quittée. Finalement, Sandra est la seule avec qui j'ai gardé étroitement contact.

— Toi aussi, tu es beau comme tout, Alan.

Je promène le regard sur mon vieil ami. L'homme avec lequel je passais tout mon temps n'a pas changé, si ce n'est que sa ligne capillaire a reculé et que ses traits sont burinés. Autrefois, je connaissais tous les détails de la vie d'Alan, et voilà où nous en sommes aujourd'hui. Nous ne sommes pas tout à fait des étrangers, mais plus des amis.

— Chéri, viens, crie Alan à un homme qui se trouve à quelques mètres de nous, de dos.

Ce dernier se retourne et nous rejoint.

— Je te présente ma moitié. Voici Charles.

Alan remue les doigts pour attirer l'attention sur la bague qu'il porte à l'annulaire.

— Mon mari.

Son visage s'illumine lorsqu'il prononce ce mot.

Encore un mariage auquel on ne m'a pas invitée. Je me demande combien il y en a eu. Suis-je la seule célibataire ici ? Jamie n'est peut-être pas venue accompagnée, mais je doute qu'une fille comme elle soit célibataire, à moins que ce soit son choix. D'ailleurs, à bien y réfléchir, on dit la même chose de moi, comme si le fait de passer à la télé faisait automatiquement de moi une personne de choix pour les relations amoureuses. Or, il y a une multitude de raisons de rester célibataire. Je devrais le savoir, donc je ne devrais pas lui jeter la pierre.

Charles est fringant, bien élevé et extrêmement courtois. Je me demande comment il a pu se retrouver avec un type comme Alan, qui est grande-gueule, sulfureux et qui dit tout ce qui lui passe par la tête, quelle que soit la personne avec laquelle il se trouve.

— On peut s'asseoir à côté de toi, Mac ? me demande Charles à ma grande surprise.

Mac est le surnom que me donnent mes amis, et je viens à peine de le rencontrer. Alan m'appelle peut-être comme ça quand il me voit à la télé.

— Je suis un grand fan de…

— Chéri, laisse-leur de l'intimité, le reprend Alan, qui s'est penché vers Charles et a tenté, vainement, de chuchoter à son oreille.

La discrétion, ça n'a jamais été fort.

— C'est bon, tiens-je à les rassurer. On n'a pas besoin d'intimité.

Pourquoi nous en faudrait-il ? Nous ne sommes pas ici pour des retrouvailles, nous sommes ici pour le mariage de notre amie.

— On ne sait jamais.

Je rêve ou Alan vient de me faire un clin d'œil ?

— On se verra au dîner de répétition. On est assis à la même table.

Il entraîne Charles, mais ils ne pourront pas s'asseoir bien loin de nous.

— Ne fais pas attention à lui, me dit Jamie. Tu sais bien qu'il a toujours des idées saugrenues.

— Comme quoi ?

Jamie et moi nous rasseyons, et je regarde attentivement son visage. Elle a vieilli, bien sûr, mais le temps a été plus clément avec elle qu'avec Alan. Elle est toujours aussi éblouissante que lorsque je l'ai rencontrée pour la première fois. Plus belle, encore. Ces rides autour des yeux promettent une sagesse que personne n'a à vingt ans, ni à trente d'ailleurs, quand on joue avec les sentiments de ceux qu'on est censé aimer le plus au monde.

— Disons qu'il m'a fait tout un plat de ta venue.

— Pourquoi ça ?

Jamie esquisse un sourire.

— Allons, Mac. Tu sais pourquoi.

— Parce qu'on ne s'est pas vues depuis vingt ans.

— Oui, même si ce n'est pas vrai, en théorie. On s'est vues…

— Alan s'attend à une scène ou un truc dans ce goût-là ? je la coupe sciemment.

Je ne tiens pas à me remémorer ces quelques fois atroces où je l'ai croisée par hasard ou lorsque j'arrivais quelque part sans me douter qu'elle y serait, me retrouvant face à elle sans que j'y sois préparée.

— Parce que l'eau a coulé sous les ponts.

— C'est exactement ce que je lui ai dit.

— Charles a l'air charmant.

— Une perle.

— Depuis combien de temps sont-ils mariés ?

— Ça va bientôt faire sept ans.

Une lueur se met à briller dans les yeux de Jamie. Je me souviens très bien de cet éclat soudain. C'était un des trucs qui la rendait irrésistible, qui me faisait retomber amoureuse d'elle.

— Devine qui a célébré leurs noces ?

Vu la façon dont elle me regarde, il ne peut y avoir qu'une seule réponse.

— Toi ?

— J'ai été ordonnée prêtresse dudéiste. C'est le truc le plus hilarant que tu as jamais entendu, non ? Moi ? Officiant pour l'Église dudéiste.

En tout cas, Jamie trouve ça tordant.

— Pour marier deux mecs.

Ça l'est. Le rire de Jamie est contagieux, il l'a toujours été. Ça me fait un peu bizarre d'être assise ici à côté d'elle, après toutes ces années, mais malgré tout ce qui s'est passé, il y a quelque chose de réconfortant là-dedans, d'étrangement apaisant. Pendant dix ans, j'ai eu le privilège de connaître Jamie Sullivan de la manière la plus intime qui soit. Avec le recul, le fait que ces années furent les plus belles de ma vie en dit long sur moi.

— C'est du Jamie tout craché, dis-je, lorsque nos rires se tarissent.

— Dis, j'étais stressée à l'idée de te revoir.

Son visage est devenu très sérieux.

— Quand tu as commencé à passer à la télé, j'ai dû l'éteindre. Pourtant, tu sais à quel point j'aime regarder le sport.

Elle pouffe doucement, comme si elle se moquait d'elle-même.

— Mais je suis contente que tu sois venue. Que tu sois là.

— Je suis là pour Sandra.

— Oui, comme nous tous.

Les sièges autour de nous se remplissent tout à coup, comme si l'organisateur du mariage venait d'appuyer sur un interrupteur. On nous fait taire pour que la répétition puisse commencer, et ma première véritable conversation avec Jamie en vingt longues années s'arrête abruptement.

CHAPITRE 2
JAMIE

— À l'Amérique.

Alan lève sa coupe de champagne.

— Ce beau pays où les gens ont tellement la tête dans le cul qu'ils ressentent le besoin de s'entraîner pour le plus beau jour de leur vie.

Il lève les yeux au ciel.

— Personne ne fait ça ailleurs dans le monde, vous le saviez ?

Il adresse un clin d'œil à son mari.

— Charles et moi, on n'est pas du tout américains à cet égard. On a sauté la répétition et s'est directement mariés.

— Tu es très terre-à-terre, chéri, je lance.

Le fait d'assister à ce mariage et de me retrouver ici avec Mac me ramène à l'époque où elle et moi préparions nos propres noces, il y a de cela des lustres, avant que le mariage entre personnes du même sexe ne soit légal. Nous avions tout prévu, planifié méticuleusement toutes les étapes. Jusqu'à ce que Cherry arrive.

— Le dîner de répétition, c'est l'occasion pour les deux

familles de se réunir, explique Mac, de sa voix suave de présentatrice télé.

Elle donne l'impression de posséder toute la sagesse du monde.

— Notre pays est si grand qu'on a tendance à se marier davantage en dehors de notre cercle immédiat, contrairement à d'autres endroits dans le monde.

— Je n'avais jamais vu les choses sous cet angle, commente Charles, qui regarde Mac comme le ferait un fan.

Qui peut le lui reprocher ? Mac est une femme époustouflante. Elle a gardé ce corps mince et athlétique de la joueuse de football qu'elle était. Ses cheveux de satin blonds lui arrivent tout juste aux épaules. Ses yeux d'un bleu éclatant se démarquent du reste. Son teint est radieux. Quant à ce petit chemisier sans manches, il met en valeur une solide musculature.

Autrefois, nous faisions des compétitions de bras de fer : la boulangère contre l'ancienne athlète. La force de la pâte à pétrir contre la force des haltères. Mac gagnait toujours. Perdre, ce n'est pas son truc.

— Salut, les copines ! Sandra s'accroupit à côté de notre table de quatre. Tout va bien ?

Elle me regarde, puis elle regarde Mac.

— Tout baigne dans l'huile, réplique Alan.

— Mac, je suis vraiment désolée, mais mon beau-père meurt d'envie de te rencontrer. Pourrais-tu, s'il te plaît, aller le saluer rapidement pour qu'il passe à autre chose ?

— Bien sûr.

Mac ne semble pas perturbée. Elle est devenue célèbre grâce à la télé après notre rupture. Lorsque nous étions ensemble, elle travaillait encore dans les coulisses. Je la regarde se lever et suivre Sandra jusqu'à la table d'honneur.

— Comment tu te sens ? me demande Alan, lorsque Mac n'est plus à portée de voix.

Avant que je puisse répondre, il poursuit :

— Qu'est-ce que ça te fait de la revoir ?

Je soupire.

— C'est déstabilisant. Elle est si…

— Classe ? Élégante ? Charmante ? Sexy ?

On ne l'arrête plus.

— Absolument magnifique et simple, ajoute Charles.

— Waouh.

Je hausse les sourcils.

— Vous craquez tous les deux pour Mac maintenant ?

— Elle est célibataire, d'après toi ?

Alan n'a même pas pris la peine de répondre à ma question.

— Autant que toi.

— Je la suis sur Instagram, explique Charles, et elle ne parle jamais de compagne ni rien de ce genre, même si ça ne veut pas forcément dire quelque chose.

— Sandra le sait sûrement, avance Alan. Elles doivent être encore proches pour que Mac vienne jusqu'à Maui pour célébrer son mariage.

Il se tapote le menton, comme si nous ne savions pas depuis des mois que Mac serait là. Pendant longtemps, c'est resté une simple éventualité. Ce jour est arrivé, et nous voilà à sa table. Mac est redevenue tout à coup bien réelle, pour nous, pour moi, et j'ai beau tourner la chose dans tous les sens, c'est un choc pour mon organisme.

— T'en fais pas, *James*, me réconforte Alan, usant de ce petit surnom qu'il m'a donné. Je suis sur le coup ! D'ici la fin de la soirée, je saurai tout ce qu'il y a à savoir sur la vie privée de Mac.

Il soupire.

— Pour ma part, je suis vraiment content de la revoir. Ça faisait bien un bail.

— Qu'est-ce que vous voulez savoir ?

Mac pose ses mains sur les épaules d'Alan et nous sourit.

Nous étions tellement plongés dans notre discussion que nous ne faisions plus attention à elle.

— On se pose des questions sur toi.

Alan se fiche bien que Mac l'ait entendu. C'est dans sa nature d'être indiscret et Mac s'en souvient sûrement.

— C'est normal, ajoute-t-il.

Mac serre les épaules d'Alan et reprend sa place.

— Dans ce cas, ce sera réponse du berger à la bergère.

Alan fait une grimace horrifiée.

— J'aime autant qu'il n'y ait pas de bergère dans l'histoire.

Mac secoue la tête, puis se tourne vers moi, l'air de dire : « Non, mais tu l'entends ? »

Je ne peux que répondre par un haussement d'épaules. Alan est l'un de mes meilleurs amis depuis toujours. Mac, elle, doit peut-être se réhabituer à lui.

— Mais si tu veux, poursuit-il.

Bien que j'apprécie la compagnie d'Alan et la légèreté qu'elle apporte, j'aimerais poser quelques questions à Mac en privé.

— Demande-nous ce que tu veux, Mac.

Au lieu d'interroger Alan, Mac se tourne vers moi. Pendant une fraction de seconde, je crains qu'elle ne me demande ce que ça a donné avec Cherry, ici même, devant mes amis. Heureusement, ce n'est pas son genre.

— Tu es célibataire ?

— Boum !

Alan imite une explosion avec les doigts.

— Oui, dis-je en toute sincérité. Et toi ?

La question me vient naturellement.

Mac hoche la tête.

— Je crois qu'on n'aura pas à répondre à beaucoup de questions, chéri, dit Alan à Charles. On n'a qu'à s'installer confortablement et profiter du spectacle.

Il croise les bras, un peu vexé de ne pas être le centre d'attention, et se renverse sur sa chaise.

Je meurs d'envie d'en savoir plus, d'interroger Mac sur sa vie sentimentale après moi. Sandra a refusé d'en parler avec moi, prétendant que je devais trouver une façon adéquate de présenter mes excuses à Mac pour que nous puissions redevenir amies et qu'elle me réponde elle-même, si je voulais l'interroger sur sa vie. Cependant, Mac m'avait clairement fait comprendre qu'elle ne voulait plus rien avoir à faire avec moi, et je ne l'avais pas volé.

— Tu dois avoir beaucoup d'admirateurs, intervient Charles, qui semble déconcerté par l'aveu de Mac.

Elle se contente de secouer la tête. Elle n'a jamais vraiment compris à quel point elle était belle, même si le fait de passer à la télévision doit lui valoir de nombreux compliments sur son physique.

— C'est vrai qu'il y existe un Tinder spécial pour les stars ?

Alan a beau faire, il n'arrive pas à se taire plus de quelques minutes.

À ma grande surprise, Mac acquiesce. Je ne suis pas étonnée d'entendre qu'une telle application de rencontre existe, mais que Mac l'utilise m'en bouche un coin. Une preuve de plus que je ne sais plus rien d'elle, plus rien de la femme avec laquelle j'allais me marier et fonder une famille.

— Ah ! roucoule Alan. Tu l'as utilisée ?

Mac hoche lentement la tête.

— Oui, mais... navré, chéri, je n'ai pas l'intention de dévoiler quoi que ce soit.

Alan se serre la poitrine des deux mains.

— Même pas un tout petit peu ?

— Je suis toujours célibataire. Donc, très clairement, ça n'a pas été une réussite.

Mac braque son regard sur Alan.

— Mais devine qui rend régulièrement visite à Isabel Adler ?

Elle affiche un sourire triomphant, montrant une facette d'elle qui est nouvelle ou dont je ne me souviens pas.

Alan est bouche bée.

— Non ! crie-t-il comme si notre table venait de prendre feu.

Les autres convives interrompent leurs conversations pour nous dévisager.

— On peut blaguer sur n'importe qui dans le monde entier, mais pas sur Isabel Adler. Cette femme est une déesse, et nous ne sommes que de simples mortels qui se prosternent à ses pieds.

Mac éclate de rire et moi aussi. Dans la vie, il y a l'effet théâtral, et puis il y a *ça*. Je ne peux toutefois pas m'empêcher de la regarder avec curiosité.

— Je suis très amie avec Leila, sa compagne, explique Mac.

Alan me regarde avec un air dévasté, comme s'il était resté ami avec la mauvaise personne après que Mac et moi ayons rompu.

— C'est mon ex, en fait, poursuit Mac.

— La compagne d'Isabel Adler est ton ex !

Alan porte le dos de sa main au front, comme s'il allait s'évanouir.

— Je vois bien le tableau, murmure Charles avec un petit hochement de tête.

Vraiment ? Moi, je n'ai jamais pu imaginer Mac avec une fille que moi. En réalité, ma plus grande crainte a toujours été de la croiser au bras d'une femme magnifique, même si cela fait de moi une hypocrite, car c'est moi qui suis à jamais responsable de notre rupture. Certes, ma culpabilité serait grandement atténuée si Mac était heureuse en ménage, entourée de la ribambelle d'enfants qu'elle a toujours voulu avoir, mais tout de même. En revanche, elle a dû avoir sa part de maîtresses, de femmes qui l'adulaient et qui ne lui ont pas brisé le cœur comme je l'ai fait.

Je reviens à la conversation au moment pile où Alan demande :

— Pardonne mon indiscrétion, chérie…

Il regarde Mac droit dans les yeux, et son ton est ferme et solennel, comme s'il était en train de recueillir les aveux de Mac et qu'elle n'avait pas d'autre choix que de lui répondre. Sa spécialité, c'est de soutirer les secrets à son prochain.

— … mais pourquoi ça n'a pas marché entre Leila Zadeh et toi ?

Mac pouffe. Ou est-ce un gloussement ?

— Disons que j'ai du mal à faire confiance aux autres depuis quelques années.

Même Alan se tait pendant quelques instants. Heureusement, pas trop longtemps.

— C'est que ça ne devait pas se faire, observe-t-il d'un air songeur. Parce que Leila était destinée à être avec Isabel.

— Pourquoi es-tu célibataire ?

Mac me prend complètement par surprise avec sa question.

— Hmm…

Je la regarde dans les yeux. Même si ce qu'elle vient de dire était une pique évidente, et méritée, son visage est bienveillant et engageant.

— Je n'ai pas toujours été célibataire, dis-je à brûle-pourpoint. Je suis plutôt une monogame en série.

— Sans aucun doute, glisse-t-elle. Exception faite de la monogamie.

— Et vlan ! intervient Alan.

J'en suis heureuse, car je ne sais pas quoi répondre à ça.

— Bien envoyé, Mac, ma chérie, mais l'eau a coulé sous les ponts, non ?

Il hausse les sourcils.

— Des hectolitres en vingt ans.

— Oui, concède Mac tout en hochant la tête. Pardon.

Elle pose brièvement sa main sur mon épaule, ce qui me surprend à nouveau.

— Je n'aurais pas dû dire ça. Alan a raison. L'eau a coulé sous les ponts.

— Tu n'as pas à t'excuser, Mac.

J'espère que le sourire que je lui adresse cache ma culpabilité. J'ai dû lâcher prise pour aller de l'avant, mais je n'ai jamais eu l'occasion de présenter correctement mes excuses à Mac. À l'époque, elle n'en voulait pas. À quoi lui auraient servi quelques mots futiles, de toute façon ? Puis la vie nous a éloignées au fil des années, et voilà où nous en sommes, deux décennies plus tard.

— Jamais auprès de moi.

CHAPITRE 3
MAC

Le lendemain matin, alors que je me rends au restaurant de l'hôtel pour le petit-déjeuner, Charles m'accoste.

— Tu peux t'asseoir avec nous, mais je dois t'avertir. Alan est excité comme une puce parce que tu connais Isabel Adler. Il devient *maboul*.

Il pousse un gros soupir.

— Il a oublié toutes ses bonnes manières, et il en avait déjà bien peu.

Charles sourit d'un air penaud.

Je regarde la table où Alan est assis. Il me fait un signe de la main. Pas de Jamie à l'horizon.

— Je devrais réussir à supporter ton mari, dis-je.

— Quand il est question d'Isabel Adler, il est tout feu tout flamme. Ça a quelque chose d'attachant.

Charles n'a pas l'air tout à fait convaincu.

— Inutile de te demander quelle était la chanson d'ouverture de bal de votre mariage, je plaisante, exalté à l'idée qu'Alan apprenne quelle sera la chanson sur laquelle Sandra et Tyrone danseront pour la première fois.

Alan se lève pour m'accueillir et me serre fort dans ses bras.

— J'ai à peine fermé l'œil de la nuit à cause du degré d'affinité qui me sépare d'Isabel. Un tout petit degré.

Il lève le doigt.

— Un, c'est pas zéro. Il y a tellement de possibilités.

— Voilà ce que j'entendais par maboul, commente Charles. Il est en train de perdre la tête.

— Je vois.

Je tends les mains et Alan les prend.

— Qu'est-ce que je peux faire pour soulager ton esprit ? Je ne voudrais pas que tu sois gaga à cause d'Izzy tout le week-end. C'est déjà assez incroyable que je sois ici avec Jamie. J'ai besoin de toi pour apaiser les tensions entre elle et moi.

— Les tensions ?

Alan penche la tête.

— Quelles tensions ?

Il lui reste un semblant de raison pour pouvoir plaisanter encore un peu.

Il me serre les mains.

— Peux-tu m'avoir une chambre avec Isabel Adler ?

— Chéri, grommelle Charles. Tu en demandes trop. Et puis, tu n'assurerais pas une cacahuète.

— Oh, que si ! Je me montrerais à la hauteur de l'occasion, vous n'avez pas idée.

Il tourne à nouveau son regard vers moi.

— Tu la connais bien ? Vous vous croisez quelques fois par an ou elle et toi vous voyez régulièrement ?

— Je suis plus amie avec Leila. Mais, oui, Izzy et moi, on se voit de temps en temps.

Je note d'appeler Leila après le petit-déjeuner. Elle voudra savoir comment se sont passées mes retrouvailles avec Jamie. À bien y réfléchir, je ne lui en parlerai peut-être pas.

— Mon cerveau a encore du mal à analyser ce qui se passe, soupire Alan.

— Heureusement que tu te retrouves coincé dans ce

complexe hôtelier avec deux lesbiennes, alors, fais-je pour plaisanter. On suranalyse tout, c'est notre dada.

— Je n'en suis pas si sûr, chérie, rétorque-t-il, redevant brièvement lui-même. Hier soir, j'ai eu l'impression que Jamie et toi, vous aviez encore du pain sur la planche.

Il a raison et à la fois tort. Même si Jamie et moi devrions avoir une conversation, nous pouvons tout aussi bien choisir de ne pas le faire, nos vies n'en seront pas changées et, pour ma part, je n'ai plus de chapitre à clore. Il arrive que des paroles nous échappent. Or, n'est-ce pas toujours ainsi ? Ce qu'elle a fait est ancré en moi, et j'ai fait la paix avec ça.

— Revenons à nos moutons, dis-je, mon regard dans le sien.

— Je sais de quoi ça a l'air et, pour ta gouverne, c'est tout à fait le cas : je suis le plus grand fan d'Isabel Adler que tu aies jamais connu. Je te le jure, Mac, je donnerais n'importe quoi pour la rencontrer.

— Je vais voir ce que je peux faire.

Je ne peux pas faire de véritables promesses à cet homme que je ne vois plus depuis des années.

— Merci infiniment. C'est tout ce que je te demande. Tu pourrais peut-être nous inviter à dîner, maintenant qu'on s'est retrouvés ? Je ferai la cuisine. Ce serait un honneur pour moi de cuisiner pour Leila, Isabel et toi.

— C'est un excellent cuisinier, souffle Charles.

— On pourrait même inviter Jamie, lance Alan, comme si l'affaire était déjà réglée. Qu'en dis-tu ?

— N'exagère pas, quand même.

Je retire mes mains des miennes.

— Jamie, c'est… le passé. Je ne cherche pas à être amie avec elle ou autre.

— Alors que dis-tu de deux gays formidables, à la fois anciens et nouveaux amis ? insiste Alan tout en battant des cils.

— Attendons de voir comment se passe le reste du week-end, je tempère, plaisantant à moitié, bien qu'il soit agréable de voir Alan et de rencontrer son mari.

Ils sont tous deux d'excellente compagnie. Izzy et Leila seront peut-être de mon avis.

— Plus sérieusement, Mac…

Charles verse de l'eau dans mon verre.

— … comment tu te sens ?

— Je ne sais pas. Ça me chamboule un peu.

Je bois une gorgée de mon verre.

— Je ne vais pas vous mentir. Ça me fait bizarre de revoir Jamie, la femme que j'ai délibérément évitée pendant si long-temps. Elle a joué un rôle important dans ma vie.

En dehors du travail, Jamie était toute ma vie. Pendant une décennie, nous ne nous sommes pas quittées d'une semelle, nous réjouissant de la compagnie de l'autre et rêvant d'un grand avenir commun. J'aimais tellement Jamie, elle faisait partie de moi et, quand on vous arrache brusquement une part de vous, il faut beaucoup de temps pour guérir.

— Je l'ai aimée comme une folle et je ne peux pas faire comme s'il ne s'était rien passé.

Je promène le regard dans la pièce.

— Où est-elle, d'ailleurs ?

— Elle doit en profiter pour faire la grasse matinée, invoque Alan. Elle se lève toujours aux aurores quand elle travaille.

Je hoche la tête et reviens vingt-cinq ans en arrière, lorsque la sonnerie stridente du réveil de Jamie retentissait à une heure indue, lors de son apprentissage chez Un amour de levain, la boulangerie la plus célèbre de Brooklyn, où elle semblait toujours être du matin.

— Ce n'est pas elle, la grande patronne, maintenant ? je demande. Ça ne va pas de pair avec de meilleurs horaires ?

J'attrape un morceau de pain dans la corbeille posée sur la table. Lorsque nous vivions ensemble, Jamie avait toujours une miche de pain en route, un levain à entretenir, des petits pains à mettre au four. Je n'ai jamais rencontré quelqu'un qui puisse parler avec autant de lyrisme de la mie d'un pain.

— On pourrait le penser, se contente de répondre Alan.

— Elle et toi, vous vous entendez toujours comme deux larrons en foire ? je lui demande, les yeux dans les yeux.

J'ai beau ne plus en vouloir à Alan d'avoir préféré Jamie à moi, il n'en reste pas moins qu'il m'a manqué.

— Oh, oui !

Il fait une moue que je connais bien.

— J'ai vraiment essayé de rester en contact avec toi, Mac, mais… avec le temps, ça ne s'est pas fait.

— Il s'en est beaucoup voulu à l'approche de ce mariage.

Charles tapote affectueusement l'épaule de son mari.

— Ce n'est rien, dis-je.

J'étais tellement en colère, et ce pendant longtemps, que j'ai fait de moi quelqu'un de pratiquement inaccessible en me plongeant dans le travail. Ma carrière a décollé, ma vie privée un peu moins.

— Comme tu l'as dit hier soir, de l'eau a coulé sous les ponts, même si le fait de revoir Jamie, c'est très…

Je pousse un soupir. Mon regard se porte sur la porte du restaurant et, comme si je l'avais fait apparaître en prononçant son nom, Jamie est là. Ses cheveux sont en bataille, et elle est à peine vêtue, un long vêtement ample lui pendant des épaules.

Alan et Charles se retournent pour suivre mon regard. Charles se lève et, invite Jamie à nous rejoindre.

— On dirait que tu as passé une sale nuit, lui lance Alan tout en lui adressant un sourire chaleureux.

— Ça doit être le décalage horaire.

Jamie me considère brièvement, avant de détourner rapidement les yeux, comme si elle ne pouvait pas me regarder à la lumière du matin.

— Je n'ai pas réussi à m'endormir avant le petit matin.

— Alors le décalage horaire doit avoir un effet inverse sur toi.

Alan la jauge du regard.

— Tu sais que j'ai des horaires bizarres, se défend-elle.

— Tiens, bois un café.

Charles passe un bras autour de ses épaules et la serre dans ses bras. C'est un homme si gentil.

— Merci, chéri.

Jamie embrasse Charles pendant qu'il lui sert une tasse de café, puis elle me regarde enfin vraiment.

— Il se trouve que ça me turlupine plus que je ne l'aurais pensé de te revoir.

Que suis-je censée répondre à une telle remarque ? Que je suis désolée ? Je ne crois pas, car je ne le suis pas. Je n'ai rien fait de mal.

— Pareil.

Je jette un coup d'œil au visage épuisé de Jamie. Elle a l'air fragilisée. Secouée.

— On peut se parler aujourd'hui, avant que ça commence ? me demande-t-elle. Avoir une vraie conversation ?

J'imagine qu'il faut en passer par là, même si je ne suis pas venue ici pour rouvrir de vieilles blessures, triturer des cicatrices qui ont mis une éternité à se former. Je ne le savais peut-être pas à l'époque, mais Jamie a fait pire que me briser le cœur, elle m'a aussi dépouillée de mon plus grand rêve.

— Si tu veux.

— Après le petit-déjeuner ?

Elle esquisse un petit sourire.

— Dès que je serais réveillée ?

— D'accord.

Pourquoi ai-je de la peine pour elle, la seule émotion que je me suis juré de ne plus jamais associer à elle ?

— Merci.

Ses yeux marron s'attardent un instant sur les miens, avant

qu'elle ne prenne une tranche de pain et ne l'examine sous toutes ses coutures.

— Ça m'a l'air correct.

Elle presse la croûte entre son pouce et son index.

— Hmm, fait-elle encore, avant d'en arracher un morceau et de le porter à la bouche.

Elle mâche lentement, comme si elle goûtait le plus délicat des produits, c'est le cas pour elle. Et, sans vraiment y croire, lorsque je la regarde, lorsque je vois Jamie Sullivan dans toute sa gloire, les traits tirés et sans fard, lorsque je vois la femme qu'elle est devenue, mon pauvre cœur s'emballe.

CHAPITRE 4
JAMIE

— Merci d'être venue.

Je fais entrer Mac dans ma chambre. Elle est habillée comme si elle sortait de la salle de sport, même si sa peau est éclatante et sans une trace de sueur.

— Tu veux boire quelque chose ?

— Juste un peu d'eau. La journée va être longue, et j'ai envie d'aller me baigner après ça.

Son ton est désinvolte, comme si le fait d'avoir cette discussion que nous aurions dû avoir depuis longtemps n'était qu'une tâche à cocher sur sa liste.

Je prends deux bouteilles d'eau dans le minibar et l'entraîne vers le balcon qui donne sur l'océan. L'eau est si bleue qu'elle semble se fondre dans le ciel.

— C'est magnifique ici, n'est-ce pas ?

Mac s'appuie sur la rambarde.

— Tout coloré comparé à New York.

— C'est sûr.

Maintenant qu'elle est là, je ne fais plus attention à la splendeur du paysage. Même si j'ai eu un choc quand je l'ai vue à la télévision pour la première fois, il n'y a rien de surprenant à ce que Mac se soit vue confier l'actualité sportive. Elle a ce visage avenant dont personne ne se lasse, qu'aucun être vivant sur terre ne serait exaspéré de voir tous les jours.

— Comment tu vas, Mac ?

Elle se tourne vers moi et plisse les yeux.

— Je comprends pourquoi tu n'as pas beaucoup dormi la nuit dernière. C'est… perturbant.

— Tu as bien dormi, toi ?

— Seulement parce que le travail et le décalage horaire m'ont épuisée.

— Tu as bonne mine. Tu es…

Absolument fascinante, voilà ce qu'est Gabrielle Mackenzie. Je n'arrive même pas à finir ma phrase. Comment vais-je lui présenter les excuses qu'elle mérite tant ? Comment vais-je apaiser les tensions entre nous ? Est-ce possible après tout ce temps, et après ce que j'ai fait ?

— Quoi ? me demande-t-elle.

— Tu es resplendissante.

Je fais suivre ma déclaration d'un petit rire gêné.

— Merci. Je suis contractuellement obligée de l'être, dirons-nous.

C'est tout elle de rejeter ainsi un compliment sur son apparence.

— Écoute, Mac…

Je recommence.

— Je suis désolée de ce qui s'est passé et je suis désolée de ne te dire ça que maintenant…

Je lui ai écrit des tas d'e-mails que je n'ai jamais envoyés et j'ai pris le téléphone des dizaines de fois pour passer un appel qui n'a jamais abouti. Ce que j'ai fait était tellement dégueulasse que j'ai même perdu le droit de présenter des excuses, car quelques mots futiles ne pourront jamais réparer mon erreur.

Elle ne dit rien, se contente d'arquer brièvement les sourcils et de fixer le regard sur quelque chose derrière moi.

— … maintenant que je te vois, poursuis-je. Au fond de moi, j'ai l'impression que je ne mérite même pas d'être dans cette pièce avec toi. D'habitude, je ne ressens pas ça, mais… il y a un truc chez toi, un truc à la fois si familier et si distant, ce que je peux comprendre. Du coup, je ne sais pas trop comment me comporter avec toi.

Le premier son à percer le court silence qui s'installe est son soupir.

— Je ne veux pas passer pour une fille sans cœur, mais la vérité, c'est que je me fiche de ce que tu ressens, Jamie. Il m'a fallu beaucoup de temps pour apprendre à ne plus m'en soucier, mais j'y suis arrivée. En définitive, j'ai réussi à ne plus t'aimer et à ne plus aimer ce qu'on partageait. Si j'ai l'air distante, c'est à cause de ça. Je n'avais pas le choix.

La vache. Je déglutis.

— Je suis venue ici pour Sandra, que j'aime beaucoup, poursuit-elle. C'est pourquoi je peux me montrer parfaitement civilisée avec toi, mais c'est tout. Je savais que ce serait perturbant de te revoir, mais ça me passe au-dessus de la tête à présent. Je ne suis pas là pour ressasser le passé. Tu te faisais peut-être une autre idée de cette conversation, mais il n'y a pas grand-chose à ajouter pour moi, juste pour que les choses soient claires.

— D'accord, parviens-je à marmonner.

Avant que je puisse ajouter quoi que ce soit, Mac tourne les talons et rentre.

— Tu pars déjà ? je m'empresse de demander.

— Pourquoi resterais-je ? Qu'y a-t-il d'autre à dire ?

Elle ne plaisantait pas quand elle a dit qu'elle se fichait de moi. Sa voix est froide, et une couche de glace recouvre son visage avenant.

— Je suis vraiment désolée, Mac, je balbutie. Il faut que tu le saches. J'ai toujours regretté ce qui s'est passé.

— C'est bon à savoir, fait-elle avant de se retourner et de quitter la pièce.

Tu parles d'une conversation. Pourquoi a-t-elle accepté de discuter en privé ? Elle ne pouvait probablement pas dire ce qu'elle avait sur le cœur devant les autres. Toutefois, je n'ai aucune preuve de ce que j'avance. Vis-à-vis de Mac, je n'ai aucune revendication à avoir, et elle n'en a strictement rien à faire, visiblement.

———

Je retrouve les autres au bord de la piscine. Ils boivent déjà du champagne, et je suis tentée de me joindre à eux, mais il est un peu tôt et c'est le jour du mariage tant attendu de Sandra.

Alan m'interroge du regard.

— Alors ?

— Alors, quoi ?

Je me vautre dans une chaise longue.

— Comment s'est passée la discussion ?

Je hausse les épaules.

— Mal.

Tête baissée, je regarde d'un air furibond la piscine. Mac a dit qu'elle allait nager. Elle peut surgir du bassin, devant moi, à tout moment. Je me redresse un peu.

— Échec de la mission.

— Qu'est-ce que tu espérais tirer de cette conversation ? s'enquiert Charles.

Il n'était pas là quand Mac et moi avons rompu, même si ce terme est bien trop léger pour décrire ce qui s'est produit, quand j'ai détruit sans ménagement notre relation vieille de dix ans, nos projets de mariage et notre avenir.

— Une certaine tranquillité d'esprit, peut-être. Je sais pas.

Je gonfle les joues et laisse lentement s'échapper l'air.

— Quoi qu'il en soit, Mac s'en fout, et je ne devrais pas me prendre la tête non plus. C'était il y a des lustres. On n'est plus les mêmes maintenant.

Je garde les yeux rivés sur l'eau.

— Vous l'avez vue entrer dans la piscine ? je demande, par acquit de conscience.

— Elle est allée se baigner dans l'océan, rétorque Charles.

Évidemment. Elle doit au large, à l'heure qu'il est.

— Qu'a-t-elle dit ? me questionne Alan.

— Ça n'a pas d'importance.

Je hausse les épaules.

— On est toutes les deux d'accord pour dire que c'est assez éprouvant de se revoir, mais c'est tout.

Je ne répéterai pas ce que Mac m'a dit. Jamais, à qui que ce soit.

— Plus aucun sentiment entre nous.

— Mon cul, s'exclame Alan. Ça se voit comme le nez au milieu de la figure.

— On peut au moins reconnaître que l'expérience a été très différente pour Mac, et qu'elle l'est encore aujourd'hui. Je dois faire preuve de respect.

Je prends une grande inspiration.

— Et d'abord, on n'est pas censés se préparer pour un mariage ?

— C'est dans plusieurs heures, chérie.

Alan n'insiste pas davantage et boit une nouvelle gorgée de son verre.

— Dans ce cas, je vais fermer un peu les yeux.

Je réprime un bâillement. Je me suis tournée dans tous les sens la nuit dernière, repassant la dernière conversation que j'ai eue avec Mac, celle où je lui ai brisé le cœur en mille morceaux. En revanche, il est hors de question que je m'endorme ici, avec le brouhaha de la piscine et les questions indiscrètes d'Alan. Je ne veux pas, non plus, rester seule dans ma chambre, livrée à mes pensées et à mes innombrables regrets.

— Coucou, les amis !

Je reconnais la voix de Sandra et ouvre les yeux.

— Vous vous amusez bien ? demande-t-elle.

Je suis dans un complexe cinq étoiles à Hawaï pour célébrer le mariage de mon amie, et pourtant je préférerais avoir de la pâte jusqu'au coude, pétrir le pain à la perfection, faire ce que j'aime le plus. Le manque de sommeil me rattrape et mon simulacre de conversation avec Mac n'arrange rien.

— Oh que oui, ma chérie ! confirme Alan.

— Fais-moi de la place, s'il te plaît.

Sandra me tapote les jambes. Je me déplace pour qu'elle puisse s'asseoir avec nous.

— Tu as pris une cuite hier soir ? demande-t-elle lorsqu'elle voit mon visage.

— J'ai eu un peu de mal à dormir, c'est tout.

Elle acquiesce d'un hochement de tête. Elle n'a pas besoin d'en savoir plus. *Personne* n'a besoin d'en savoir plus en ce qui concerne Mac et moi.

— Je ferai en sorte d'être à mon avantage cet après-midi.

J'essaie de ne pas imaginer à quoi Mac ressemblera. Elle sera sûrement resplendissante et attirera tous les regards.

CHAPITRE 5
MAC

Je nage, nage, jusqu'à ce que mes bras me brûlent, si bien que je crains de ne pas pouvoir regagner le rivage. C'était tellement déconcertant, tellement déstabilisant, de me retrouver dans la même pièce que Jamie après tout ce temps, surtout quand elle a commencé à se confondre en excuses, que je n'ai eu d'autre choix que de me cacher derrière une froideur amère.

Il était évident que nous ne tomberions pas dans les bras l'une de l'autre, célébrant des retrouvailles tant attendues. Elle m'a fait trop de mal pour que je puisse à nouveau me montrer chaleureuse avec elle, cependant le vitriol de mes paroles m'a surprise. « L'eau qui a coulé sous les ponts », tu parles.

Je reviens lentement, gardant la tête hors de l'eau pour savoir si je vais devoir l'éviter sur la plage. Quoi qu'il en soit, je serai bien obligée de la revoir plus tard dans la journée. Nous serons assises à la même table pendant des heures ce soir. Sandra m'avait demandé mon avis avant d'organiser ce plan de table et j'ai accepté parce que je croyais vraiment que le temps avait fait son œuvre, jusqu'à ce que je revoie Jamie.

Je tâche de refouler le souvenir de cette émotion qui détruit une âme, l'amour doublé de de haine envers quelqu'un, quand on ne comprend pas ce qu'on a bien pu faire de mal pour se faire quitter ainsi, pour se faire larguer, trois mois avant ses noces, comme si on n'était rien aux yeux de l'autre. Deux décennies plus tard, je sais pertinemment que ce n'était pas ma faute. Cela n'a jamais été de ma faute. C'était la faute de Cherry. Qu'est-ce que c'est que ce prénom, d'ailleurs ? *Cherry*, une cerise en anglais, un fruit que l'on cueille sur un arbre, et non le prénom d'une fille dont on s'entiche quand on est censé épouser l'amour de sa vie.

Jamie m'a quittée pour elle et je me suis sentie dévastée pendant des mois. La brutalité de la chose, la rapidité avec laquelle elle m'a dit *ciao*, m'ont assommé jusqu'à me bousiller, pile au moment où j'allais de l'avant, où je pensais avec minutie notre avenir en tant que couple et en tant que famille. Nous aurions quatre enfants si tout s'était passé comme je l'espérais. Au moins deux. J'aurais été aux anges rien qu'avec un bébé dans les bras. Or, me voilà, à l'aube de la cinquantaine, célibataire et mère de personne. C'est ce qui m'est passé par la tête quand Jamie a commencé à s'excuser, quand elle a dit qu'elle avait toujours regretté la façon dont notre histoire s'était terminée. J'ai vu rouge, car si je me suis résignée à perdre Jamie, je n'ai jamais vraiment accepté de ne pas avoir eu d'enfants et, d'une certaine manière, je l'en tiens toujours pour responsable.

Je sors de l'eau.

— Tu as l'air en forme, Gabby, me crie quelqu'un, pour ne pas changer.

J'envoie la personne balader d'un geste de la main, sans même lui accorder un regard. Il faut que je me recentre sur moi-même, que je me reprenne en main avant la cérémonie. Je vais m'habiller et me maquiller comme je le fais avant de passer devant la caméra. Cela m'apaise, et il est certainement moins difficile de rester assise à côté de Jamie pour le restant de la journée que de relayer l'actualité sportive à des millions de téléspectateurs. *Oui, tu parles.*

Sans m'arrêter pour parler à qui que ce soit, je me dirige vers ma chambre et me lance dans mon rituel.

————

— Je le veux, dit Sandra.

Tyrone, le jeune marié, la regarde avec tant d'amour dans les yeux que cela remue quelque chose au fin fond de moi. À quand remonte la dernière fois où quelqu'un m'a regardée de cette façon ou même l'inverse ? Je n'arrive même pas à m'en souvenir. Je n'ai plus jamais été sur le point de me marier. J'ai eu des aventures et des relations amoureuses, certaines ont même duré quelques années, mais elles ont toujours pris fin et, même si cela n'a pas toujours été agréable, aucune rupture ne m'a blessée comme celle que j'ai vécue avec Jamie. Le fait qu'elle m'ait quittée si froidement m'a immunisée contre toute douleur future similaire. Je devrais peut-être lui en être reconnaissant.

À côté de moi, Alan se tamponne les yeux avec un mouchoir. Ses joues aussi reluisent. Oh, et puis merde. Ce genre d'amour grandiose n'est pas sans effet. J'ai beau être devenue un peu aigrie au fil des ans, je ne suis pas insensible à ça, à cette union entre Sandra et cette autre personne qu'elle aime si profondément qu'elle veut le crier sur les toits. Heureusement que Jamie est assise de l'autre côté d'Alan et de Charles, car je ne devrais vraiment pas lui être reconnaissante de m'avoir immunisée contre de futures blessures. Elle m'a tellement brisé le cœur que, lorsque j'ai enfin réussi à recoller les morceaux, il n'était plus capable de ressentir un amour tel que celui que j'ai sous les yeux en ce moment même. Je n'arrive plus à imaginer ce que c'est que d'aimer quelqu'un comme Sandra et Tyrone s'aiment, et ce sentiment me manque. Je l'ai ressenti tous les matins quand j'ai ouvert les yeux et vu Jamie allongée à côté de moi, un sourire indélébile sur le visage, même à quatre heures du matin. Chaque fois que je me réveillais et regardais dans ses yeux pétillants, je savais qu'elle était faite pour moi, et je me sentais tellement chanceuse de l'avoir trouvée, d'être avec elle, et d'être aimée en retour.

Les larmes continuent de couler. Tout le monde se lève pour applaudir l'heureux couple. Je fais de même. Je ne suis pas la seule à sortir le mouchoir, même si je pense qu'aucun de nous ne pleure pour les mêmes raisons. Chacun projette quelque chose sur ce moment. Je jette un coup d'œil en direction de Jamie, mais ne la vois que de dos depuis l'endroit où je me trouve. Ses cheveux brillants, longs jusqu'aux épaules, étaient si doux que j'avais pris l'habitude de m'y frotter la joue pour me réconforter, pour le simple plaisir de les sentir contre ma peau. Le sont-ils toujours autant ? Non, je ne veux pas le savoir.

Alan me tend la main et je la saisis volontiers. Sous ses airs bravaches, c'est un grand sentimental.

Nous poussons en chœur des exclamations de joie lorsque Sandra et Tyrone passent devant nous.

— Je t'aime, San, crie Jamie. Toi aussi, Tyrone !

Je prends une grande respiration et me tamponne les yeux avec précaution. Il se peut que j'aie besoin de quelques retouches avant les photos de groupe, à moins que je ne me cache derrière quelqu'un.

Jamie se tourne vers nous. Ses joues sont sèches. Nous n'avons pas beaucoup échangé depuis que je suis sortie en trombe de sa chambre ce matin, il y a donc toujours une gêne entre nous, malgré les efforts des garçons pour désamorcer la situation.

Je lui adresse un petit sourire.

— Ça va ? me souffle-t-elle.

Même si je n'entends pas sa voix, je comprends les mots. J'avais beau croire, espérer, avoir oublié, je me souviens de beaucoup de choses. De tout. Je me souviens qu'elle avait l'habitude de me demander muettement si j'allais bien, ses grands yeux bienveillants pour me rassurer instantanément, car Jamie a toujours veillé sur moi, jusqu'à ce qu'elle cesse de le faire.

Je hoche la tête et détourne le regard. Ça ne devrait plus être aussi douloureux. J'étais censée avoir tourné la page. J'*ai* tourné la page. J'aurais peut-être dû laisser la conversation de ce matin suivre son cours, laisser le champ libre à mes émotions pendant une heure ou deux afin de mieux vivre ces noces. Jamie et moi allions nous marier. Tout était prévu. Les invitations étaient prêtes à partir. Le quatorze juin deux mille trois allait être le plus beau jour de ma vie. En réalité, ce fut l'un des plus horribles, rivalisant avec celui où elle m'a avoué qu'elle était folle amoureuse de Cherry et qu'elle ne pouvait pas rester avec moi.

Pourquoi porte-t-elle un smoking, d'ailleurs ? Certes, il lui va à ravir, mais on dirait qu'elle est habillée pour son propre mariage au lieu d'assister à celui d'une amie.

— Allez ! me lance Alan d'une voix étonnamment solennelle.

Il passe un bras autour de mes épaules et Charles fait de même avec Jamie.

Mon ami me serre contre lui et, bien que je n'aie jamais eu besoin d'un soutien masculin, je remercie le ciel de m'accorder cette chaleur inattendue, l'amitié qu'Alan me donne en ce moment, cette force que je peux en tirer. Je n'aurais jamais imaginé en avoir autant besoin.

CHAPITRE 6
JAMIE

Même si Mac s'est montrée très froide avec moi tout à l'heure, je n'arrive pas à détacher les yeux d'elle. Elle est magnifique dans cette robe rouge, ses cheveux lissés en arrière. Si Sandra était le genre de mariée à se soucier de pareille chose, elle pourrait accuser Mac de lui voler la vedette, et elle aurait raison. Ou bien suis-je frappée par cette étrange affliction qui pousse mon regard à se porter sur elle sans arrêt.

Alan et Charles sont passés maîtres dans l'art d'entretenir une conversation, même lorsqu'ils sont assis entre deux ex et que la situation est un peu délicate.

Mac est toute gentille et courtoise. Ces dernières heures, nous avons tous éclaté de rire spontanément à plusieurs reprises, ce qui m'amène à me demander si l'épisode de ce matin, dans ma chambre, a réellement eu lieu. Cela dit, c'est son métier. Mac enfile sa tenue et fait bonne figure. C'est à ça que sert la télévision.

— Sur quelle chanson pensez-vous qu'ils vont ouvrir le bal ? demande Alan tout en se frottant l'extrémité des doigts.

— Moi, je le sais, déclare Mac. C'est moi qui ai fait connaître ce morceau à Sandra et à Tyrone.

— Toi ? je demande.

Lorsque nous nous sommes rencontrées à l'université, c'est moi qui faisais des cassettes de compils pour Mac.

Elle hoche lentement la tête.

— Ne nous fais pas languir, chérie.

Alan lui donne un petit coup de poing sur le bras.

— Je suis tenue au secret, alors n'essayez même pas de deviner. La chanson n'est pas encore sortie. Personne ici, à part San et Tyrone, et moi, ne l'a déjà entendue.

Alan a les yeux ronds comme des soucoupes.

— C'est une toute nouvelle chanson d'Isabel Adler ?

— Non, répond Mac d'un air suffisant.

Quand est-elle devenue cette fille qui fait découvrir de nouveaux morceaux à ses amis ? A-t-elle développé un intérêt soudain pour la musique après avoir fait la connaissance d'Isabel Adler par l'intermédiaire de son ex, Leila ?

Si seulement je pouvais discuter suffisamment longtemps avec elle pour rattraper les vingt années de sa vie que j'ai manquées.

— Mais elle est tellement belle, c'est une sorte de méta-chanson et elle est tout à fait appropriée pour ce moment, explique Mac. Vous verrez.

— Tu nous fais languir, là.

Alan jette à Mac un regard faussement désapprobateur.

— Ça ne devrait plus tarder maintenant.

Mac embrasse Alan. Je suis un peu jalouse de la rapidité avec laquelle ces deux-là semblent être redevenus amis avant que tout ne s'écroule. C'est tellement plus facile quand il n'y a pas de sentiments amoureux et de chagrin d'amour en jeu.

— J'espère que tu as apporté tes chaussures de danse, chérie, la taquine Alan, parce que toi et moi, on va aller rejoindre la piste dès que le bal sera ouvert.

Mac et Alan étaient toujours les premiers sur la piste de danse. Malgré ses goûts musicaux douteux, à l'époque, Mac était toujours la plus sexy des danseuses. À bien y réfléchir, je n'ai aucune idée de la façon dont je réagirai lorsque je la verrai sur la piste de danse, vêtue de cette robe sensationnelle. J'ai le cœur qui bat la chamade à cette idée. Si seulement elle n'était pas aussi magnifique.

— J'ai hâte, répond Mac.

Le moment arrive, et le DJ appelle les jeunes mariés sur la piste de danse. Sandra est là, aussi rayonnante que le soleil des tropiques, tandis que Tyrone remercie encore une fois les invités d'être présents. Une idée surgit de nulle part : cela aurait pu être Mac et moi il y a vingt ans. Nos noces auraient été bien moins glamours, toujours est-il que j'aurais pu me retrouver là, à remercier nos proches de célébrer avec nous notre amour. Le puissant sentiment d'abattement qui m'envahit me déconcerte. C'est ce mariage. Tout cet amour qui nous entoure. Tous ces gens heureux avec leurs proches. Même Alan s'est trouvé un homme fantastique à épouser. Moi, j'ai quitté la femme que je voyais comme l'élue de mon cœur pour une aventure qui n'a même pas duré un an. J'ai envoyé valser le grand amour pour ce qui s'est avéré n'être rien qu'un vulgaire coup de cœur. Une passion fugace suivie d'une avalanche de regrets. Mac ne veut peut-être pas entendre mes excuses, et je ne peux pas lui en vouloir, cela ne m'empêche pas d'être désolée pour ce que j'ai fait, pour ce que j'ai gaspillé.

Je la regarde du coin de l'œil. Elle a les yeux rivés sur Sandra et Tyrone, un sourire tendre aux lèvres. Comment peut-elle encore être la plus belle femme que j'ai jamais vue ? Comment est-ce possible ? Elle est si sûre d'elle, si posée. Elle n'a pas failli craquer, pas même montré un soupçon de faiblesse, lorsqu'elle était dans ma chambre ce matin, à moins qu'elle ait fui à toute vitesse pour éviter de flancher. En réalité, je ne sais plus grand-chose de Mac. Tout ce que je sais, c'est qu'elle n'est plus la femme que j'ai quittée il y a vingt ans. C'est impossible.

Sandra et Tyrone ont pris place sur la piste de danse. Les premières mesures de la mystérieuse chanson de Mac retentissent. Instantanément, Alan joint les mains contre sa poitrine, comme si Isabel Adler elle-même venait de descendre des cieux pour lui chanter la sérénade. Sauf qu'il ne s'agit pas d'une chanson d'Isabel Adler. Je me trompe ? Depuis son retour, l'artiste a adopté un tout nouveau style de chant, beaucoup plus subtil et épuré, beaucoup plus à mon goût, pour être franche. C'est bien une chanson d'Isabel Adler, mais ce n'est pas sa voix.

— Oh mon Dieu, qu'on m'achève ! s'exclame Alan sur un ton mélodramatique, la voix à deux doigts de se briser. Ma chanson préférée dans le monde entier.

Je reconnais les paroles du plus grand succès d'Isabel Adler, *Somewhere I've Never Been*, mais l'instrumental est complètement différent de celui de l'original, de même que le phrasé des paroles, donnant l'impression qu'il s'agit là d'un tout nouveau morceau.

— Qui est-ce ? s'étonne Charles.

— Chut, le fait taire Alan, l'index levé. Pas maintenant.

Mac se balance au doux rythme de la musique. Elle est tout aussi captivée qu'Alan, mais d'une autre manière. J'essaie de me concentrer sur Sandra et Tyrone, et sur cette version revisitée d'un classique de la musique, mais mes yeux reviennent sans cesse sur elle. Elle a dû me voir la regarder. À quoi pense-t-elle ? Nous disions souvent pour plaisanter que nous pouvions terminer la phrase ou lire dans les pensées de l'autre tellement nous étions fusionnelles.

Mac ne fait que profiter du moment, et c'en est un magnifique, une merveilleuse célébration de la chose la plus insaisissable, pour certains d'entre nous, en tout cas, à laquelle on doit s'accrocher : l'amour. Sandra et Tyrone ont l'air de ne faire qu'un, comme si leurs corps étaient taillés l'un pour l'autre, comme s'ils devaient évoluer ensemble sur cette chanson.

Alan a les joues baignées de larmes. C'est beau, vraiment,

qu'un tel moment puisse le toucher autant et encore plus qu'il se fiche de le montrer. Charles pose le menton sur l'épaule de son mari et le tient par-derrière. La plupart des couples autour de nous sont en train de vivre un petit moment intime de cette merveilleuse émotion que l'on extirpe de leur cœur chanceux. Mac et moi sommes laissées à nos réflexions. Puisque je suis encore de ce monde, je fais le vœu de lui demander de danser avec moi plus tard sur un slow romantique comme celui-ci. C'est tout ce que j'attends de cette soirée, une danse avec la femme que j'aimais comme personne.

— Je peux mourir en paix, s'exclame Alan à la fin de la chanson.

Nos applaudissements se transforment bientôt en acclamations.

— Ai-je le droit de parler maintenant ?

Charles embrasse Alan sur la joue.

— Oh… Ça va, mon chéri ?

— C'est juste que c'est magnifique, cette boucle qui est bouclée, explique Alan. Bianca Bankole reprenant le plus grand succès d'Isabel Adler.

Il tend un bras vers Mac.

— Je suis sans voix. Tu ne pouvais pas choisir mieux.

— Je n'y suis pour pas grand-chose.

Mac prend la main d'Alan dans la sienne et la serre. Est-ce bien une boule dans la gorge que je viens de la voir ravaler là ? Maintenant que je vois bien son visage, il ne fait aucun doute que ce moment l'a émue. Mon cœur se réchauffe.

— Isabel Adler a recommencé à enregistrer après que sa nouvelle compagne, Leila, lui a fait découvrir la musique de Bianca Bankole, m'explique Charles.

Même un homme aussi gentil que lui ne peut s'en empêcher d'expliquer à une femme ce qu'elle sait déjà.

— Tout est dans sa biographie que Leila a écrite et qu'Alan doit savoir par cœur.

— J'ai lu sa biographie, chéri, lui fais-je remarquer.

— Ah bon ? s'étonne Mac, de la même manière que j'ai remis en question ses goûts musicaux tout à l'heure. Quand on sortait ensemble, tu n'aimais pas Isabel Adler.

Alan secoue la tête comme si j'avais commis le plus grand péché de l'univers.

— Peut-être, mais ça m'a intéressée quand elle a commencé à coucher avec sa biographe.

Mac penche la tête et me regarde droit dans les yeux pour la première fois depuis ce matin. Un sentiment me traverse, et j'ignore si c'est de la honte, de la culpabilité ou tout autre chose. Ce voyage est tellement déroutant sur le plan émotionnel qu'il me faudra d'autres vacances pour m'en remettre.

Autour de nous, de plus en plus de gens se laissent entraîner sur la piste de danse. Ce n'est qu'une question de secondes avant qu'Alan et Mac ne passent à l'action. Je les regarde partir.

— Tu n'as pas envie de danser ? me demande Charles lorsque nous nous retrouvons seuls. Moi, je n'ai pas du tout le sens du rythme. Je ne ressens pas la musique comme Alan. Ce n'est pas en moi, c'est tout. Il me faut du temps pour me laisser aller.

— Je vais les regarder avec toi depuis le bord de la piste.

Je contemple les danseurs. Alan fait déjà tourner Mac. Comment arrive-t-elle à tenir droite avec ces chaussures à talons, et pourquoi porte-t-elle ce genre de chaussures ? Les femmes ne se sont-elles pas suffisamment plaintes de souffrir des pieds simplement parce qu'un homme, qui n'avait jamais eu à porter une chaussure inconfortable de sa vie, a un jour décidé que les mollets des femmes étaient plus sexy lorsqu'elles portaient des talons ? Je suis d'accord avec ce type. Mac est tellement excitante que ça me ronge l'intérieur, et pas seulement parce que ça me fait passer pour une mauvaise féministe.

— Mac t'a dit quelque chose ? je demande à Charles. Sur moi ? Sur… nous ?

Charles secoue la tête.

— On vient à peine de se rencontrer. Si elle avait quelque chose à dire, elle en parlerait à Alan, mais il me le dirait si c'était le cas.

Mac a lâché Alan et danse seule, les bras en l'air, remuant les hanches de manière suggestive.

— Ça va, James ? me demande Charles. Tu as l'air un peu… je sais pas. Comme si tu décompressais.

— Le fait de me retrouver ici avec elle, ça m'a remué les tripes. Je ne pensais pas qu'elle serait encore aussi belliqueuse après tout ce temps.

— Les grands amours d'une vie ne nous quittent jamais, quel que soit le temps qui passe, assure Charles, de passer un bras autour de mes épaules.

Amours, au pluriel ? Si seulement.

CHAPITRE 7
MAC

Comme j'ai bu quelques verres de vin, je peux au moins faire semblant de danser comme si personne ne me regardait, même si je sens les yeux de Jamie suivre chacun de mes mouvements. Tout au long du dîner, chaque fois que je jetais un coup d'œil dans sa direction, elle était en train de me regarder. L'expérience que j'ai acquise en assistant à des heures de diffusion de matchs en direct m'a été très utile lorsque j'ai dû faire semblant de ne rien remarquer. Je dois reconnaître, un peu mesquinement, que c'est agréable, parce qu'au fond de moi, je veux qu'elle souffre un peu lorsqu'elle me regarde, lorsqu'elle voit ce qu'elle a perdu. C'est pour cette raison que je remue un peu plus les hanches sur la piste de danse, pour cette raison que, lorsque je me tourne vers notre table, je laisse mon regard s'attarder plus longtemps que je ne l'ai fait de toute la journée.

Super. Teddy, le père de Tyrone, se dirige vers moi tout en dansant. Cet homme a le rythme dans la peau et nous sommes à un mariage, mais il a aussi un petit faible pour moi, ça se voit. La mère de Tyrone tient salon à la table d'honneur, la présidant comme une reine. C'est peut-être pour cette raison que Teddy se contente de me tourner autour pendant un moment sans engager la conversation. Cela ne me dérange pas.

Bien que ce fut agréable dans l'ensemble, le fait d'être assise à une table avec Jamie pendant près de trois heures a été éprouvant, c'est donc avec plaisir que je danse pour décompresser. Tout le monde sur la piste est heureux. L'ambiance est joyeuse. Après quelques chansons, je suis même prête à confier quelque chose à Jamie concernant ce matin, lui dire que j'ai menti quand j'ai affirmé que ce qu'elle pouvait ressentir m'était bien égal.

— Viens, chérie.

Alan s'est à nouveau approché de moi et me prend par les mains. Il me fait virevolter autour de lui et, tandis que je tournoie sur la pointe des pieds, je vois Charles et Jamie faire une timide incursion sur la piste de danse. Lorsque nous avions une vingtaine d'années, Jamie, Alan et moi passions des nuits interminables dans les clubs gay, dansant jusqu'à l'aube. Sandra était souvent là, elle aussi. Nos retrouvailles me rappellent ces moments heureux, un voyage nostalgique dans le passé, à plus d'un titre. Après la rupture, Sandra et moi sommes retournées danser de temps à autre, mais mon amitié avec Alan s'est éteinte et je n'ai jamais voulu revoir Jamie. C'est fou que nous soyons tous ici ce soir.

Alan nous entraîne tout doucement vers Charles et Jamie. Charles danse comme un hétéro, ses mouvements maladroits et en décalage, ne se démarquant guère à un mariage. Jamie est très différente. Elle a toujours été beaucoup plus cool que moi ou que n'importe qui d'autre que je connaissais. Elle a cette façon de danser qui n'appartient pas à la danse, mais qui a sa place sur la piste. Elle a enlevé sa veste de smoking et la chemise blanche qu'elle porte contraste magnifiquement avec la noirceur de ses cheveux et de ses yeux. Peut-être est-ce une vieille mémoire du corps, ou autre chose, toujours est-il que je me retrouve à graviter autour d'elle. C'est plus fort que moi. Nous avons tant de souvenirs délirants sur la piste ensemble. À cet instant-là, grâce aux circonstances, à la musique et à la joie qui m'entoure, j'arrive à mettre de côté les deux décennies qui viennent de s'écouler et à prendre plaisir de me retrouver ici avec Alan, Charles et elle. C'est un moment tout particulier qui ne peut exister que dans la bulle magique de cette piste de danse, avec le bon type de musique dans les oreilles et le bonheur des noces de Sandra et de Tyrone dans lequel je baigne. C'est un pur miracle que, l'espace de quelques minutes, peut-être seulement pour la durée de cette chanson, je puisse oublier ce qu'elle m'a fait et la douleur qu'elle m'a infligée, ces années de remise en question et ce coup porté à mon amour propre.

Je souris à Jamie, et elle me sourit en retour. Elle a ce genre de sourire qui illuminerait la pièce la plus sombre. Quand je la regarde dans les yeux, je me souviens des innombrables raisons pour lesquelles je suis tombée amoureuse d'elle, pourquoi la perspective de l'épouser et de fonder une famille ensemble me remplissait le cœur de tant de joie. Si elle et moi avons toujours bien fonctionné ensemble, cela allait au-delà. Quand j'étais avec elle, je ne doutais de rien, je ne remettais rien en question, car je savais, quand je la regardais, que Jamie était la personne faite pour moi. Je lui faisais entièrement confiance. Même lorsque nous avons rencontré Cherry et que nous avons sympathisé toutes les trois, comme c'est parfois le cas avec quelqu'un que l'on rencontre, même lorsque nous avons commencé à passer plus de temps ensemble, j'ai simplement vu cela comme le signe d'une grande amitié.

Quelle idiote j'étais.

Elles se sont bien moquées de moi.

Jamie s'est bien moquée de notre grand amour.

C'est alors que me revient en plein visage la raison pour laquelle je n'ai plus été avec elle pendant près de vingt ans, la raison pour laquelle nous n'avons plus dansé à nouveau ensemble jusqu'au petit matin, la raison pour laquelle nous n'avons plus jamais eu de conversation.

En revanche, il est hors de question que je quitte la piste de danse pour bouder sur mon siège. Je ne suis pas venue au mariage de Sandra pour faire la tête. Je savais que Jamie serait là. Je savais, même si je n'ai pas voulu le reconnaître, que cela me ferait quelque chose, que je ne serais pas immunisée contre les effets de ces retrouvailles, qu'au fond de moi je l'aimerais sûrement toujours un peu, bien que je la déteste. Ce n'est que pour quelques jours. Ensuite, chacun repartira de son côté. Je reverrai peut-être Alan et Charles, mais je ne peux pas en être certain. On fait tellement de promesses lors d'évènements comme celui-ci, et on ne les tient jamais. On parle sans réfléchir. En revanche, l'admiration d'Alan pour Isabel Adler est bien réelle, et je sens qu'il n'est pas près d'oublier de sitôt le lien qui l'unit à elle, par le biais de ma personne.

Le tempo ralentit. L'ambiance change. Le DJ met un slow. Alan et Charles tombent dans les bras l'un de l'autre, comme la plupart des couples qui nous entourent.

Je regarde Jamie.

Elle penche la tête.

— Veux-tu ?

Elle me tend les mains.

Oh. Elle m'invite à danser. Je n'ai pas le temps de réfléchir. Enfin, si. Je peux dire non, mais je ne le fais pas. Je lui dois des excuses, de toute façon, pour mon comportement de ce matin.

Je hoche la tête et fais un pas vers elle. Nous ne savons pas bien où placer nos mains. Les miennes se retrouvent sur ses hanches, tandis que les siennes reposent sur mes épaules. Avec ce grand espace entre nos bassins, nous devons ressembler à deux ados timides qui dansent leur premier slow.

— Alors, comme ça, tu enflammes toujours autant la dancefloor.

— Ça ne se voit pas trop que je ne suis pas sortie depuis longtemps ?

— Absolument pas.

Alors que nous revenons d'un mouvement de balancier arrière, elle rapproche un peu plus ses hanches des miennes.

— Tu es épatante, me dit-elle.

Je glousse, car je ne sais pas comment réagir.

— Je regrette pour ce matin.

J'ai pleinement conscience de ses mains sur mes épaules, de la pulpe de ses doigts sur ma peau.

— J'ai été un peu dure. Je ne voulais pas.

— Comme je te l'ai dit.

Jamie rapproche sa tête de mon oreille.

— Tu n'as pas à t'excuser auprès de moi.

Une pause.

— Jamais.

— C'est juste que la façon dont je me suis comportée ce matin, ça ne reflète pas à ce que je suis vraiment. Je n'avais pas l'intention d'être comme ça avec toi.

En venant ici, je comptais faire preuve d'amabilité envers elle, mais il faut croire que toutes mes bonnes résolutions se sont envolées dès que je l'ai revue.

— Ce n'est pas que je m'en fiche de toi, mais j'ai dû trouver des moyens de passer à autre chose, pour t'oublier, et aucun d'eux ne comprenait vraiment de gentillesse à ton égard.

— Je n'aurais pas dû m'excuser comme ça. C'était bête de ma part. Je suis désolée. Mince, je recommence.

Si nous ne faisons que nous marmonner quelques mots, nos pieds, eux, se déplacent en parfaite harmonie et nos corps se rapprochent à chaque note qui s'égrène, comme s'ils se souvenaient d'une chose que nos esprits se refusent à permettre.

— Oublions les excuses, dis-je. Je m'interroge… sur toi. Sur ta vie.

Je sais que ça n'a pas marché entre Cherry et elle, que leur histoire s'est terminée sans grand éclat. Je n'ai jamais su si je m'en réjouissais ou le déplorais. Est-il préférable qu'on vous quitte pour le grand amour, une bonne raison, quelque chose d'inévitable, que pour un feu de paille ? Deux décennies plus tard, je n'ai toujours pas la réponse à cette question.

— Tu me connais. J'adore faire du pain.

— Depuis, je n'ai jamais racheté quoi que ce soit des Mains dans le levain. J'ai dû passer à côté de plein de trucs.

Jamie se penche en arrière et me regarde en souriant.

— Je n'ai pas pu regarder les premiers Jeux olympiques que tu as présentés, mais j'ai fini par surmonter ça. J'ai eu quatre ans avant les suivants pour m'y faire.

Qu'a-t-elle ressenti lorsqu'elle m'a vue à la télévision pour la première fois ? De la nostalgie ? Des regrets ?

Nous dansons en silence pendant quelques instants. Je prends le temps de digérer une partie des choses qui ont été dites. La chanson se termine et un autre slow commence. Jamie ne me lâche pas, et je ne la lâche pas non plus.

— Te revoir me chamboule, Mac, confesse Jamie au bout d'un moment.

— Je sais.

Au moins, nous sommes sur la même longueur d'onde.

— On aurait peut-être dû se rencontrer avant de venir ici, songe-t-elle.

— Oui, dis-je simplement.

— Tu aurais accepté si je te l'avais demandé ?

— Je sais pas.

Probablement pas.

— J'ai essayé plusieurs fois ces dernières années... de reprendre contact avec toi.

— J'ai décidé en mon âme et conscience de ne pas te répondre après ta première tentative. Je ne pouvais pas. Je ne voulais pas.

Je ne voulais plus jamais revoir Jamie, j'en étais convaincue.

Son menton tapote mon épaule tandis qu'elle hoche la tête. À présent, c'est moi qui me rapproche. Je sens sa main glisser de mon épaule et trouver la mienne. Nos hanches se heurtent, puis retrouvent sans effort le rythme de la musique. Puis, sans que je m'en aperçoive, nous nous retrouvons à danser joue contre joue.

— Ça me chamboule peut-être, mais c'est tellement bon de te revoir, murmure Jamie, même si ça fait un peu mal. Tu n'as pas changé. Merci d'être venue.

Je ne suis pas sûre de pouvoir en dire autant. Certes, je suis contente d'être venue, en revanche je ne sais pas si c'est bon pour moi de la revoir. C'est une aventure que de danser si étroitement avec elle, de la sentir tout contre moi, de sentir la chaleur de son corps, de respirer son parfum, de savoir que ses cheveux sont toujours aussi doux. À dire vrai, cela me donne envie de me serrer un peu plus contre elle, comme si mes bras se souvenaient soudain de ce qu'ils avaient perdu.

Comme je ne sais pas quoi dire et que Jamie se tait aussi, nous terminons ce slow en silence. Lorsque la dernière note retentit, il est difficile de la laisser partir. Or, je le fais quand même. Après tout, j'ai de l'expérience dans ce domaine.

— Merci, me dit Jamie, avant de me lâcher la main. Je t'ai à l'œil. Le prochain slow, c'est pour moi.

Puis elle tourne les talons.

CHAPITRE 8
JAMIE

J'ai quitté la fête et ai marché jusqu'à la plage pour prendre l'air, m'éloigner un peu de cette piste de danse où Mac est l'objet de tous les regards. Heureusement que Sandra et Tyrone ont formellement interdit l'utilisation des réseaux sociaux, sans quoi les vidéos de Gabrielle Mackenzie en train de se lâcher auraient envahi Instagram.

Le grondement des vagues m'attire vers le rivage. Il est tard, et la plupart des clients de l'hôtel sont au lit. À ma gauche, un couple se promène bras dessus bras dessous sur la plage. C'était tellement agréable de tenir Mac de cette manière. Quand je lui ai dit que c'était bon de la revoir, cela sous-entendait que c'était merveilleux de danser avec elle, d'échanger quelques mots avec elle, d'assister peut-être, ou est-ce une chimère, à l'apparition d'une petite fissure dans sa carapace d'acier.

Des rires fusent derrière une tour de chaises longues empilées. Trois adolescents sont en train de fumer. Lorsque je regarde de plus près, je les reconnais. Ce sont les nièces de Sandra et le neveu de Tyrone, je crois.

— Psst.

Ils me font signe.

Ce n'est vraiment pas mon rôle de leur demander leur âge et s'ils ont le droit de faire cela. Quand je m'approche d'eux, je sens l'odeur de l'herbe.

— T'en veux ? me demande l'une des filles.

L'effronterie de la jeunesse. Ils n'envisagent même pas que je puisse les dénoncer, non pas que je le fasse.

— C'est pas toi qui étais en train de serrer la bombasse du journal télé tout à l'heure ? me demande le neveu de Tyrone.

— Serrer ? Je ne crois pas, non.

Je tends la main pour le joint. Pourquoi pas ?

— J'aurais juré que oui, renchérit l'une des nièces, qui me tend le spliff. Il est fort, je te préviens.

J'ignore son avertissement et aspire une grande bouffée, comme une mère qui s'efforce de paraître cool aux yeux de ses enfants, mais j'échoue lamentablement et tousse comme une perdue.

Je secoue la tête.

— Je ne vous ai pas vus, mais ne faites pas de bêtises, d'accord ?

La tête légère, je retourne d'où je viens. Ces trois jeunes gens auraient pu être les enfants que Mac et moi n'avons jamais eus. Nous avions pris notre premier rendez-vous pour une FIV la semaine qui suivait nos noces.

— Au lieu d'une lune de miel, avait-elle dit, mais en bien mieux !

Elle aurait pu le faire toute seule. Elle ne l'a pas fait. Mac n'a pas eu d'enfants, et ce n'est pas parce qu'elle ne peut pas en avoir. Il se peut aussi qu'elle soit tombée enceinte et que ça ait mal tourné. Il y a tellement de possibilités, tellement de choses que j'ignore. Elle m'est aussi étrangère que les enfants avec lesquels je viens de fumer.

— Ah, te voilà !

Sa robe rouge se détache de l'obscurité, tant sa couleur est vive.

— Ça va ?

Je ne lui dis pas que je viens de fumer un joint. *Attendez.* Était-elle en train de me chercher ?

— Ça va. Et toi, ça va ?

Mac penche la tête.

— Tu as l'air bizarre, différente.

— Ça doit être l'air marin.

— Hmm.

Elle doit sentir l'odeur sur moi et elle n'est pas née de la dernière pluie.

— On va dire ça.

Elle fait un autre pas vers moi.

— Tu veux que j'aille te chercher de l'eau ?

Je secoue la tête.

— Non, mais c'est gentil de proposer.

Je profite de l'assurance qui accompagne ma légère ivresse.

— Ça te dit de faire un tour avec moi ? je demande.

— Hmm. Oui, si tu veux.

Elle enlève ses chaussures à talons et les porte dans sa main.

— Cool.

Je veille à l'entraîner dans la direction opposée des jeunes qui fument.

— Tu avais besoin de souffler un peu après avoir dansé ?

— Non, je suis en excellente forme, rétorque Mac sur un ton neutre, comme si c'était une évidence, ce qui est le cas. Mais tu avais disparu depuis un moment.

— Tu avais remarqué ?

Je ne serais pas aussi directe si je n'étais pas un peu défoncée.

— C'est la première fois en vingt ans que je me retrouve dans une pièce avec toi, je ne pouvais que le remarquer, Jamie.

— N'empêche. Tu aurais pu envoyer Alan ou Charles à ma recherche.

Je pousse le bouchon un peu loin, mais c'est tout aussi bien.

J'ai beau être défoncée, j'y vois peut-être plus clair maintenant. Nous avons besoin d'un petit coup de pouce pour franchir les barrières de la politesse et de la distance. À une époque, Mac et moi avons failli nous marier, nom d'un chien. Nous devrions être capables d'échanger autre chose que des banalités.

— Je peux te demander un truc ? lance Mac.

Sa voix s'est élevée d'un cran.

— Ce que tu veux.

— Pourquoi ça n'a pas marché entre Cherry et toi ?

Quand elle demande un *truc*, elle ne fait pas semblant. Je suppose que ce qu'elle veut savoir en réalité, c'est si cela valait la peine de la quitter, ce à quoi je répondrais par un non catégorique.

Je pousse un petit rire pour cacher mon malaise, cependant Mac a tout à fait le droit de me poser cette question.

— Je ne m'attendais pas à ça.

— À quoi tu t'attendais ?

On croirait qu'elle est passée en mode interrogatoire.

Je pouffe légèrement, ce qui conduit au rire le plus gênant qui soit.

— C'était une bourde.

La plus grosse de ma vie, rien que ça.

— J'ai excellé dans l'art d'être humainement imparfaite. Je me suis entichée d'une autre femme et, au lieu de laisser couler, de laisser cette passade s'évanouir dans le néant qu'elle allait finir par devenir, j'ai quitté l'amour de ma vie. Je t'ai quittée.

Et j'ai poussé tout le monde à me détester, ce que je préfère taire. Mon propre père ne m'a pas adressé la parole pendant un mois après que je le lui ai dit, tellement il était en colère au début. Il a fini par me pardonner, parce que c'est mon père, mais je n'oublierai jamais la déception initiale dans ses yeux.

— Tu es toujours en contact avec elle ?

Si elle est affectée par ce que je viens de dire, Mac ne le

montre pas, ni dans sa voix ni dans sa façon de poser les questions.

— Mon Dieu, non. C'était... elle n'était rien à mes yeux. Enfin, pas rien, évidemment, mais la relation que j'avais avec elle n'était rien comparée à celle que j'avais avec toi, à ce que nous avions. Toi et moi, Mac. Tu étais toute ma vie. J'ai tout gâché et j'ai dû vivre avec ça sur la conscience pendant les vingt années qui ont suivi.

Ce doit être l'herbe qui me pousse à m'apitoyer sur mon sort, devant Mac qui plus est.

— Tu as dû vivre avec ça, toi aussi, évidemment. Je ne dis pas que ma douleur est comparable à la tienne, à cause de ce que je t'ai fait. Je sais que je t'ai fait beaucoup de mal et c'est le plus grand regret de ma vie. Je sais qu'on n'en est plus aux excuses, mais je veux m'excuser quand même, parce que je n'ai jamais pu le faire avant et je suis sincèrement désolée, Mac.

— Je pense que...

Mac a ralenti le pas.

— La raison pour laquelle je ne veux pas de tes excuses, c'est parce que je ne peux pas les accepter. Parce que ça ne change rien, ni à l'époque ni aujourd'hui. Il s'est passé ce qui s'est passé. J'arrive à vivre avec maintenant, mais il m'a fallu beaucoup de temps pour ne pas chercher la faute en moi. Pendant des années, je me suis demandé si je ne t'avais pas poussée à bout ou à faire ou même à désirer des choses que tu ne voulais pas vraiment. Je n'arrivais pas à comprendre pourquoi tu m'avais quittée comme ça.

Je déglutis. J'ai la bouche sèche due à l'herbe, ou peut-être est-ce à cause de cette conversation tout à coup difficile. Ce que je déteste le plus chez moi, c'est exactement ce qu'elle vient d'exprimer. J'ai blessé la personne que j'aimais le plus au monde. Je l'ai fait douter d'elle-même.

— J'ai été une imbécile.

J'ai encore du mal à dire à Mac que j'étais amoureuse d'une autre fille.

— Ça a été aussi facile que ça, franchement ?

On dirait que, même après toutes ces années, elle n'arrive toujours pas à y croire.

— Il n'y a rien eu de facile.

J'avais le choix le plus atroce à faire : quitter la femme avec laquelle j'avais eu une relation merveilleuse pendant dix ans, la femme que j'allais épouser et avec laquelle j'allais avoir des enfants, la quitter pour cette inconnue captivante qui croisait notre chemin et choisir une vie totalement différente. Cherry avait dix-sept ans de plus que moi et n'avait pas d'enfant. Elle était pleine de vie, éloquente et brillante dans plein de domaines. Et, elle était sublime. C'était facile, dans le sens où je ne pouvais pas lui résister. J'ai essayé, de toutes mes forces. J'ai imaginé Mac le jour de notre mariage. Je l'ai imaginée avec notre enfant dans les bras. Seulement, quand je pensais à Cherry, j'avais la chair de poule, le souffle court et mon petit cœur ne faisait pas le poids, car il était sous l'influence de la plus grande drogue de tous les temps : l'amour et le désir charnel. Je n'avais pas les idées claires. Les substances chimiques présentes dans mon cerveau avaient fait de moi une ado en rut qui n'avait qu'une seule chose en tête. C'était horrible et fou à la fois. Puis, j'ai couché avec Cherry, et mon choix était fait. Mon destin était scellé, tout comme celui de Mac.

— Mais ce n'était pas ta faute, Mac. Ce n'est pas à cause d'un truc que tu aurais fait ou n'aurais pas fait. La cause, c'était moi.

— Si des années de thérapie m'ont appris une chose, c'est que l'échec d'une relation n'incombe jamais à une seule personne, rétorque Mac sur un ton catégorique. L'arrivée de Cherry dans notre vie, c'était peut-être un mal pour un bien. Toi et moi, on n'était peut-être pas faites l'une pour l'autre à long terme.

— Ma vie sentimentale après toi suggère fortement le contraire.

— Je ne pouvais pas être l'élue de ton cœur, Jamie. Tu m'as quittée.

— L'un n'exclut pas l'autre.

Les effets de l'herbe commencent à s'estomper, toutefois j'ai encore le courage de dire ceci à Mac :

— Ça n'a jamais été pareil avec les autres.

— Sauf avec Cherry.

La voix de Mac est étonnamment réservée, résignée même.

— Non, sûrement pas avec Cherry. Au début, oui.

Même si je vivais mon propre chagrin d'amour pendant que je tombais encore plus amoureuse d'elle.

— Mais ce qu'on partageait, toi et moi, c'était spécial.

— Tu n'es peut-être pas objective concernant notre relation. C'était il y a longtemps.

Mac laisse tomber ses chaussures sur le sable.

— Ce n'était peut-être pas aussi bien que dans nos souvenirs.

— J'ai fait beaucoup d'erreurs dans ma vie et je n'ai pas toutes les réponses, mais il y a une chose dont je suis absolument certaine. Toi et moi, on était extraordinairement bien ensemble.

— On a vécu des bons moments.

Mac regarde ses chaussures dans le sable. Elle remonte un peu sa robe, puis pose ses fesses à terre.

Je me laisse choir à côté d'elle tout en veillant à laisser un espace entre nos jambes, mais pas trop.

— Plus que quelques-uns, j'objecte. On a eu dix belles années.

CHAPITRE 9
MAC

— Cherry me plaisait, à moi aussi, je confesse. Je pense que tu le sais.

Cela m'aide de ne pas avoir à le lui dire les yeux dans les yeux. Mon regard peut se perdre dans la noirceur des vagues devant moi.

— Mais je n'ai pas couché avec elle, moi, sans parler de m'enfuir avec elle.

Cherry Valenti a été ce tourbillon qui a tout ravagé sur son passage. Nous ne la connaissions ni d'Eve ni d'Adam et, d'un seul coup, elle ne nous quittait plus. Elle a été l'ouragan qui a tout détruit et a laissé nos vies en ruines. Il faut des années pour se reconstruire à partir de tels décombres.

— Je savais qu'elle te plaisait, avoue Jamie.

Nous ne nous le sommes jamais dit à haute voix, mais c'était là, dans les sous-entendus de nos conversations. La rencontre avec Cherry a électrisé nos vies. Notre erreur a peut-être été de ne pas en parler, seulement nous avions un mariage à organiser et je me préparais à vivre ma première grossesse. Ce n'était pas une conversation que je voulais avoir.

— Tu sais ce qu'il y a de pire dans tout ça ?

Ma voix est si basse qu'elle est à peine audible au-dessus du fracas des vagues.

— J'étais tellement en colère contre toi, mais… j'ai aussi un peu compris. Pas que tu aies voulu me quitter ou abandonner notre vie pour elle, mais que tu aies couché avec elle. Si ça n'avait été que ça, on aurait peut-être pu le surmonter. Ensemble. Ce sont des choses qui arrivent. Enfin, je n'ai jamais imaginé que ça puisse nous arriver parce qu'on… on a toujours été bien ensemble. On s'amusait bien au lit. Tu te souviens quand on a eu notre premier sex-toy ?

Un sourire se dessine sur mon visage.

— On a tellement ri qu'il est resté dans sa boîte pendant longtemps.

— Comment oublier ça, chérie !

Jamie se racle la gorge.

— Pardon. Je voulais dire *Mac*.

— Depuis que je t'ai revue, je suis bombardée de mauvais souvenirs, mais je devrais peut-être essayer de me rappeler davantage les bons moments. On en a eu beaucoup, et puis quel est l'intérêt de déterrer le chagrin, de toute façon ?

— Hmm, se contente de répondre Jamie.

Elle se racle à nouveau la gorge.

— Ça va ?

Je me retourne pour la regarder.

— J'ai la gorge un peu sèche.

Elle met la main devant la bouche et tousse.

— J'ai pris une taffe sur le joint d'un môme tout à l'heure.

— Tu es sérieuse ?

Du Jamie tout craché. Je secoue la tête, comme si nous avions remonté le temps et que j'étais son épouse qui la réprimandait pour s'être montrée irresponsable. Allez savoir ce qu'elle a fumé, je ne le ferai pas. Je ne suis pas son épouse et encore moins ce genre de personne. Au contraire, j'aimerais moi-même aller trouver ces jeunes et tirer quelques bouffées.

Jamie éclate de rire.

— C'était de la bonne came.

— Apparemment.

Je me retiens de justesse de poser une main sur son genou.

— Je vais te chercher de l'eau.

Je me relève. Il y a du sable partout sur ma robe.

— Non, ça ira. Retournons à l'intérieur.

Jamie commence à se lever, perd l'équilibre et tombe les quatre fers en l'air.

— Allez.

Je lui tends la main pour l'aider à se relever.

— Tu n'as pas aussi bien vieilli que moi.

— Ne parle pas trop vite.

Jamie saisit ma main tendue, et elle est debout en un rien de temps.

J'essaie de chasser le sable collé au dos de ma robe, mais il y a des endroits que je n'arrive pas à atteindre.

— Je peux ? me demande Jamie. T'épousseter les fesses ?

Elle m'adresse ce sourire charmeur dont elle a le secret. Après, elle se mordra la lèvre inférieure et cela fera chavirer mon cœur, comme toujours.

— Oui, merci, dis-je à la hâte tout en lui tournant le dos pour ne plus voir son visage.

Elle époussette avec délicatesse le sable sur mon derrière. Il est difficile de dire si sa main s'attarde. En tout cas, c'était libérateur d'avoir cette conversation avec elle et de retrouver la femme que j'aimais par-dessus tout.

— Voilà, madame. Faites-moi savoir si je peux vous être d'un quelconque secours.

Jamie passe son temps à plaisanter. Je ne lui en veux pas. C'est plus facile que de raviver un souvenir douloureux.

— Ne devrais-je pas vous rendre la pareille ?

Je regarde ses fesses.

— Pour un peu, je penserais que vous cherchez à me mettre la main au panier.

— J'ai déjà donné.

Jamie flanque les mains sur les hanches.

— Tu ne vas pas me faire croire que tu n'as pas envie de tâter la marchandise !

— Es-tu en train de dire que c'est ce que tu viens de faire, alors que tu étais censée m'aider ?

Il faut être deux pour jouer à ce jeu-là. Ça a toujours été comme ça, entre Jamie et moi. Nous étions pareilles. Nous riions aux mêmes blagues. Nous voulions les mêmes choses. Nous aimions toutes les deux Cherry. Le vrai drame dans tout ça, là où l'équilibre s'est rompu, c'est peut-être que Cherry préférait Jamie à moi.

— Comme si tu ne le savais pas.

Voilà qu'elle le fait. Elle plante les dents dans sa lèvre pulpeuse. Est-elle en train de flirter avec moi ? Cherche-t-elle à réduire toutes ces années où nous ne nous sommes pas adressé la parole à cette conversation que nous venons d'avoir et à nous faire oublier toutes les blessures, les regrets et les déceptions, comme si de rien n'était ?

— Mes intentions n'étaient que pures, me défends-je.

— Si tu le dis.

Un sourire plaqué au visage, Jamie s'essuie le derrière.

— On retourne à l'intérieur ?

Je ramasse mes chaussures et la suis jusqu'à la salle.

———

La fête bat son plein. Bien qu'il s'agisse d'un petit mariage, la piste de danse est bondée. Alan et Charles s'y déhanchent avec Sandra. Je me dirige droit vers eux, prête à me trémousser à nouveau. J'ai besoin de me vider la tête. Je jette un coup d'œil à Jamie qui se tient près du bar et discute avec le barman pendant qu'elle se réhydrate. J'ai du mal à la quitter des yeux. *Attendez*. Je rêve ou elle est en train de flirter avec lui tout juste après avoir flirté avec moi dehors ? Elle ne ferait pas une chose pareille, si ? Je n'en sais rien. En revanche, tout ce qu'elle m'a dit sur la plage, je le savais déjà. Elle ne m'a rien appris. Je sais qu'elle regrette ce qu'elle a fait, que ça n'a pas marché entre Cherry et elle, et que ce qu'on partageait était unique. Simplement, je ne lui ai jamais laissé la chance de me le dire en personne.

Sans plus tarder, Jamie s'éloigne du bar et nous rejoint sur la piste de danse. Si elle a flirté avec lui, ou lui avec elle, cela semble sans conséquence. Je laisse couler, car je suis là pour m'amuser et remplacer l'animosité que j'avais envers Jamie par des souvenirs plaisants, ces moments de joie où nous dansons avec nos amis, cet amour que nous célébrons, et même ces retrouvailles et le fait de pouvoir nous parler comme nous venons de le faire.

Cette fois, parce qu'il est tard et en raison de notre balade sur la plage, Jamie et moi dansons différemment. Nos corps sont davantage tournés l'un vers l'autre. Il y a plus de contact visuel, davantage de sourires plus détendus. Comment ne pas sourire quand je la vois ainsi ? Si je me permettais une telle folie, j'avouerais toujours éprouver de l'attirance pour elle, avec sa frange qui lui tombe juste en dessous des sourcils et attire l'œil sur ses yeux de braise. Et ce sourire. Merde. Peut-être que je me sens encore attirée par elle. Non. Pas du tout.

— Oh, Mac !

Sans crier gare, Alan m'entoure de ses bras.

— Je suis si heureux de t'avoir à nouveau dans ma vie.

Charles et lui auront bu une bouteille de champagne pendant que je cherchais Jamie. Ils ont l'air d'adorer ce breuvage.

— Moi aussi, chéri. Moi aussi.

Au même moment, le tempo ralentit à nouveau.

— M'accordez-vous cette danse, mademoiselle Mackenzie ?
demande Alan, qui s'efforce de prendre un air sérieux.

— Avec plaisir.

Dieu merci, le DJ n'a pas mis une chanson d'Isabel Adler.

— Il est génial, ce mariage ! s'exclame Alan alors que nous
commençons à danser. Ces endroits où on ne connaît pas grand
monde, c'est parfois quitte ou double, mais ces noces sont
incroyables.

C'est très différent de danser avec lui que de danser avec
Jamie.

— Tu t'amuses bien, toi ? me demande-t-il.

— Oui. Je suis contente d'être venue.

— Tu avais envisagé de ne pas venir à cause de tu sais qui ?

— Oui, mais Sandra m'a bien fait comprendre qu'il en était
hors de question si c'était pour cette raison. Elle n'a pas eu tort.
Il était temps.

Du coin de l'œil, je vois Charles danser avec Jamie.

— Où as-tu déniché ton merveilleux mari ?

— Où, d'après toi ?

Alan se met à rire si fort que je sens son corps trembler
contre le mien.

— Je n'en ai sincèrement aucune idée.

— Grindr, chérie.

Il agite les sourcils.

— C'est le comble.

— Waouh ! Ton plan cul est devenu époux. C'est top.

— C'est un gentleman qui aime les grandes gueules. Dès
que j'ai compris ça, j'ai su que je ne devais pas le lâcher. On est
devenu ce couple gay odieusement heureux. Et on ne couche
avec personne d'autre, tu imagines ? Je n'aurais jamais cru
qu'un jour je vivrais ça, mais Charles comble tous mes besoins.

Il sourit d'un air penaud, avant de plisser les yeux.

— Et toi, chérie, comment ça se passe à ce niveau-là ?

— Quel niveau ?

— Le cul, me souffle Alan.

— Je suis célibataire, dis-je sur un ton détaché, comme si cela répondait à sa question.

Je sais pertinemment que ce n'est pas le cas. Je ne voudrais pas le priver de la satisfaction de me cuisiner.

— Tu es Gabrielle Mackenzie. Tu t'envoies forcément en l'air.

Il le dit avec une telle conviction que je ne peux m'empêcher de glousser, car il se trompe sur toute la ligne.

— Je suis curieuse, Alan. Comment vois-tu ma vie sexuelle ? Comment ça fonctionne, de ton point de vue ?

— Je ne sais pas, moi. Tu te débarques quelque part, divine comme tu l'es ce soir. Tu papillonnes des cils quelques fois et, boum, quelques instants plus tard, tu te retrouves au lit avec une créature tout aussi magnifique que toi.

Il secoue la tête.

— Je ne suis qu'un homme ordinaire, Mac. Je m'en rends bien compte.

— Je doute que ça fonctionne comme ça pour qui que ce soit, quel que soit le sexe ou le pays.

Alan me fait mourir de rire et ça fait du bien.

La chanson se termine, et il esquisse une révérence comme si je lui avais fait le plus grand des honneurs. De l'autre côté de la piste de danse, je vois Teddy se frayer un chemin jusqu'à moi.

— Jamie ! je crie.

Lorsqu'elle tourne le visage vers moi, je lui fais signe.

— J'ai besoin que tu danses avec moi.

Jamie penche la tête sur le côté.

— Ah bon ?

— Ah ! se lamente Teddy, qui est arrivé à nos côtés. J'arrive trop tard ?

Il fait semblant de bouder.

— Mais qui suis-je pour m'interposer entre deux belles dames ?

Il me décoche un clin d'œil.

— Bonne danse !

Jamie enroule un bras autour de ma taille et place sa main au creux de mes reins. Dès le début, elle me serre bien plus contre elle que lors du slow précédent. Nos hanches se touchent et il n'y a pas un centimètre d'espace entre nos ventres. Je pose une main sur son épaule et elle prend la seconde dans la sienne pour la tenir en l'air.

— Teddy nous a souhaité bonne danse, souligne-t-elle, avant de me sourire. On ne va pas contrarier le père de la marier.

— Non, conviens-je.

— D'ailleurs…

Jamie referme les doigts sur ma main et commence à guider. La timidité qu'elle a ressentie lors de notre première danse ensemble a bien disparu.

— … il vaudrait mieux lui montrer à quel point la danse est bonne pour qu'il ne lui vienne même pas l'esprit de nous interrompre si un autre slow arrive après celui-ci.

— Tu as toujours eu l'esprit vif, Jamie. Tu échafaudais sans arrêt toutes sortes de plans.

— Si je me souviens bien, c'est ce qui te plaisait chez moi.

Elle presse un peu plus les doigts dans la chair de mes reins. Je mentirais si je disais que cela ne me fait rien.

— C'est mieux que de danser avec Alan qui me pose des questions sur ma vie sexuelle, je lâche.

— Béni soit-il !

Jamie éclate de rire, et c'est étonnamment plaisant de sentir son ventre trembler contre le mien. Au lieu de danser joue contre joue, elle pose son regard sur moi.

— On ne peut pas reprocher à cet homme d'être curieux.

— Tu vas à la pêche aux infos ?

De qui je me moque ? Moi-même, j'ai envie de tout savoir sur la vie sexuelle de Jamie. Je suis toujours attirée par elle. Elle est la femme à laquelle j'ai comparé toutes les autres, et aucune ne lui est arrivée à la cheville.

Elle hoche la tête. Si elle refait ce truc avec ses dents, je risque de succomber instantanément, bien que plus grand-chose ne me retienne.

— Toi d'abord, fais-je.

C'est trop facile, sinon.

Jamie pousse un soupir.

— Ma dernière relation remonte à quelques années, en fait.

— Et ?

— Et quoi ?

— Tu n'as pas d'aventures ? je demande.

— Parfois, j'ai des rencards avec moi-même. C'est à la mode. Tu savais ?

— C'est un euphémisme pour dire… tu sais quoi ?

Jamie ricane.

— Est-ce qu'on parle de la même chose ?

— Je ne sais pas. Si ?

— Je te dis que j'aime sortir seule et, toi, tu me demandes si c'est un euphémisme pour parler de masturbation.

Jamie se met à rire à gorge déployée.

— Bon sang ! J'avais oublié. C'est tout toi ! Elle est pas mal celle-là, Mac.

Elle secoue légèrement la tête.

— Putain, tu es trop mignonne.

Elle pousse un long soupir. Son visage se voile, comme si elle se tenait soudain dans l'ombre de quelque chose. À présent, elle m'attire contre elle de façon à ce que je ne puisse plus voir ses traits. L'atmosphère change.

Nous sommes passées du flirt à autre chose, quelque chose de plus profond, de plus difficile à maîtriser, surtout à cette heure tardive de la nuit. Les regrets, probablement. Les mauvais souvenirs ont évincé à nouveau les bons, car c'est ainsi que ça s'est passé entre nous, c'est notre histoire. Nous étions bien ensemble, puis nous ne l'étions plus. À présent, nous dansons ensemble et c'est drôle, mais ce n'est ni léger ni facile à cause de notre passif. C'est un plaisir teinté d'amertume.

Je me rapproche le plus possible d'elle, car je n'aurai peut-être plus jamais l'occasion de sentir son corps contre le mien. Là, je peux. Je peux me permettre au moins cela. Même si nous sommes pratiquement des étrangères aujourd'hui, j'ai l'impression de retrouver ma place.

Après quelques instants, je remarque que nous dansons à peine. Nos pieds ne bougent guère et nos hanches ne se balancent que légèrement. Nous nous tenons l'une l'autre au beau milieu de cette piste de danse, comme agrippées à quelque chose que nous avons perdu il y a longtemps. Je ne sais même pas si la chanson a changé. Elle est toujours aussi lente et, lorsque je lève les yeux, je vois d'autres couples qui dansent enlacés.

— Je n'ai pas envie de te lâcher, me murmure Jamie à l'oreille.

— Je n'ai pas envie que tu me lâches, dis-je.

Mais qu'est-ce que je raconte ?

— On ne peut pas rester comme ça pour toujours, réplique-t-elle, son souffle chaud sur mon cou. Une fois que la musique aura changé, ça fera désordre.

— Tu veux… qu'on continue à discuter un peu ? Dans ma chambre ?

Qu'est-ce qui me prend de l'inviter dans ma chambre ? Or, c'est la conséquence logique de cette soirée, de cette journée, de ce voyage. L'autre option, c'est que j'aille me coucher et que je me retourne toute la nuit en ressassant toutes les questions qui me brûlent les lèvres, mais que je n'ai pas eu l'occasion de lui poser, ou que je me demande s'il aurait été agréable de passer du temps avec Jamie, si j'en étais capable, si j'avais vraiment tiré un trait sur le passé et si nous pouvions redevenir des amies.

— J'aimerais beaucoup.

Son menton tapote mon épaule.

— Je ne veux pas jouer les rabat-joie, mais ça aura l'air un peu bizarre si on part toutes les deux maintenant, après cette danse.

— Le pauvre Alan n'en fermerait pas l'œil de la nuit.

— La nuit de noces de Sandra serait gâchée.

— Je peux m'éclipser furtivement. Pour le bien de nos amis.

— Dansons encore un peu, propose Jamie. Ensuite, je ferai mes adieux.

Le fait que nous fassions de cette entrevue un rendez-vous secret rajoute de l'excitation, sauf si Jamie pense que je l'ai invitée dans ma chambre pour autre chose que pour poursuivre notre conversation. Ce n'était pas cela que j'avais en tête.

Je crois.

J'en suis certaine.

CHAPITRE 10
JAMIE

Je n'arrive pas à y croire, ou peut-être n'y avait-il qu'une seule issue possible lorsque Mac et moi nous sommes enfin retrouvées dans la même pièce. Cela ne pouvait peut-être que se passer de la manière dont cela s'est toujours passé entre nous. Dès l'instant où nous nous sommes rencontrées, il y a plus de trente ans, nous avons été attirées l'une par l'autre. Lorsque j'ai croisé son regard pour la première fois dans ce dortoir de l'université de New York, je n'ai plus jamais voulu détourner les yeux. Et nous voilà, trois décennies plus tard, avec ce lourd passé entre nous, et je n'ai toujours d'yeux que pour elle.

Je ne dois plus mon ivresse à l'herbe que j'ai fumée tout à l'heure. Je la dois au fait d'avoir dansé avec elle, de lui avoir parlé, d'être tout simplement près d'elle. Je sais que les circonstances accentuent ce sentiment. La sensation est plus forte que si nous nous étions croisées à New York. Elle aurait probablement détalé dans la direction opposée.

— Je suis lessivée !

J'embrasse Alan et Charles pour leur dire bonne nuit. J'ai déjà fait mes adieux aux mariés.

— Ça a été une sacrée journée et je n'ai pas bien dormi la nuit dernière.

Alan me jette un regard perplexe. Tout le champagne qu'ils ont bu a peut-être eu raison de son mari, finalement.

— Tu veux que je borde Charles ? je demande.

— Je n'ai pas besoin qu'on me borde, James, grommelle Charles. Toi, oui ?

— Non, chéri. Bonne nuit.

Je l'embrasse rapidement sur la joue. Il ne reste plus qu'à dire au revoir à Mac pour la forme, à moins qu'elle ait changé d'avis.

Je pose une main sur son épaule nue.

— Merci pour cette merveilleuse soirée, dis-je.

— Merci à toi aussi.

Mac me sourit, comme si elle comptait bien honorer son invitation.

— Dors bien, ajoute-t-elle.

Lorsque je pars, j'hésite à passer par la plage pour vérifier si les jeunes qui fument de l'herbe sont toujours là. C'est une mauvaise idée, mais je suis nerveuse. L'invitation de Mac était ambiguë. Je ne devrais m'attendre à rien, seulement c'est plus fort que moi. En outre, la journée a été longue. Nous avons toutes deux dû faire face à un flot d'émotions. Je devrais m'enfermer dans ma chambre pour décompresser et rattraper le sommeil perdu la nuit dernière. Or, je n'en ai pas du tout envie.

Je laisse la porte de ma chambre se refermer derrière moi. Je ne sais pas quoi faire de ma peau. D'ordinaire, je me déshabillerais, mais j'ai un rencard. Je dois y aller. J'aurais dû l'inviter dans ma chambre au lieu de convenir d'un rendez-vous dans la sienne. Cela aurait été plus pratique. Toutefois, je ne pouvais ni l'inviter ni en être l'instigatrice. Je dois laisser à Mac le champ nécessaire pour qu'elle prenne ses propres décisions. C'est la seule façon de procéder. Comment saurai-je qu'elle est dans sa chambre ? Est-ce qu'elle…

On frappe doucement à la porte.

— C'est moi, lance-t-elle.

Elle est là ? Je la fais entrer rapidement. La première chose qu'elle fait est de s'adosser à la porte et d'enlever ses chaussures.

— C'était rapide.

Je ne peux m'empêcher de sourire.

— Alan et Charles ont décidé d'aller se coucher après ton départ, alors je suis montée avec eux. Ça me paraissait plus facile de venir dans ta chambre.

Elle promène son regard dans la pièce. La chambre est restée telle quelle depuis son passage éclair ce matin. J'ai l'impression que c'était il y a une éternité.

Je prends deux bouteilles d'eau dans le minibar et lui en donne une.

— Tu veux t'asseoir ?

Il y a un petit canapé près de la fenêtre. Il faudra s'y asseoir côte à côte.

— Bon Dieu, oui ! Mes pieds me font souffrir.

— Pourquoi portes-tu des chaussures pareilles ?

— Va savoir !

Mac se laisse choir dans le canapé et boit goulûment l'eau.

— Quelle soirée ! Je suis tellement heureuse pour eux. C'était un beau mariage.

— Oui.

Bien que je me cale dans l'angle du canapé, je suis encore si près d'elle que nos hanches se touchent pratiquement.

— C'était très chouette.

— Tu inclus le temps passé avec moi ?

Mac se tourne vers moi. En raison de la coupe de sa robe, elle doit garder les jambes serrées, elle ne peut pas la retrousser comme elle l'a fait plus tôt sur la plage. Son genou touche le mien.

— Tout à fait.

Je bois une petite gorgée d'eau pour avaler ce nœud au fond de ma gorge. S'il n'est pas difficile d'être assise ici avec Mac, cela n'en est pas plus facile. C'est autre chose. C'est prometteur, tentant. Un progrès, pour sûr.

— Je… commence à dire Mac avant de visiblement se raviser. Je ne sais pas vraiment pourquoi je suis venue ici. Dans ta chambre.

— Peut-être parce que… la soirée a été trop belle pour se terminer. Tu veux peut-être qu'elle dure encore un peu.

— Ça fait certainement partie des raisons, mais…

Elle aspire ses lèvres entre ses dents, comme si elle essayait de ravaler ses mots. Son regard trouve le mien. J'observe ses yeux d'un bleu vif.

— Oh, et puis merde, s'emporte-t-elle, avant de poser la main sur mon genou.

Ses doigts s'enfoncent dans ma chair.

— Je ne sais pas ce que tu en penses, mais j'aimerais beaucoup t'embrasser.

Je suis bouche bée. Ai-je bien entendu ou mes oreilles me jouent-elles des tours, comme si mes rêves les plus fous devenaient réalité ?

— Je suis très ouverte à l'idée de t'embrasser, dis-je tout bas, sans être sûre que Mac ait compris.

Or, sa main s'est resserrée autour de mon genou. J'incline le corps pour que nos lèvres soient sur la même trajectoire, bien qu'il y ait encore beaucoup de distance à franchir.

Mac commence à se pencher, avant de se retirer.

— Je dois d'abord te dire quelque chose.

Je hoche la tête. *Dépêche*, me dis-je, rêvant de ses lèvres sur les miennes, de recevoir une sorte d'absolution à son contact.

— Je ne suis ni ivre ni défoncée. Je fais ça en toute sobriété, mais il ne faut rien voir de plus dans ce baiser qu'un baiser. Ça n'est rien qu'un baiser, d'accord ?

Elle se répète. Elle est nerveuse. Je comprends.

— D'accord.

Ce n'est évidemment pas qu'un baiser. Nous ne nous sommes même pas encore embrassées. Mac se prémunit déjà des sentiments qu'elle pourrait ressentir plus tard, et je m'en sens coupable. Je pose ma main sur la sienne, lui caresse la peau avec le pouce. Je me rapproche.

— Ce n'est qu'un baiser, je murmure, avant de porter l'index à son menton et de le lever vers moi.

Je la regarde dans les yeux, réduis la distance qui nous sépare et pose mes lèvres sur les siennes.

Je ne sais pas pour Mac, mais pour moi, c'est infiniment plus qu'un simple baiser. C'est un moment de grâce. C'est Mac qui entrouvre la bouche la première si bien que j'ai du mal à y croire. Je m'écarte. J'ouvre les yeux et la regarde.

— Ça va ? je murmure.

— Oui.

Sa voix est aussi sérieuse que son visage.

Lorsque je m'approche à nouveau, je prends sa mâchoire au creux de ma paume pour intensifier le contact entre nous. Mes lèvres touchent à nouveau les siennes, d'abord en surface, puis Mac ouvre un peu plus la bouche. Ses lèvres s'écartent. Ma langue se faufile et rencontre la sienne. C'est si doux, si tendre, pourtant un raz-de-marée d'émotions déferle en moi. Avant ce soir, c'était inenvisageable, même dans mes fantasmes les plus fous. Je n'avais jamais osé rêver d'embrasser Mac à nouveau. Tout ce que je voulais, c'était qu'elle me parle, qu'elle puisse me regarder dans les yeux sans que cela lui rappelle la douleur que je lui ai causée. Ce baiser signifie bien plus. Il est aussi complètement différent de tous les autres baisers que j'ai échangés, parce que Mac tient une place unique dans ma vie.

Sa main, prisonnière de la mienne, n'a pas quitté mon genou. Elle la retire, la porte à ma nuque et m'attire un peu plus vers elle. Sa bouche s'ouvre encore. Elle me laisse un plus entrer, et je l'accueille davantage. Nos lèvres s'unissent, nos langues dansent la java et à mesure que ce baiser grandiose progresse, une joie pure éclate dans mon ventre. Or, ce n'est pas seulement de la joie qui jaillit dans ma chair. Mac a toujours déclenché une profonde excitation chez moi. C'était le cas il y a trente ans, il y a vingt ans et, apparemment, cela l'est encore aujourd'hui.

Ma respiration se fait courte. Ma main libre se dirige vers sa cuisse, la presse, la tâte. Seulement, je dois me maîtriser. Je ne peux pas la passer sous sa robe. J'en crève d'envie, mais ce n'est pas à moi de décider. Aussi, je la pousse en arrière sur le canapé, tout en gardant mes lèvres fermement plaquées sur les siennes, et me mets à califourchon sur elle. Ses mains remontent le long de mon dos. Sa langue est chaude dans ma bouche. Ce n'est peut-être encore qu'un baiser, mais il est très différent de ce qu'il était il y a à peine une minute.

Je crains de m'arrêter, de reprendre mon souffle, de peur que tout se termine aussi vite que cela a commencé, de peur que Mac reprenne ses esprits, bien qu'elle ait explicitement dit qu'elle était totalement sobre. Ce n'est pas parce qu'elle n'est pas sous l'empire de l'alcool ou de toute autre substance que les circonstances ne l'atteignent pas. Moi, elles m'atteignent, et je suis sous empire de Gabrielle Mackenzie, l'être humain tout entier. Comme elle était sublime quand elle est arrivée dans la salle. Comme elle était sexy quand elle dansait. Comme elle était directe dans ses questions. Comme son petit jeu de séduction était inattendu lorsque nous avons épousseté le sable sur nos vêtements. Comme elle m'a tenu dans ses bras lorsque nous avons dansé le slow. Comme elle m'a dit qu'elle, non plus, ne voulait pas que je la lâche.

Eh merde, j'ai tellement envie d'elle. Je détache mes lèvres des siennes et l'embrasse à la commissure des lèvres, puis de plus en plus bas. Je dépose une série de baisers dans son cou. En retour, elle rejette la tête en arrière. Elle gémit. Le bout de ses doigts s'enfonce dans la chair de mon dos.

Je suis partagée, mais je dois lui poser la question. Le consentement verbal est absolument nécessaire. Nous avons eu beau le faire une multitude de fois auparavant, c'était il y a vingt ans.

— Mac, je murmure tout en la regardant.

Elle ouvre les yeux et se redresse un peu.

— Tu veux… rester ? je demande.

— Oui, répond-elle, comme Sandra à Tyrone plus tôt dans la journée, mais dans un contexte totalement différent.

Elle me serre contre elle et ne dit rien d'autre, sa bouche trop occupée à retrouver la mienne.

CHAPITRE 11
MAC

J'ignore à quel point je ne l'avais pas prémédité. Je suis montée dans la chambre de Jamie, je l'ai regardée dans les yeux et lui ai dit que je voulais l'embrasser. Je peux toujours me raconter que je ne voulais rien de plus qu'un baiser, mais ça n'a plus été le cas à l'instant où nos lèvres se sont touchées. Car, Jamie est Jamie, *ma* Jamie. Si nous allions bien ensemble sur de nombreux plans, nous excellions au lit. Notre alchimie a toujours été très physique, et nous nous retrouvions toujours sous la couette, ce qui a rendu d'autant plus douloureuse son aventure avec Cherry.

Lorsque je l'embrasse, ce n'est pas tellement que je suis ramenée dans le passé, mais le temps s'arrête. À l'époque, à la seconde où nos lèvres se touchaient, le monde autour de nous semblait disparaître et, visiblement, cela n'a pas changé, comme si une part d'elle faisait toujours partie de moi, même après toutes ces années. Comme si le fait d'être ensemble, fusionnelles et inséparables pendant dix années entières, avait tissé des parties de son ADN dans le mien. Ses mains m'électrisent toujours. Son souffle sur ma peau me donne encore l'impression qu'un feu brûle dans mon âme. Et si certaines personnes avaient une telle importance, laissaient une telle impression, que le corps ne pouvait plus les oublier, malgré tous les efforts du cerveau pour les effacer ?

Alors, oui, je veux rester avec elle ce soir. Je veux qu'elle me déshabille, d'abord avec ses yeux, puis avec ses mains habiles. Je veux que Jamie me fasse ce qu'elle faisait autrefois, parce qu'elle l'a toujours si bien fait.

Au cours des vingt dernières années, je suis sortie avec des femmes merveilleusement intéressantes. J'ai couché avec des filles que je trouvais si sexy de prime abord que j'avais hâte de les mettre dans mon lit. Pour finir, je découvrais que l'étincelle, cette chose qui était là entre Jamie et moi depuis le début, était insaisissable, si bien que j'ai dû me rendre à l'évidence : je ne l'aurais jamais qu'avec elle.

C'est ce qui m'a anéanti quand elle m'a quittée pour Cherry *après* avoir couché avec elle. Elle a dû ressentir avec elle cette étincelle particulière que je croyais exclusivement nôtre, et c'est ce qui a été le plus difficile à accepter, le plus dur à surmonter au début, avant que je réalise que le rêve de fonder avec elle une famille s'était également effondré lorsqu'elle est partie.

Malgré tout, malgré le fait que Jamie m'a quittée et que tout a basculé, voilà où j'en suis. Ses lèvres se promènent sur mon cou. Déjà, je ne peux plus me passer de ses mains sur moi. Déjà, je la désire avec une passion que je n'ai trouvée avec personne d'autre, jamais.

Jamie gagne en confiance à chaque baiser qu'elle pose sur ma peau. Je le sens. Elle respire l'assurance, et j'en veux encore, et encore, et encore. Je la veux tout entière, juste pour ce soir. Ce sont des choses qui arrivent lors des mariages, c'est une réalité, surtout quand ils ont lieu dans des endroits romantiques comme Hawaï. Je l'accepte et ce sera l'excuse parfaite dont je me servirai demain.

Jamie me regarde à nouveau. Elle a l'œil qui pétille et elle piège sa lèvre du bas entre ses dents. Cela lui donne un air irrésistiblement espiègle. Sans me quitter du regard, elle commence à déboutonner sa chemise. J'ai la gorge sèche à cette perspective. Mes yeux sont rivés à ses mains, ses doigts agiles. Elle ouvre les pans de son chemisier et me dévoile sa poitrine.

Je tends les bras et passe les mains de son ventre à son dos. Sa peau est chaude et engageante. J'ai hâte d'en explorer les moindres millimètres, pour découvrir ce qui a changé en elle et ce qui est resté inchangé, car, autrefois, je connaissais ce corps comme ma poche. J'avais cartographié chaque tache de rousseur, chaque aspérité de sa peau, jusqu'à cette minuscule tache de naissance, presque invisible, au creux de son bras. Je dégrafe son soutien-gorge et l'en défais.

Si ses seins n'ont plus la même apparence — comment pourrait-il en être autrement ? —, ils me laissent toujours autant sans voix. Ses petits mamelons sont durs comme de la brique. Instinctivement, je tends les mains vers eux. Jamie se penche, et je passe la langue sur un des tétons tout en prenant son autre sein dans ma main. Un tumulte se déclenche entre mes jambes. J'ai le clitoris qui bat. Je suis surprise de la violence avec laquelle je la désire, peut-être même me fait-elle peur, sans doute parce que ça ne devrait pas être aussi agréable. Il conviendrait que ce soit plus gênant, moins fluide et moins aisé. Tant d'années se sont écoulées. Or, le temps s'arrête maintenant que j'ai le sein de Jamie dans la bouche et qu'elle pousse un gémissement profond, comme à son habitude, qui déclenche quelque chose en moi.

Mon corps se souvient qu'il aimait le sien, combien il ne se lassait jamais d'elle, comment il tentait de la retenir au lit quand le réveil de Jamie sonnait trop tôt, comment il s'accrochait à elle, longtemps après son départ, combien nos corps s'emboîtaient parfaitement, comme s'ils étaient faits l'un pour l'autre. Pas étonnant qu'il m'ait amené ici. Mes pieds m'ont portée jusqu'à sa chambre. Mes lèvres ont formé les mots qui déclaraient mon intention. Cela n'a rien à voir avec ce que j'ai ressenti ce matin, lorsque j'étais dans cette même chambre et que je me suis heurtée à une avalanche de douleur. C'est miraculeux ce que quelques heures et un brin de conversation peuvent faire. Quand j'ai vu Jamie autrement que par le prisme de sa trahison, la situation a changé au point que ça a conduit à ceci.

Jamie détourne la poitrine, mais ma bouche ne souffre pas de son absence bien longtemps. Ses lèvres sont de nouveau sur les miennes, et la douceur timorée des débuts a fait place à une détermination éloquente. Ses mains se faufilent entre mon dos et le canapé. Elle essaie sûrement de trouver la fermeture éclair de ma robe, cette robe rouge vif qui attire l'œil et que j'ai choisie à dessein, parce que je voulais que Jamie me regarde. Elle était chère, mais elle en valait la peine.

— Viens, on va sur le lit.

Sa voix est grave et enjôleuse.

Elle descend de mes genoux et me tend la main. Il n'y a que quelques pas à faire jusqu'au lit.

Je lui montre l'endroit où se trouve la fermeture éclair. Jamie ne perd pas de temps et la défait. Ses mains chaudes baissent le tissu jusqu'à ce qu'il ne reste plus qu'un amas rouge au sol. Je ravale ma salive, un peu nerveuse, car je me tiens devant Jamie en sous-vêtements.

— Tu es tellement belle, murmure-t-elle dans un souffle.

Malgré tout, j'arrive à l'entendre clairement.

Elle défait le bouton de son pantalon et enlève le bas de smoking qui lui a fait de si belles jambes toute la soirée.

Quand je la vois, c'est comme si une vague de chaleur m'avait frappée. Ses cheveux noirs et soyeux retombent sur ses épaules. Sa peau pâle contraste avec l'étoffe noire de ses sous-vêtements, qui sont plus pratiques qu'affriolants — ils l'ont toujours été. Pourquoi porterait-elle de la lingerie sexy, ce soir, de toute façon ?

Alors que nous aimions rester légères et même plaisanter lorsque la température montait, il semble que le badinage n'a pas beaucoup sa place ce soir, peut-être parce que la situation semble très fragile. Malgré tout, je doute que je me défile si le moindre mot de travers était prononcé. Les paroles malheureuses, c'est terminé, et j'ai pensé du mal de Jamie pendant presque deux décennies déjà. Je suis prête à mettre le passé derrière moi, ne serait-ce que pour une nuit, à me libérer de ce fardeau, de cette tristesse qui a creusé son terrier tout au fond de moi. Je veux remplacer l'amertume que j'ai associée à elle par un nouveau souvenir joyeux. Puis aller de l'avant, libre et plus légère.

Jamie fait un mouvement vers moi. Elle ne supportera pas de me voir porter encore un soutien-gorge alors qu'elle n'en a plus, de sentir mes mains et mes lèvres sur ses seins alors qu'elle n'a pas touché les miens. De quel droit la fais-je attendre ? Mon soutien-gorge est enlevé en quelques secondes.

— Tu es incroyablement sexy, fait-elle, d'une voix claire cette fois.

Et je la crois. Ce n'est pas tant que je doute d'être séduisante, mais je pense que je le suis à ses yeux, qu'une fois de plus, elle me désire de tout son être.

Lorsqu'on aime quelqu'un de tout son cœur, qu'on la désire de toutes ses forces et qu'on ne suscite pas la même passion chez l'autre, c'est la chose la plus humiliante, la plus démoralisante et la plus accablante au monde. Cela peut vous briser une âme pendant un bon moment. Puis on s'en remet, parce que la vie continue et que le temps fait son œuvre, mais il reste toujours des séquelles. Rien n'est plus jamais comme avant. Un petit déséquilibre reste. Pas beaucoup, pas au point de gâcher une vie pour toujours, mais juste assez pour qu'on se rappelle qu'on a vécu quelque chose de spécial et que l'on n'est pas sûr de pouvoir le ressentir à nouveau.

Demain, je retrouverai probablement ce sentiment, mais c'est pour cette raison que nous avons cette nuit. C'est pour cette raison que mon âme se sent momentanément réparée lorsque Jamie me dit que je suis sexy. C'est aussi pour cette raison qu'elle ne peut le dire que maintenant, dans cette pièce, quand il fait noir dehors, après la journée et la soirée que nous avons passées. À ce mariage, où une amie nous a réunies. C'est le seul moment où cet équilibre peut exister. Je le sais. Et je le prends.

L'instant d'après, elle pince un de mes mamelons, cette ligne directe vers mon clitoris. Je n'ai pas été aussi excitée, aussi disponible, depuis des années, peut-être des décennies, peut-être depuis la dernière fois que nous avons couché ensemble, quand j'ignorais qu'elle m'échappait, que je la perdais pour une autre femme.

Jamie me sourit à présent. Elle me fait ce sourire diabolique dont je me souviens si bien. Celui qui m'a toujours fait chavirer. Celui qui disait haut et fort *Je vais te faire jouir si fort que tu ne sauras même plus quel jour nous sommes.* Jamie a toujours été très douée pour ça. Elle m'a fait craquer dès le premier jour de notre rencontre. J'ai bien essayé de lui résister, mais je n'ai jamais été aussi nulle que dans ce domaine.

Elle me pousse sur le lit. Ma culotte glisse un peu, et je m'en débarrasse complètement.

Jamie me contemple. Le sourire diabolique s'est transformé en sourire amusé. Elle m'emboîte le pas, et me voilà entière-ment nue au lit avec l'ex qui m'a fait le plus de mal. Je n'aurais jamais imaginé que cela puisse arriver, et d'un autre côté cela a du sens.

— Salut, toi.

Sa voix est chaude et érotique à souhait. Elle m'embrasse à nouveau et, soudain, ses mains sont partout. Jamie est sur moi, et tous les muscles de mon corps s'abandonnent à elle. Cela ne fait jamais que vingt ans qu'il attend cela. Lorsque ses lèvres se referment sur un sein, je jouis presque, juste à cause de la stupeur délicieuse et de l'insatiable désir qui monte en moi. De la voir nue. De sentir son corps contre le mien. D'avoir été loin d'elle durant toutes ces années jusqu'à aujourd'hui.

Le contraste est saisissant, stupéfiant, bouleversant. Tout l'est en Jamie, presque trop, mais pas tout à fait, parce que Jamie Sullivan est, *était*, la femme qu'il me fallait. Voilà pourquoi nous ne nous sommes jamais lassées l'une de l'autre. Nous avons réussi à maintenir cette délicieuse tension sexuelle entre nous tout au long des années. Je ne dis pas qu'elle est toujours là, la seule chose qui reste, ce sont des souvenirs, dont la moitié ne doit même pas être exacte, mais la nostalgie est une force puissante, et le plus émouvant de tout, c'est son corps contre le mien, car cela a toujours été l'essence de notre couple. Nous ne rompions jamais le contact, marchant dans la rue en nous tenant par la main ou un bras noué à l'autre. Il ne nous venait pas à l'esprit d'être physiquement détachées l'une de l'autre, de ne pas être entrelacées.

Ses lèvres se dirigent à nouveau vers ma bouche, car elle ne semble pas se lasser de m'embrasser. Le sentiment est tout à fait réciproque. Pendant que nous nous embrassons, sa main descend pour se poser entre mes jambes. Ses doigts s'insinuent dans la moiteur de mon sexe, et j'ai tellement envie de me retenir. Je veux désespérément attendre ce moment sans doute magique où sa langue touchera mon clitoris, mais je n'y arrive pas. Je n'arrive pas me contrôler. Mon corps fait ce dont il meurt d'envie. Il se soumet aux mains de Jamie. Il suffit de quelques caresses incroyablement légères sur mon clitoris pour que tout mon être s'offre à elle.

Avec les lèvres de Jamie sur les miennes, nos langues dansant un slow comme nous l'avons fait sur la piste plus tôt, je jouis aussi fort qu'elle l'a laissé entendre.

CHAPITRE 12
JAMIE

Mac est tellement belle que je pourrais en pleurer, mais je retiens mes larmes. Qu'elle jouisse comme ça signifie beaucoup à mes yeux. Cela dit, pour elle, cela doit signifier quelque chose, et je veux qu'elle vive ce moment sans que je lui impose mes émotions.

— Bordel de merde !

Oui. Elle jure toujours comme un charretier, mais seulement au lit.

— Tu fais de la sorcellerie avec tes doigts ou quoi ?

Elle m'attire contre elle.

— Juste de la boulangerie.

Je lui souris. Cet orgasme que je lui ai donné doit sûrement me donner le droit de l'embrasser à nouveau, et c'est ce que je fais. Mac me serre contre elle, autant que possible. Ma peau se fond dans la sienne, j'ai la chair en feu. Cette femme m'excite comme jamais, car si ce n'était pas un simple baiser, ce n'est pas non plus que du sexe. J'ignore ce que ça représente pour elle, peut-être me le dira-t-elle plus tard, peut-être pas, mais, pour moi, c'est à la fois une rédemption et la certitude qu'un lien insécable nous unit Mac et moi.

Mon clitoris est une boule de feu incandescente entre mes jambes, mais tout ce dont j'ai envie, c'est la faire jouir à nouveau. Je veux goûter à son sexe, la sentir davantage. En revanche, elle a peut-être besoin de quelques minutes. Je suis certaine qu'elle me le fera savoir.

Pendant que je l'embrasse, je continue de lui caresser le corps. Il m'est familier, et plus tellement non plus. Vingt ans, ça change une personne à l'intérieur, comme à l'extérieur. Moi, en tout cas, j'ai changé, du moins ai-je vu les erreurs que j'ai commises.

Mac relève un genou. Je me presse contre sa jambe. Il se peut que je trouve moi aussi une délivrance précoce, comme elle. Si je continue à me frotter à elle comme ça, pendant que sa langue virevolte dans ma bouche et que ses doigts s'enfoncent dans ma chair, je pourrais très bien jouir dans la minute qui suit. Je n'appellerai pas cela un orgasme prématuré, car il s'est forgé tout au long du week-end, depuis la toute première étreinte, qui était raide et maladroite, mais tout de même. C'était les prémices de tout ceci.

Mac rétracte le genou, me laissant en plan à plus d'un titre. J'ouvre les yeux. Elle a un sourire suffisant aux lèvres quand je la regarde.

— Tu es toujours une serial-jouisseuse ?

Je me mets à rire.

— Tu n'as qu'à le découvrir par toi-même.

— Volontiers.

Elle me regarde dans les yeux, et il me revient tout à coup à l'esprit un souvenir de nous prises d'un fou rire dans notre lit, celui avec le matelas épouvantable, dans cet immeuble de trois étages sans ascenseur à Williamsburg. Un souvenir de Mac riant si fort qu'elle tombe du lit et se foule le poignet. Même si elle a eu mal au début, nous en avons ri par la suite, car nous savions comment elle s'était blessée et son bandage autour du poignet nous le rappelait constamment.

— Ça va ? me demande Mac d'une voix si tendre, si bien-veillante, que j'en tomberais à la renverse si je n'étais pas déjà allongée.

— Oui. C'est beaucoup d'émotions. Tu n'es pas n'importe qui.

Pendant dix ans, Mac a été la personne la plus importante de ma vie. Celle autour de laquelle tout tournait.

— Je sais. C'est… inattendu.

Elle porte le dos de sa main à ma joue et la caresse doucement.

— Ça te va toujours ?

Si ça me va encore, à moi ? Je suis peut-être émotive et me sens un peu dépassée par les évènements, mais ça me va très bien de me retrouver au lit avec Mac. Je n'irais pas jusqu'à dire que ça a été la première chose à laquelle j'ai pensé quand je l'ai revue, parce que le simple fait d'envisager cette possibilité me paraissait inacceptable. Et pourtant, nous y voilà, et cela me semble incroyablement normal.

Je hoche la tête.

— Et toi ?

— J'ai joui plus vite qu'une ado en chaleur, alors oui. Ça me va.

— Pas mal pour une femme qui va avoir cinquante ans.

Je n'ai pas oublié l'anniversaire de Mac. Ça a toujours été un drôle de jour pour moi.

— Voyons voir ce que ça fait pour une femme qui a déjà soufflé ses cinquante bougies.

Avec son corps puissant, Mac me renverse et me cloue au matelas en un rien de temps.

— Qu'as-tu fait pour ton cinquantième anniversaire ?

— Je peux t'en parler après ?

Je lui souris. Mon clitoris bat toujours aussi fort et Mac m'a retournée comme une crêpe, ce qui n'a fait qu'empirer les choses.

— J'ai d'autres préoccupations en ce moment.

— Très bien.

Elle plisse les yeux, puis les ferme complètement avant de se pencher à nouveau vers moi. Mac m'embrasse, et mon corps s'abandonne entièrement à elle.

Ses bras sont puissants et fermes lorsque je fais courir mes doigts dessus. Mac était une athlète à l'université et ses beaux bras ont été l'une des premières choses que j'ai remarquées chez elle. Trente ans plus tard, ils m'excitent toujours autant, ou peut-être est-ce simplement parce que ce sont les siens, à Gabrielle Mackenzie, l'amour de ma vie. Celui que j'ai gâché.

Même si toutes les fibres de mon être appellent à la délivrance, je pourrais rester dans cette position, bercée dans sa douce étreinte, pendant une éternité. Recouverte par Mac, ses lèvres sur les miennes, nos mains caressant le corps de l'autre.

C'est alors qu'elle détache sa bouche de la mienne. Elle descend, laissant une traînée humide sur ma peau, et s'arrête sur mes seins. Quand j'aperçois son regard, il est plus sérieux que pétillant, renferme plus d'intentions que de malice. Elle lèche un mamelon, et un nouveau feu brûle dans mon ventre, s'ajoutant à celui que je nourrissais déjà. Ce n'est pas seulement le désir qui parcourt ma chair, c'est le bonheur à l'état pur, car c'est la langue de Mac sur ma peau, c'est son genou qui écarte mes jambes.

Si j'ai bien un super pouvoir, c'est celui de profiter de l'instant lorsqu'il se présente, de faire abstraction de la réalité et de foncer tête baissée. En l'occurrence, à cause de notre passé tumultueux, le bonheur absolu du moment, de cette courte nuit que nous passons ensemble, manque de m'échapper à plusieurs reprises, mais je parviens à me ressaisir. Il me suffit de regarder ce que fait Mac. Mac et moi faisons l'amour, ce qui ressemble plus à un miracle qu'à autre chose. Ses lèvres descendent en serpentant, pressant des baisers sur ma peau, laissant sûrement leur empreinte sur moi pour toujours. Elle s'installe entre mes jambes et je ne peux pas me contenter de m'allonger, de fermer les yeux et de savourer le plaisir à venir. Je dois regarder. Je dois la voir.

Elle m'observe brièvement avec des yeux que je connaissais autrefois si bien. Ces yeux dont il me suffisait d'entrapercevoir le regard pour savoir ce que Mac pensait. Aujourd'hui, ils sont un mystère pour moi. Depuis mon départ, elle a vécu une autre vie sans moi. Je n'ai aucune idée de ce qui se passe dans sa tête, même si je devine aisément qu'elle prend son pied autant que moi. Elle n'aurait pas joui aussi vite si ce n'était pas le cas, si elle n'était pas aussi excitée par « mes doigts sorciers ». Malgré ce que nous avons perdu, il reste encore tellement entre nous. Et mon pauvre cerveau ne peut s'empêcher de voir plus loin que ce moment et cette nuit. C'est plus fort que moi, mais heureusement, les baisers de Mac sur mon bas-ventre se font plus pressants, et mon cerveau s'arrête de mouliner.

J'ai le souffle court et les muscles tendus. Je ressens une exaltation divine. C'est peut-être le meilleur moment de tous, cet instant juste avant que Mac ne me fasse jouir. Parce que tout y est. Ce week-end, toutes les années que nous avons vécues et toutes celles que nous n'avons pas vécues. Nos mises au point et nos bavardages. Notre rencontre sur la piste de danse. Notre promenade sur la plage dans l'obscurité de la nuit. La magnifique Mac qu'elle est restée après toutes ces années. Comment je pourrais facilement retomber amoureuse d'elle, rien que parce qu'elle est là et qu'il ne m'en a pas fallu plus la première fois. Je l'ai vue et j'ai eu un déclic. Au fond de moi, je savais que cette fille était spéciale, qu'il fallait agir. Des actes, il y en a eu beaucoup, pas tous bons, pas tous mauvais, et ça n'a pas marché entre nous finalement, mais j'aimerais tellement avoir une autre chance. Oh, comme j'aimerais arranger les choses avec Mac. Comme j'ai besoin de son absolution. Comme j'aimerais qu'elle me dise, et qu'elle le pense du fond du cœur, qu'elle me pardonne d'avoir fait la plus grosse bourde de ma vie. Cependant, tout comme je savais au fond de moi, lorsque je l'ai rencontrée, qu'elle serait chère à mon cœur, je sais aujourd'hui que cela n'arrivera jamais. Il se peut qu'elle m'accorde son pardon, peut-être l'a-t-elle déjà fait, mais les dégâts que j'ai causés ne pourront jamais être réparés. On ne peut pas revenir en arrière. On peut vivre avec des regrets, mais le cours d'une vie ne peut pas être modifié après les faits.

Ce n'est donc pas seulement le bonheur qui fleurit dans mon cœur. Il y a une pointe de remords, de douleur amère, qui s'y accroche. Or, d'une certaine manière, la vie que nous avons vécue et les personnes que nous sommes devenues l'une pour l'autre en raison de cela jettent une lumière particulière sur ce moment. Il faut une intimité spécifique pour se retrouver aussi facilement après toutes ces années. Nous ne serons plus jamais les Mac et Jamie que nous avons été, mais nous sommes une nouvelle version de nous aujourd'hui.

Mac prend son temps, mais ses lèvres se rapprochent. Je gémis d'impatience. Depuis combien de temps n'ai-je pas senti sa langue à cet endroit ? Depuis combien de temps ai-je eu envie de la sentir à nouveau ? Je ne connais la réponse à aucune de ces questions. Et... *oh !*

C'est comme si quelqu'un défaisait ce qui me tenait en un seul morceau jusqu'à présent. Dès que Mac touche mon clitoris, mes muscles se relâchent, mes os se fondent dans ma chair. Je m'enfonce dans le matelas, tandis que mon corps libère des années et des années d'émotions refoulées. Toute la honte. Toute la culpabilité. Tous les regrets et la douleur. Tout cela me rattrape lorsque sa langue glisse sur mon clitoris. Ce qui suit tient davantage de l'exorcisme que de l'orgasme. C'est une expulsion de la douleur que je lui ai causée, et que j'ai causée à moi-même aussi. C'est le regret insondable avec lequel je vis depuis tout ce temps qui se transforme en un sentiment plus supportable. Ce sont toutes les émotions que j'ai dû étouffer pour continuer à vivre qui remontent à la surface, non pas pour me blesser, mais pour quitter mon organisme une bonne fois pour toutes.

Puis je pleure, car les larmes jouent un rôle important dans cette histoire. Toutes les larmes que je ne me suis pas permis de verser parce que c'est moi qui ai merdé. C'est moi qui ai fait ce choix, alors j'ai dû faire bonne figure et prendre sur moi.

— Hé, mon cœur.

Mes pleurs redoublent quand j'entends Mac m'appeler *mon cœur*.

— Oh, viens là.

Elle remonte vers moi et presse son corps chaud et réconfortant contre le mien. Elle me prend dans ses bras et me murmure des mots doux à l'oreille pour m'apaiser. Elle est si gentille, comme elle l'a toujours été. Je lui demandais souvent pour plaisanter comment une fille aussi séduisante qu'elle pouvait avoir autant bon cœur, comme si l'un excluait l'autre. C'était une boutade à l'époque, mais ce n'est plus tellement drôle aujourd'-hui. Car, la gentillesse est la dernière chose dont Mac devrait faire preuve à mon égard.

CHAPITRE 13
MAC

Au lieu d'une énorme gueule de bois, à laquelle je m'attendais après des noces endiablées, je me réveille avec des palpitations entre les jambes. Mon corps me fait souffrir à des endroits où je ne savais même pas que j'avais des muscles, moi, ancienne athlète et actuelle journaliste sportive. C'est mon travail de connaître le corps humain et ses limites. Le mien a été étiré bien au-delà des siennes la nuit dernière. Après ce premier orgasme éclair, j'aurais tout aussi bien pu être une serial-jouisseuse à l'image de Jamie. Elle ne m'a pas laissé une seconde de répit jusqu'au petit matin, comme si elle voulait, ou avait besoin, de rattraper vingt ans en une nuit.

Je me tourne sur le côté. La lumière passe sous les rideaux, mais Jamie dort toujours. Sa crise de larmes a été l'évènement le plus marquant depuis mon arrivée ici. Elle s'est ressaisie assez rapidement, mais tout de même. J'ai passé dix ans avec elle et je ne l'ai jamais vue pleurer ainsi. Elle n'est pas du genre à s'effondrer à ce point.

Je ne peux m'empêcher de passer une main dans ses cheveux. Heureusement, elle n'est pas encore réveillée, cela me laisse du temps pour réfléchir à ce qu'il se passe entre nous. Je me souviens de ce que j'ai dit hier soir. *Ce n'est qu'un baiser.* C'était mon premier mensonge. Le fait de penser que ce qui s'est passé dans ce lit n'était que du sexe en serait un autre. Il est impossible que ça ne s'en tienne qu'à ça entre nous. Si seulement ça n'avait pas été aussi bon. Si seulement Jamie ne savait plus jouer avec mon corps comme si elle n'avait fait que ça toute sa vie. Si seulement elle n'était pas aussi sexy et aussi désirable. Cela va à l'encontre de tous les autres sentiments que je ressens à son égard. Or, je ne peux plus prétendre la détester. Ce n'était ni une baise rageuse ni une réconciliation sur l'oreiller. Il est bien trop tard pour cela. Je ne sais pas vraiment ce que c'était, à part peut-être des retrouvailles au lit. De la nostalgie mélangée à toutes les autres émotions qu'un mariage peut susciter chez une personne. Je me contente de cette explication, car je ne vois pas ce que ça peut être autrement, en fin de compte.

— Bonjour.

Le visage de Jamie se fend d'un énorme sourire.

— Waouh, ajoute-t-elle dans un murmure.

— Oui.

— Tu es toujours là.

Elle capture ma main entre les siennes et s'y accroche de toutes ses forces, comme si je pouvais encore prendre la fuite.

— Tu veux que je m'en aille ? je demande, sachant très bien que c'est la dernière chose dont elle a envie.

Jamie secoue la tête.

— Je veux que tu restes ici toute la journée.

— On est à Maui. Il faut qu'on visite les sites touristiques.

Le vol de New York à Hawaï est sacrément long. Je ne veux pas rentrer chez moi en n'ayant vu qu'une chambre d'hôtel, même si une chambre d'hôtel avec Jamie Sullivan à l'intérieur pourrait me faire changer d'avis. Enfin, non. Un grand non, en réalité.

— Combien de temps restes-tu ? s'enquiert-elle.

— Encore une nuit. Et toi ?

— Une semaine.

Elle fait la moue.

— Tu as fait tout ce chemin pour trois nuits seulement ?

— Je n'ai pas pu avoir plus de vacances.

— Tu n'as pas pu ou tu n'as pas voulu ? demande Jamie.

Elle en sait quelque chose. C'est elle qui était un bourreau de travail, pas moi.

— Peu importe. On compte sur mon retour au studio mercredi.

— Es-tu en train de dire que tu es le ténor de l'ATC ?

Jamie passe ses doigts entre les miens.

— Lui-même ! je rétorque en plaisantant à moitié.

C'est drôle, car la seule raison pour laquelle j'ai connu un tel succès est que je n'ai pas fait grand-chose de ma vie en dehors du travail. Lorsque l'on n'a pas de conjoint ni d'enfants, on peut consacrer autant de temps que l'on souhaite à sa carrière. On peut devenir la personne sur laquelle les producteurs peuvent compter, car on n'est attendu nulle part.

— J'aimerais que tu restes plus longtemps, confesse Jamie.

— Pourquoi ?

Ce n'est pas que je veuille casser l'ambiance, mais il faut se dire les choses.

— Pour qu'on passe plus de temps ensemble. On a tellement de trucs à rattraper.

— Jamie… la nuit dernière, c'était chouette, mais je ne veux pas que tu te fasses des idées. Il n'y aura rien entre nous.

— Non. Bien sûr que non. Ce n'est pas ce que je sous-entendais. J'aurais juste aimé passer plus de temps avec toi. C'est si bizarre que ça ?

Elle garde son sang-froid, ce qui la rend plutôt séduisante.

— Tu es une personne merveilleuse, Mac. Et ta langue… Hmm !

Elle agite les sourcils et secoue lentement la tête.

— Le nec plus ultra ! Normal que j'en redemande.

Je l'admire pour sa légèreté. J'ai visiblement plus de mal à le faire qu'elle.

— Sérieusement, Jamie.

— Si tu ne veux pas me voir aujourd'hui, ça me va. Si tu veux faire comme si la nuit dernière n'avait jamais eu lieu, ça me va aussi. Tout me convient, Mac. Je suis juste contente de…

Elle s'interrompt.

Et, c'est reparti. Elle aspire un coin de lèvre entre ses dents. Cela lui donne un air à la fois vulnérable et irrésistible.

— Je sais pas. C'était incroyable, cette nuit, hallucinant même. Pour ma part, en tout cas. Et, je sais qu'il n'y aura « rien » entre nous, mais ce n'était pas rien à mes yeux, ça, c'est certain.

— Ce n'était pas rien à mes yeux non plus.

Je ne peux pas lui mentir là-dessus, même si je devrais peut-être le faire. Or, j'en suis incapable.

— C'était incroyable, justement, mais… ça aurait pu être quitte ou double. Ça aurait pu être gênant et insatisfaisant, mais ça a été l'inverse. On avait peut-être besoin de ça. C'était peut-être le seul moyen de mettre certaines choses derrière nous. Je n'en sais rien.

Je suis en train de m'égarer. J'ignore comment résumer la nuit dernière ou ce week-end. Il ne s'agit plus de se demander si finir au lit avec Jamie est une bonne ou une mauvaise idée, car on l'a déjà fait, et c'était grandiose, mais cela ne veut pas dire que je veux, ou que je dois, le refaire.

Elle me sourit tendrement. Elle a un air angélique. Elle est toujours aussi belle.

— Et si on commandait un petit-déjeuner et qu'on voyait où la journée nous mène ? C'est quoi, ces sites touristiques dont tu parlais et qu'il faut absolument voir ?

Sous la couette, sa main serpente vers mon ventre. Ses doigts se promènent sur ma peau jusqu'à ce que mon sein repose au creux de sa paume. Elle a toujours fait preuve d'une merveilleuse audace, pas étonnant que Cherry ait préféré Jamie à moi. Mince. C'est la première fois depuis que j'ai ouvert les yeux qu'elle me vient à l'esprit. Ce n'est pas terrible, mais cela me rappelle pourquoi nous en sommes là.

— Est-ce que je t'ai dit que tes seins étaient la chose la plus extraordinaire que j'ai vue jusqu'à présent sur cette île ?

Jamie s'approche, et je sais que je devrais mettre un terme à tout ceci sur-le-champ, mais quand elle devient tactile comme ça, quand ses mains envoûtantes sont sur mon corps, c'est impossible.

Je ris aussi, c'est plus fort que moi, parce que Jamie est aussi drôle que sexy. Certaines choses ne changent jamais.

Après un autre orgasme, Jamie et moi prenons le petit-déjeuner sur le balcon et admirons le bleu étincelant de l'océan Pacifique.

— Alan va devenir hystérique si aucune de nous ne se présente pour le petit-déj, observe Jamie.

— Il est peut-être trop occupé à soigner la gueule de bois de Charles.

Je bois une gorgée de café.

— On ferait peut-être mieux de ne pas leur parler de… ça. Alan ne va pas s'en remettre et il va en faire toute une affaire. Tu sais comment il est.

— Tu m'ôtes les mots de la bouche, dis-je.

— Je lui en parlerai peut-être à notre retour. Tu es d'accord ?

— Oui.

— Il rêve de renouer avec toi.

— Principalement pour pouvoir rencontrer Isabel Adler, mais oui, j'aimerais bien, en fait. Ne t'en fais pas, j'en fais mon affaire.

— Ce n'est pas que pour Isabel Adler qu'Alan aimerait te voir davantage, Mac. Tu le sais, non ?

— Oui.

Jamie arrache des morceaux de son croissant et les examine attentivement avant de les mettre dans sa bouche. Nous mangeons en silence. Je sens que le manque de sommeil me rattrape.

— Je pense que j'ai encore besoin de quelques heures de repos avant de visiter l'île.

J'étouffe un bâillement.

— Tu t'es montrée implacable avec mon corps de presque cinquantenaire.

Une ombre passe sur le visage de Jamie. Ce n'est pas celle d'un nuage, car le ciel derrière elle est d'un bleu immaculé.

— Tu penses qu'on pourrait se revoir quand on sera de retour à New York ? Peut-être aller prendre un café ?

Oui. Non. Je n'en sais rien. Comment une idée peut-elle être à la fois bonne et mauvaise ?

— Tu n'es pas obligée de répondre maintenant, mais je pourrais peut-être t'appeler de temps à autre quand on sera rentrées ?

Jamie hausse les sourcils. Elle ne porte qu'un peignoir qui lui glisse d'une épaule, ce qui me donne très envie de dire oui.

— Tu as gardé le même numéro ?

— Tu sais bien que non.

Comme je ne voulais plus jamais entendre parler d'elle, j'ai changé de numéro peu de temps après son départ.

— Le mien n'a pas changé, déclare-t-elle. Que dis-tu de m'appeler, toi, si et quand tu en as envie ?

— Tu crois que j'ai encore ton numéro ?

Le ton était un peu plus tranchant que je ne l'aurais voulu.

— Tu ne l'as plus ?

Je secoue la tête. Une fois le choc passé, j'ai effacé de ma vie tout ce qui concernait Jamie. Je me suis débarrassé de toutes les affaires qu'elle avait laissées derrière elle, y compris toutes ces choses que nous avions achetées ensemble, et j'ai pris un nouveau départ. Il le fallait, et je ne supportais plus l'idée d'avoir son numéro dans mon téléphone, comme s'il ne pouvait en contenir qu'un nombre limité et que le sien faisait partie de ce groupe restreint qui prenait une place précieuse, comme si son nom dans mon téléphone le contaminait d'une manière ou d'une autre. De toute façon, pourquoi l'appellerais-je à nouveau ?

— Tu veux que je te le redonne ? me demande Jamie.

— Pas besoin, dis-je en riant. Tu te souviens quand on a eu nos premiers téléphones portables ?

Notre rencontre remonte à cette époque où les téléphones portables n'existaient pas encore.

— Oui. C'est fou, non ?

— Voyons si ma mémoire est aussi bonne que je le crois.

Je ferme les yeux pour me concentrer, puis j'énonce son numéro.

— Je suis impressionnée.

Jamie fait de grands yeux ronds.

— Tu te souviens de mon numéro de téléphone !

— Je l'avais mémorisé à l'époque et visiblement ma mémoire est intacte.

J'ai envie de rajouter que je ne me souviens pas de son numéro pour la seule raison que c'est le sien, mais quel est l'intérêt de le préciser ? Je m'en souviens, point à la ligne. C'est drôle, ces choses que notre cerveau choisit de retenir.

— Dans ce cas, j'attends ton appel.

— On verra.

C'est tout ce que je peux répondre, car je ne sais pas si j'ai envie de prendre un café avec Jamie. Ce serait peut-être différent si je n'avais pas couché avec elle et si ça n'avait pas été aussi plaisant.

CHAPITRE 14
JAMIE

Au lieu de visiter les sites touristiques qu'elle prétendait vouloir voir à tout prix, Mac est restée dans sa chambre une bonne partie de la matinée et s'est prélassée au bord de la piscine presque tout l'après-midi. L'heure du dîner approche, et Alan et Charles, qui ont *dormi comme des loirs*, ont jeté leur dévolu sur un bistrot en bord de mer pour notre repas d'adieu à Mac.

J'aimerais l'avoir pour moi toute seule ce soir, et longtemps encore après, mais j'ignore ce qu'elle veut et la balle est dans son camp. Je lui ai dit clairement que je voulais passer du temps avec elle et que j'aimerais qu'on se retrouve à New York. Je ne peux rien faire de plus.

Je me promène sur la plage lorsque mon téléphone bipe. Le message provient d'un numéro qui n'est pas enregistré dans l'appareil.

Ces gays me serinent avec le dîner. 😉

Ce message doit être de Mac. Mon cœur bat la chamade. Le téléphone bipe à nouveau. Un nouveau texto apparaît.

> Je ne peux pas leur dire que mon corps ne tiendra pas une nouvelle nuit blanche.

> Imagine l'interrogatoire que je vais subir.

Je réponds :

> Désolée de t'avoir tenue éveillée jusqu'au petit matin. 😊

La nuit dernière me fait l'effet d'un rêve. Si je n'avais pas ces messages de Mac sur mon téléphone qui y font référence et qui confirment que c'est bien arrivé, je commencerais à me demander si je suis saine d'esprit. J'ai vraiment couché avec Mac. Si Alan n'est pas en mesure d'assimiler cette information, il n'est pas le seul.

Lorsque nous nous sommes réveillées, Mac ne s'est pas empressée de quitter la chambre en prétendant que tout cela n'était qu'une énorme erreur. Nous avons même pris le petit-déjeuner ensemble sur le balcon. Cela dépassait de loin mes espoirs les plus fous. Naturellement, j'aimerais que ça aille plus loin, car c'était sublime de coucher avec elle, à la fois parce que nous sommes d'anciennes amantes et qu'il y avait malgré tout l'excitation du renouveau. Il se peut toutefois que je caresse cette envie maintenant, dans cette destination de rêve, baignée du romantisme d'un mariage, loin de mon quotidien, mais qui sait ce que je ressentirai lorsque mes pieds toucheront à nouveau le sol de New York ?

Un autre message s'affiche.

> À tout à l'heure avec les gays, pour le dîner.

Si je le demandais à Alan, il me laisserait volontiers dîner seule avec Mac, seulement nous avons promis de ne rien leur dire, à Charles et à lui. Maintenant que j'y pense, je me demande pourquoi. Nous sommes tous des adultes.

— Hé, madame ! me crie l'un des jeunes d'hier soir.

Avec deux doigts, il me mime le geste de fumer.

Je lui fais signe de me laisser tranquille. C'était hier soir. C'était *avant*.

Je me souviens clairement des paroles de Mac ce matin. *Il n'y aura rien entre nous.* Peut-être devrions-nous commencer par requalifier la chose ou bien ne serait-ce qu'ambigu. Nous avons un lourd passé, plein de douleur, mais aussi plein d'amour. Si seulement ce moment n'avait pas été aussi génial, aussi entier et aussi fantastique, malgré le fait que je me sois effondrée dans ses bras. Après tout, j'en avais peut-être besoin pour pouvoir enfin effacer l'ardoise. Et même si je sais très bien que la balle est dans le camp de Mac, je peux au moins admettre que j'aimerais la revoir à New York, que j'aimerais faire bien plus qu'aller boire un café, que j'aimerais avoir un rencard avec elle, passer une autre nuit dans ses bras, que j'aimerais lui faire comprendre très clairement que lorsque je l'ai revue, cela n'a fait que confirmer ce que je savais depuis le début, que la quitter était une énorme erreur et que je donnerais n'importe quoi pour avoir une autre chance, pour savoir si nous allons toujours aussi bien ensemble.

Au fond de moi, je sais aussi que c'est bête de penser ainsi. Nous avons passé une nuit ensemble, davantage par nostalgie qu'autre chose, même si l'étincelle entre nous, tout comme la vitesse avec laquelle elle a joui, était indéniable. Mac avait envie de moi, ça, c'est certain. C'était intime et beau et il se peut même, mais peut-être est-ce mon cerveau qui me joue des tours, un brin sentimental. Un amour comme le nôtre ne disparaît peut-être jamais complètement. Peut-être en reste-t-il à jamais une partie dans nos cœurs, comme des braises que l'on peut ranimer pour en faire un feu brûlant. Je crois que je m'égare. Et puis, il nous reste encore ce soir. Qui sait ce qui se passera après le dîner. Si elle montre la moindre ouverture, je tenterai ma chance.

Je dois le faire.

Je réponds :

> S'il te plaît, mets à nouveau cette robe rouge.

Je pourrais tout aussi bien commencer à flirter.

Elle répond aussitôt :

> Je ne suis pas sûre que tu puisses le supporter.

Elle a tout à fait raison.

———

— Je sens quelque chose dans l'air, affirme Alan. Je ne suis pas du genre à garder ça pour moi. Quelque chose perturbe l'atmosphère paisible de cette table.

Il braque son regard sur moi, puis sur Mac.

— Vous vous êtes disputées ?

Il pince les lèvres comme si c'était une conclusion évidente, comme s'il avait déjà résolu le mystère de l'élément perturbateur.

— Non, se contente de répondre Mac.

— Tu les as vues sur la piste de danse hier soir, chéri, lui rappelle Charles. Ça ne ressemblait pas à deux personnes qui se disputent. Au contraire.

Il agite les sourcils.

— Oh ! lâche Alan, dont la mâchoire se décroche, avant de répéter, oh…

— Je suis surprise que tu t'en souviennes, Charles, dis-je

pour changer de sujet. Ce qui est sûr, c'est que tu aimes le champagne, chéri.

— Ça ne veut pas dire que je perds la vue quand j'en bois quelques verres.

Charles penche la tête, puis acquiesce.

— Hmm.

— Quoi ? demande Mac.

— Ce n'est pas nos oignons, vraiment.

Alan fait comme si les potins croustillants étaient tout à coup le cadet de ses soucis.

— Pas vrai, chéri ?

— Absolument, confirme Charles.

Okay. C'est à mon tour de voir clair dans cette stupide pantomime. Alan et Charles sont déjà au courant et ils essaient de prêcher le faux pour savoir le vrai. Je jette un coup d'œil à Mac. Elle hausse les épaules. Ne voit-elle plus d'inconvénient à ce qu'ils soient au courant ? Elle part demain, il se pourrait bien que ce soit le cas.

— Enfin, poursuit Alan, parce qu'il ne peut pas s'en empêcher, si vous pensez que j'ai l'intelligence émotionnelle d'un escargot, c'est mal me connaître. Sachez que j'ai le sens de l'observation comme personne et que…

— Je t'ai *vue*, le coupe Charles.

Il montre Mac du doigt.

— Aller dans *sa* chambre.

Il tourne le doigt vers moi.

— Après qu'on est montés se coucher hier soir.

— Quand on a composé le numéro de ta chambre ce matin, Mac, ajoute Alan sur un ton presque accusateur, tu n'y étais pas.

— Ça ne veut rien dire, je proteste.

— C'est bon, Jamie.

Mac pose une main sur mon bras, et une petite décharge électrique me traverse le corps.

— Nous sommes entre amis.

Un large sourire se dessine sur ses lèvres. Son sourire de présentatrice télé. Sa main reste sur mon bras, brûlante sur ma peau.

— Jamie et moi avons passé la nuit ensemble et c'était… chouette. Vous devez avoir un tas de questions, mais on ne va pas y répondre, parce que c'est privé.

Mon cerveau est resté bloqué sur le fait que Mac a qualifié notre nuit ensemble de *chouette*. J'aurais plutôt dit *extraordinaire* ou *magnifique*, mais je ne vais pas me plaindre.

— Vous pouvez interroger Jamie autant que vous voudrez après mon départ demain, poursuit-elle, mais en ce qui me concerne, c'est privé, et j'aimerais que ça reste entre nous.

— Il faut que vous sachiez que Sandra se posait des questions quand je l'ai croisée tout à l'heure, nous apprend Charles, mais elle vient de se marier, alors elle se laisse facilement distraire.

— Tyrone et elle ont à peine quitté leur chambre de la journée.

Alan fait la grimace, ce qui est comique, car de tous les sujets qui mériteraient une moue, c'est celui-ci qu'il choisit.

— On est tombés d'accord, explique Charles, sur le fait que si l'un de nous avait épousé Tyrone hier, on ne l'aurait pas laissé sortir de la chambre de la journée non plus.

Alan et lui gloussent comme des écolières. Je ris à mon tour, car tout ceci est à la fois un peu ridicule, drôle et gênant.

Plus la fin du dîner approche, plus je me sens nerveuse. J'ai envie de passer une nouvelle nuit avec Mac, mais je ne sais pas comment m'y prendre. Hier soir, c'est elle qui a proposé de poursuivre la conversation dans sa chambre. C'est elle qui a tout déclenché. Je ne me sens toujours pas en droit de faire un pas vers elle, alors le seul choix que j'ai est d'attendre un signe. Elle n'en a pas donné jusqu'à présent, et j'ai été attentive aux moindres indices. Elle a posé sa main sur mon bras quelques fois, mais c'est tout. Ce n'est pas suffisant.

Alors que nous réglons l'addition, un sentiment de tristesse s'empare de moi. Mac pourrait aussi décider de ne plus jamais me revoir. Si c'est ce qu'elle veut, je dois l'accepter, comme je l'ai fait lorsque Cherry et moi avons rompu et que je me suis rendu compte de la terrible erreur que j'avais commise. Mon premier réflexe a été de reprendre contact avec Mac et de la supplier de me pardonner, mais toutes les personnes à qui j'ai demandé conseil m'ont clairement fait comprendre que Mac ne voulait plus jamais avoir affaire à moi et que je ferais mieux de respecter son choix.

Pendant le court trajet jusqu'à l'hôtel, Alan la monopolise, s'assure qu'elle a son numéro de téléphone et exige le sien. Son avion décolle tôt demain, alors ils se disent adieu ce soir — *à bientôt*, ne cesse de répéter Alan. Il a de la chance de pouvoir le faire. Lui n'a pas brisé le cœur de Mac en mille morceaux, moi si.

J'attends que Mac ait serré Alan et Charles dans ses bras et qu'elle leur ait promis de les recontacter bientôt.

— Ça te dit d'aller faire un tour ? je lui demande lorsque nous nous retrouvons seules.

— Oui, si tu veux.

Mac n'a pas besoin d'une robe de soirée pour être magnifique. Elle est encore plus belle en short et en chemisier. Elle est elle-même. D'ailleurs, tout lui va. Tout… Je m'arrête là avant de m'emballer.

Nous nous dirigeons vers la plage et marchons côte à côte en silence. Des pensées en pagaille se bousculent dans ma tête, et je n'arrive pas à trouver un seul sujet pour entamer la conversation.

— N'allons pas trop loin, suggère Mac au bout d'un moment. Je dois faire mes valises et je pars à sept heures demain matin pour l'aéroport.

— Je peux t'aider à faire quoi que ce soit ? je demande, bêtement.

Pourquoi nous est-il si difficile tout à coup de discuter simplement ? La nuit dernière n'était peut-être qu'un coup de chance, et c'est ainsi.

— Tu veux m'aider à faire mes valises ?

— Oui, vraiment.

Est-ce que j'en fais trop ? Je n'ai plus les idées claires. Cette semaine supplémentaire ici sans elle sera la bienvenue, juste pour que mon cerveau puisse se remettre de l'avoir revue.

Mac pousse un petit rire.

— Écoute, Jamie…

Elle s'arrête net, comme hier, sauf que l'atmosphère est complètement différente ce soir.

— Cette nuit, c'était génial. Je pense qu'on est toutes les deux d'accord là-dessus, mais… pour tout un tas de raisons, je ne vais pas recoucher avec toi.

Même si c'est parfaitement logique, j'ai l'impression de me faire couper l'herbe sous le pied. J'attends qu'elle m'énumère ces fameuses raisons, ou du moins une seule, mais aucune ne vient.

— Bien entendu.

— Tout comme il y a un tas de raisons pour lesquelles je n'ai jamais voulu te revoir après… enfin, tu sais quoi.

Elle se remet à marcher, je la suis.

— Tu es…

Elle marque une pause.

— Tu comptais tellement à mes yeux. Tu étais tout pour moi, et je ne veux pas repartir là-dedans. C'est un chapitre de ma vie que j'ai clos.

— Tu étais tout pour moi aussi.

C'est sans doute injuste à dire, mais ce rôle de martyr ne me convient pas vraiment. J'en ai même assez, franchement. C'est moi qui ai commis une erreur et qui suis entièrement responsable de notre rupture. Je l'assume et j'ai payé pour ma faute par des années de culpabilité et l'absence de Mac dans ma vie.

Au moins, elle ne se moque pas de moi pour avoir osé répondre ça après ce que j'ai fait. De quel droit lui dis-je une chose pareille après l'avoir quittée pour une autre femme ?

— Si jamais tu changes d'avis ou si tu as besoin de quoi que ce soit, je suis là.

J'ai tellement envie de lui prendre la main, juste pour sentir sa peau contre la mienne.

— Pain frais au levain, j'ai tout ce qu'il te faut.

— Je n'ai recommencé à acheter ton pain que récemment.

Je ne vois pas son visage, mais j'entends le sourire dans sa voix.

— J'en ai mangé chez quelqu'un, et il était tellement bon que je me suis dit, *et puis merde, je vais arrêter de me priver de ce pain juste pour vexer Jamie.* C'était bête de ma part, parce que tu ne l'as évidemment jamais su.

Elle pousse un petit rire nerveux.

— Il est vachement bon, ce pain, Jamie.

— Merci.

Si tout ce que je peux obtenir est un compliment sur mon pain, je l'accepte volontiers.

Mac s'arrête brusquement.

— On fait demi-tour ?

Elle n'attend pas ma réponse pour se retourner.

Nous n'avons pas marché très loin et il ne nous faut pas longtemps pour revenir à l'hôtel.

— Voulez-vous, mademoiselle, que je vous escorte jusqu'à votre chambre ? je propose.

Mac secoue la tête.

— Alors, ce sont des adieux ?

Les larmes me montent aux yeux.

— Peut-être. Oui, je pense que oui.

Et qu'en est-il de la nuit dernière ? ai-je envie de demander. *Tu peux prétendre que je suis un chapitre de ta vie que tu ne veux pas rouvrir, mais pourquoi avoir couché avec moi dans ce cas ? Pourquoi m'avoir mise dans cet état ?*

Or, je ne dis rien de tout cela. Évidemment.

— Je peux te faire un câlin d'adieu ? me demande-t-elle.

En réponse, je lui ouvre grand les bras. Elle entre dans mon étreinte et, instantanément, j'ai l'impression de me retrouver sur cette piste de danse, quand nous avions tous les deux admis que nous ne voulions pas nous lâcher. Quoi qu'il en soit, je dois être la seule à ressentir cela ce soir, car Mac ne reste pas dans mes bras très longtemps. Quelques secondes plus tard, elle se détache et je n'ai d'autre choix que de la laisser partir.

CHAPITRE 15
MAC

Je me laisse tomber dans le canapé de Leila. Ce week-end trop court à Hawaï, suivi de quatre grosses journées de travail, me rattrape. Je lui suis reconnaissante d'avoir décidé de me préparer à dîner, même si je sais que Leila veut surtout tout savoir de mes retrouvailles avec Jamie. Quoi de mieux que de me préparer l'un de ses succulents mets iraniens pour me soutirer tous mes secrets inavouables ?

— Où est Izzy ? je demande.

— Au nord de l'état avec Jackson et Vivian, à jouer les marraines en or.

— Tu n'es pas partie avec elle ?

— Izzy et moi ne sommes pas tout le temps collées l'une à l'autre.

Leila me décoche un sourire qui adoucit mon cœur. J'ai les nerfs en pelote depuis mon retour d'Hawaï et, à mon grand désarroi, le fait de faire des heures supplémentaires n'arrange rien. Elle me sert un verre de vin.

— Ne le prends pas mal, mais tu as l'air d'avoir besoin d'un petit remontant.

— Je suis épuisée.

Leila me regarde.

— Par le travail, dis-je un peu trop vite.

— Vas-y.

Elle s'assied à côté de moi et tourne le buste vers moi.

— Raconte-moi tout.

Et je lui raconte tout, car ces retrouvailles avec Jamie m'ont bien plus ébranlée que je ne veux l'admettre. Je n'ai parlé à personne de la nuit que nous avons passée ensemble dans l'espoir de pouvoir la reléguer dans un coin de mon cerveau, peut-être même me convaincre que c'était une façon de clore la relation amoureuse la plus importante de ma vie, pourtant les images continuent à surgir dans ma tête aux moments les plus inopportuns et font friser mon sourire de présentatrice télé.

— Je ne m'y attendais pas du tout, déclare Leila, le front plissé. Je croyais que tu détestais Jamie.

— Je la déteste. Je la détestais. Enfin, pas vraiment. Qu'est-ce que la haine, après tout ? Existe-t-elle sans un peu d'amour ?

Leila pousse un petit soupir.

— Est-ce que ça va, Mac ?

— Non.

Je ravale ma salive.

— Jamie est une boîte que j'ai refermée il y a longtemps. J'étais obligée de le faire. Mais elle est restée la même. Elle a encore tous ces traits que j'aimais tant chez elle. Et ce qu'elle est sexy !

— J'imagine.

Leila n'a jamais rencontré Jamie. Elle sait combien elle comptait pour moi, mais je n'en parlais pas souvent. À ses yeux, elle est simplement l'ex qui a pris la fuite et m'a brisé le cœur.

— Sinon, pourquoi aurais-tu couché avec elle ? Tu étais ivre ?

Je secoue la tête.

— Absolument pas.

Je me pose la même question depuis notre dernière étreinte

d'adieu, celle que j'ai dû interrompre brusquement au cas où mon corps prendrait à nouveau le dessus sur mon cerveau, mon crétin de subconscient qui ne jure que par elle.

— Je l'ai fait parce que… j'en avais envie, j'en *mourais* d'envie et, sur le moment, je n'ai pas trouvé de bonne raison de ne pas l'embrasser.

Je renverse la tête. *Bon sang, elle embrasse toujours aussi bien*, je pense, sans toutefois le dire à voix haute.

— Putain, Leila.

Je me frotte le front du bout des doigts.

— Ça ne m'a pas fait seulement du bien de coucher avec elle. C'était spécial. Il n'y a pas d'autre mot. Cette nuit-là, c'était quelque chose de spécial.

— Waouh…

Leila a l'air perplexe.

— Et maintenant ?

Elle n'a pas entendu beaucoup de choses positives sur Jamie. Pour elle, Jamie Sullivan pourrait tout aussi bien être le diable en personne.

— Elle m'a demandé si nous pouvions nous revoir, mais j'ai refusé. Je ne pouvais pas faire autrement. Je ne suis pas prête à revivre une histoire avec elle. Jamie, c'est le passé.

Elle ne devait pas avoir cette impression lorsqu'elle était dans mon lit samedi dernier.

— Une part de moi souhaite ne l'avoir jamais revue.

— Je parie que les autres parts de toi ne sont pas d'accord avec ça, plaisante Leila.

— Ce n'est pas comme si j'avais une panoplie de conquêtes pour répondre à tous mes besoins sexuels.

— On en a parlé il n'y a pas si longtemps. Tu te souviens ?

Leila me regarde par-dessus le rebord de son verre de vin.

— Tu as admis que tu avais pratiquement renoncé à l'amour.

— Qu'est-ce que ça veut dire, le mot « renoncer », dans ce

contexte ? J'ai arrêté de chercher. J'ai arrêté d'aller sur ces applis de rencontres décevantes qui n'aboutissent jamais à rien. Si une fille qui m'intéresse me proposait un rencart, je dirais oui, en revanche.

— Le problème, c'est que…

Leila fait rouler son verre entre ses doigts.

— Comme on s'est fait la réflexion toutes les deux quand on a eu cette conversation sur l'amour, peu de filles semblent t'intéresser. Tu n'as pas eu de rencart depuis une éternité, et je sais que ce n'est pas l'occasion qui manque.

— Tu veux dire que c'est moi le problème ?

— Quand nous étions ensemble, oui.

Aïe. Leila ne mâche pas ses mots ce soir.

— En parlant de ça…

Le sujet devient un peu trop sérieux pour ma pauvre tête déjà alanguie par la fatigue.

— J'ai revu un vieil ami, un type charmant qui s'appelle Alan. D'après lui, toi et moi, on ne faisait pas l'affaire l'une pour l'autre, parce que tu étais destinée à être avec Izzy.

— Comment s'appelle-t-il, redis-moi ? Alan ? Ça doit être un sacré marrant pour raconter des conneries pareilles.

— Mais, Izzy et toi, vous respirez le bonheur ! Si toi et moi, on était restées ensemble, tu…

— Mac, m'interrompt Leila. Qu'est-ce que tu racontes ? On a rompu parce que tu ne me faisais pas confiance. Parce que tu me rendais folle avec toutes tes remises en question et tes complexes. Izzy n'a rien à voir avec ça.

— Oui. Bon, ben, Alan aimerait bien rencontrer Izzy, dis-je à brûle-pourpoint. Et te rencontrer, toi.

— D'accord.

Leila est là, en train de hocher la tête, à ma grande surprise.

— Hein ?

Je la dévisage. Est-ce qu'elle va bien ? Izzy n'accepte pas de rencontrer des amis d'amis comme ça, et encore moins de vieilles connaissances.

— Izzy et moi, nous serons heureuses de rencontrer cet Alan, mais j'aimerais en retour rencontrer quelqu'un.

— Ah bon ?

J'ai un pressentiment.

— Qui ?

— Jamie, annonce-t-elle. J'aimerais la voir de mes propres yeux.

— Tu veux rencontrer Jamie ?

Leila hoche la tête.

— Oui.

— Personnellement, je me fiche pas mal qu'Alan rencontre Izzy, dis-je.

— J'aimerais quand même rencontrer Jamie.

— Pourquoi ?

— *Pourquoi ?* Parce que même si vous avez rompu il y a vingt ans, elle est celle qui a le plus influencé le cours de ta vie. La femme qui a fait de toi la personne que tu es devenue. La femme avec laquelle tu as fini au lit pratiquement à la seconde où tu as, à nouveau, posé les yeux sur elle. Je pense qu'il est grand temps que je rencontre Jamie.

J'aime à penser que *je* suis la femme qui a le plus influencé le cours de ma vie.

— Je viens de te dire que je ne veux plus la revoir.

— Ça doit être ma façon à moi de suggérer que tu pourrais vouloir reconsidérer la chose.

Leila pose son verre sur la table.

— Tu as recouché avec elle, Mac. Je sais que ce n'est pas rien. Tu ne couches pas à droite et à gauche.

— Jamie n'est pas n'importe qui.

— Il faut croire.

Elle me tapote le genou.

— Réfléchis-y.

Elle me sourit.

— Tu n'as qu'à nous inviter à dîner dans ton appartement chicos.

— Mais je déteste cuisiner, je balbutie.

— Nous sommes à New York. Tu n'as pas besoin de cuisiner. Il y a des milliers de traiteurs.

Elle continue de sourire.

— Argument rejeté. Essaie encore.

Elle veut me faire dire que je ne veux vraiment, vraiment, *vraiment* pas revoir Jamie, seulement j'en suis incapable. Leila a raison. J'ai couché avec Jamie en un claquement de doigts bien que des années soient passées.

— Il y a pire comme une idée.

Je tambourine des doigts sur l'accoudoir du canapé.

— Tu devrais peut-être prendre des nouvelles d'Izzy, non ?

— Je lui envoie un message tout de suite.

Leila prend son téléphone.

— En fait, je vais l'appeler. Je ne peux pas lui expliquer tout ça par texto.

Elle me sourit de toutes ses dents.

Leila est la personnification même de la façon dont Jamie m'a gâché la vie. C'était terriblement facile de tomber amoureuse d'elle. Elle est intelligente, épanouie et absolument magnifique. Son seul défaut était qu'elle n'était pas Jamie Sullivan. Lorsque j'ai rencontré Leila, des années s'étaient écoulées depuis ma rupture, et je n'ai quand même pas réussi à m'ouvrir complètement à elle. Je ne pouvais pas la laisser entrer dans mon cœur. Que se serait-il passé si elle m'avait quitté elle aussi sans crier gare ? Et si notre relation était devenue vraiment sérieuse et que nous nous étions véritablement engagées l'une envers l'autre, pour que je finisse par être le dindon de la farce ? Toutes ces possibilités étaient bien réelles et je n'ai jamais réussi à vivre pleinement mes amours. Si Jamie, la femme faite pour moi, celle en qui j'avais le plus confiance, était capable de me quitter, alors n'importe qui d'autre pouvait le faire.

Leila appelle Izzy devant moi. J'essaie d'ignorer leurs petits mots doux, sans grand succès. Je n'en veux à personne d'avoir de la chance en amour et je ne m'apitoie pas non plus sur le fait que je ne l'ai jamais retrouvée. Leila a raison de dire que si je l'avais vraiment voulu, j'aurais trouvé le moyen d'aimer à nouveau. Il suffisait que j'écoute ce que m'a rabâché la psy que j'ai vue chaque semaine de mes trente à mes quarante ans. J'ai presque cinquante ans à présent, et la seule conclusion que je peux en tirer, c'est que Jamie a brisé quelque chose en moi qui n'a jamais réussi à se réparer. Que ce soit de mon fait ou à cause de la gravité de la fracture, je ne le saurai jamais. C'est probablement un peu des deux.

Ou peut-être est-ce simplement que je ne veux pas être avec quelqu'un d'autre que Jamie. Aussi grotesque que cela puisse paraître, j'y ai pensé plus d'une fois. Il n'existait peut-être qu'une personne qui pouvait être mon grand amour, et quelqu'un d'autre me l'a pris. En revanche, si c'était vraiment le cas, j'aurais rouvert mon cœur à Jamie lorsque Cherry et elle ont rompu, quand j'ai appris qu'elle voulait se racheter auprès de moi. Or, au lieu de sauter de joie, j'ai ressenti encore plus de réticence à la revoir.

— Mac.

Leila me fait signe, le téléphone collé à l'oreille.

— Tu peux répondre de cet Alan ? Nous n'avons que ta parole pour nous garantir que ce n'est pas un fou dangereux.

— Oui.

Je n'ai passé que quelques jours avec lui et je ne peux pas vraiment répondre de quoi que ce soit, mais je l'ai connu il y a des années, c'est l'un des meilleurs amis de Jamie et de Sandra, et je me fie à leurs jugements.

— Il a aussi un mari merveilleux. Charles. Vous allez les adorer. Ils sont d'excellente compagnie.

Dieu merci, Alan et Charles étaient présents à ce mariage. Je n'aurais pas réussi à affronter Jamie seule. Leur rencontre avec Isabel Adler sera une manière pour moi de les remercier d'avoir été là, d'avoir désamorcé la situation et ajouté une note de légèreté à ce qui aurait pu être un moment difficile.

Leila et Izzy font leurs adieux.

— Marché conclu! m'annonce Leila.

— On dirait bien que ça l'est surtout pour toi.

— On va dire qu'on en tire toutes les deux quelque chose.

Leila se lève.

— N'est-ce pas la définition même de faire des affaires ?

Elle me sourit.

— Mangeons. Le tahdig doit être prêt.

CHAPITRE 16
JAMIE

Nous étions encore à Maui quand Alan a reçu le message de Mac. Ses yeux ont manqué de jaillir des orbites lorsqu'il l'a lu. Il a dû montrer l'écran de son téléphone à Charles plusieurs fois avant de pouvoir y croire. Ce n'est qu'après avoir encaissé le choc qu'il a déclaré :

— Oh, et James, tu es invitée aussi.

Il a fallu alors que j'encaisse à mon tour le choc.

Me voilà, une semaine plus tard, une bouteille d'excellent vin à la main — je trouvais bizarre d'apporter une miche de mon propre pain — dans un taxi devant l'immeuble de Mac.

— Nous y sommes, madame, répète le chauffeur.

— Pardon. Oui.

Je passe ma carte sur le terminal pour payer, prends une grande respiration et sors. J'ai la tête ailleurs. J'aurais dû envoyer un SMS à Mac avant de venir, mais j'avais tellement peur de dire quelque chose qui la pousse à annuler mon invitation à cette soirée, que j'ai décidé de rester muette comme une carpe.

Depuis la fin des études, Mac et moi vivons à Brooklyn. Pour ses déplacements quotidiens, Mac ferait mieux d'habiter à

Manhattan, mais elle n'a manifestement pas pu quitter notre quartier. Peut-être l'a-t-elle fait un temps, puis elle est revenue. Il y a tant de choses que j'ignore sur elle, tant de questions que je n'ai pas pu poser, puisque nous avons passé le peu de temps que nous avions à Maui sous la couette, et je ne changerai pour rien au monde une seule seconde de ce moment.

Mac vit dans un immeuble chic avec un portier qui m'ouvre la porte et me salue copieusement, comme si j'étais une invitée régulière de Mac. Il connaît mon nom et appelle l'ascenseur pour moi.

Pendant la montée jusqu'à l'appartement du dernier étage, je me dis que j'aurais aimé m'arranger avec Alan et Charles pour arriver en même temps qu'eux, seulement il était impossible d'avoir une discussion raisonnable avec Alan après qu'il avait reçu l'invitation. Je suis déjà particulièrement nerveuse, mais, en plus, je vais rencontrer Isabel Adler ce soir, et Dieu sait comment cela va se passer, même si j'imagine qu'Alan occupera la majeure partie de son temps et de son attention.

Il est dix-neuf heures dix lorsque les portes de l'ascenseur s'ouvrent, donnant directement sur l'appartement de Mac. Ce n'est pas elle qui m'accueille, mais un homme qui m'escorte dans le salon. Je lui tends maladroitement la bouteille de vin que j'ai apportée.

Mac a embauché du personnel pour un dîner de six personnes ? Une preuve de plus que je ne sais plus grand-chose d'elle, même si je n'oublierai jamais à quel point elle détestait cuisiner. Pour une athlète de haut niveau, elle se nourrissait de malbouffe, la plus abominable qui soit. Tout lui convenait, tant qu'elle n'avait pas à le préparer elle-même. Je disais souvent en plaisantant que sa marque de fabrique n'était pas de dribbler un adversaire, mais d'appuyer sur les boutons du four à micro-ondes.

Je suis seule dans le salon, et la vue sur le pont de Brooklyn attire mon regard. Cet endroit a dû coûter une fortune. Je jette un coup d'œil autour de moi. Où sont les autres ? Où est Mac ? Suis-je arrivée au bon endroit, ou une série de malentendus m'ont-ils conduite chez quelqu'un d'autre ? Puis j'aperçois une photo de Mac et de sa mère, Suzanne, et je sais alors que je suis dans le bon appartement.

— Désolée !

Mac entre d'un pas vif dans la pièce.

— Tout le monde est en retard, moi y compris.

— Alan et Charles sont en retard ?

Mon cœur s'emballe quand je la vois.

— Salut, dis-je.

Mac est vêtue d'un pantalon orange vif et d'un haut multicolore, et bien que cela lui aille à merveille, ce ne sont pas les couleurs de sa tenue qui attirent le plus mon attention. C'est le sourire sur son visage et l'étincelle dans ses yeux. Mon Dieu, ce visage.

— Aujourd'hui, Alan a réussi à se casser un doigt. Il ne voulait pas, mais Charles a insisté pour qu'ils aillent aux urgences.

— Tu plaisantes ?

Pauvre Alan.

— Rien de bien méchant ! Ils seront là dans une demi-heure.

Mac prend une respiration.

— Bienvenue chez moi.

Elle se déplace maladroitement, comme si elle se demandait si elle devait m'embrasser ou non, comme si nous n'avions absolument pas fait bien plus que cela depuis que nous nous sommes revues.

— C'est bon de te voir.

C'est agréable à entendre, même si je me demande si elle le pense vraiment. Je suppose que je ne serais pas ici si elle n'avait pas finalement décidé de me revoir. J'arrête d'attendre un geste qui ne viendra peut-être pas et fais un pas vers elle.

— Le plaisir est partagé.

Je pose ma main sur son bras et me penche pour l'embrasser sur la joue. C'est très distant, un peu froid même, comme si le moindre degré de la chaleur que nous avons partagée à Maui était resté enraciné dans l'île.

— Leila et Izzy sont toujours en retard.

Elle hausse les épaules comme si elle avait accepté ce fait depuis longtemps.

— Cet endroit est incroyable.

Comme je ne m'attends pas à ce que Mac me serre dans ses bras, je me dirige vers la fenêtre pour admirer la vue magnifique.

— Merci.

Elle me rejoint.

Même si elle se tient à quelques mètres de moi, je sens son énergie rayonner. Je devrais poser la question qui me brûle les lèvres pendant que nous sommes encore seules. Je n'en aurai peut-être plus l'occasion après, et elle peut difficilement me mettre à la porte maintenant que je suis là.

— Puis-je te demander pourquoi tu as changé d'avis ?

Je me tourne pour regarder son visage.

— Pour me revoir ?

Je parviens à sembler calme en surface, mais à l'intérieur, c'est tout le contraire.

— J'ai passé un accord avec Leila et Izzy. Izzy a accepté de rencontrer Alan et Charles en échange de quoi je devais te présenter à elles, répond Mac sur un ton détaché.

Je ne sais pas trop quoi en penser, mais j'accepte ses explications sans poser d'autres questions. Ce qu'il faut retenir, c'est que Mac s'est laissée convaincre par ses amies de me revoir. J'aurai peut-être l'occasion de demander plus tard à Leila si cela a été facile ou, au contraire, compliqué.

— Comment s'est passé le reste de tes vacances ? me demande-t-elle.

— Ça m'a détendu.

Et je n'ai pas pu m'empêcher une minute de penser à toi. J'ai dormi dans la même chambre où nous avons couché ensemble, dans le lit où nous nous sommes réveillées ensemble. Je me suis assise sur le balcon où nous avons pris le petit-déjeuner ensemble. De quoi me rappeler constamment ce que nous avons et ce que nous n'avons pas partagé. Je me retourne.

— C'est une belle photo de toi et de Suzanne. Comment va-t-elle ?

— Elle se prend toujours pour le maire de sa ville. Elle fêtera son soixante-quinzième anniversaire dans le courant de l'année. Je prévois une grande fête.

Mac sourit quand elle parle de sa mère.

— Comment vont Clint et Mandy ? me demande-t-elle.

— Ils ont quelques problèmes de santé, mais dans l'ensemble, ça va. Ils ont emménagé avec Brett. Il s'occupe d'eux.

— Ah bon ? Ton frère s'occupe de tes parents ? C'est un rebondissement que je n'ai pas vu venir.

— Je sais. C'est drôle, la vie, non ?

— Hmm, se contente de répondre Mac.

Ce qui est drôle également, ou du moins un peu étrange, c'est que la tension qui existait entre Mac et moi avant que nous couchions ensemble, quand elle m'a dit qu'elle se fichait de ce que je ressentais et qu'elle est sortie de ma chambre en claquant la porte, est revenue. Cela ne cadre pas avec ma présence ici. Elle ne m'aurait certainement pas invitée contre son gré, tout ça parce qu'elle a conclu, comme qui dirait, un marché avec Leila et Izzy.

— Champagne ?

Un véritable serveur se présente à nos côtés, un plateau à la main avec deux coupes de champagne.

J'en accepte volontiers une.

— Je ne pensais pas que ce serait une réception en grande pompe ce soir.

J'incline mon verre en direction de Mac.

Elle soupire.

— J'ai vu un peu grand, comme si j'essayais déjà de compenser l'embarras qu'Alan pourrait causer à Izzy.

Elle rit. Elle est nerveuse.

— Je ne suis pas non plus très douée pour organiser des dîners. Je préfère y assister plutôt que d'en être l'hôte.

Certaines choses restent immuables.

— Tout ce faste pour Alan.

— Ce n'est pas que pour Alan, tu te doutes bien.

Son regard se pose sur le mien, mais seulement pendant une fraction de seconde.

— C'est pour toi aussi, Jamie.

Ah. Nous sommes donc toutes les deux nerveuses, simplement nous le montrons différemment.

— Je serai exemplaire. Je te le promets.

Je lui fais un clin d'œil, car j'ai beau être nerveuse, je suis aussi ici, dans l'appartement de Mac, à sa demande, quelle qu'en soit la raison.

— Si tu convoques l'ultra-charmante Jamie, tu auras Leila et Izzy dans la poche en un rien de temps.

Je n'ai pas le temps de réfléchir à sa remarque, car Alan et Charles arrivent, et ils ne sont pas du genre à le faire discrètement.

———

— Jamie, dit Leila, une fois que les serveurs ont débarrassé les assiettes du plat principal, dont je me souviens à peine, tellement la cuisine est sophistiquée. Tu as vu le toit ?

— Pardon ?

Il me faut un moment pour comprendre qu'il ne s'agit pas d'une expression dont je n'ai jamais entendu parler.

— Il y a une terrasse sur le toit. Tu y es allée ?

Leila sait sûrement que c'est la première fois que je mets les pieds chez Mac, mais c'est peut-être le moyen qu'elle a trouvé pour se retrouver seule avec moi. Elle doit avoir des questions à me poser.

Même si elles évitent autant que possible d'être sous les feux de la rampe, j'ai vu des photos d'Isabel et elle. Aucune ne rend justice à Leila Zadeh. Je ne suis pas surprise qu'une femme comme elle tombe amoureuse d'une femme comme Mac, et vice versa, même si je préfère ne pas y penser.

— Non, mais ça me plairait bien de la voir.

— Suis-moi.

Alan est en pleine conversation avec Izzy. Ils s'entendent comme deux larrons en foire, il n'y a pas de meilleure façon de le décrire. Bien qu'initialement un peu distante, Izzy s'est détendue sous mes yeux au fil des discussions avec Alan. Il avait dit qu'il se montrerait à la hauteur, et il ne nous a pas déçus. C'est le genre de type qui peut avoir une conversation passionnante avec un mur, alors cela l'aide beaucoup. Il sait toujours quoi dire et il est d'excellente compagnie, que l'on soit Isabel Adler ou une simple mortelle comme moi.

Charles a disparu avec Mac. Il fait peut-être semblant de l'aider à la cuisine pour laisser Alan seul avec Izzy. Cela ne me surprendrait pas.

Lorsque je monte, dans le couloir, il y a une photo agrandie de Mac, à l'époque où elle jouait au football à l'université, dans le maillot des Violets de l'université de New York. Ses cheveux étaient beaucoup plus longs à l'époque et attachés en queue de cheval. De loin, il est facile de voir en elle la grande sportive américaine qu'elle était, mais en y regardant de plus près, la vraie Mac apparaît. Ces asymétries et ces cicatrices qui lui donnent du chien, ces imperfections qui la rendent si irrésistible. C'est cette fille-là qui m'a fait craquer. Je dois m'arracher à ma contemplation, car Leila a pris de l'avance.

— C'est bon de pouvoir enfin mettre un visage sur un nom,

lance Leila tandis que nous admirons Manhattan à l'horizon, de l'autre côté de l'estuaire. Au fait, j'adore ton pain.

Elle se tourne vers moi et m'adresse un large sourire.

— Le meilleur levain de New York.

— Merci.

C'est Mac qui m'a conseillé, lorsque j'ai commencé à faire des essais dans notre petite cuisine, de me concentrer sur une recette jusqu'à ce qu'elle soit parfaite.

— Mais je vais être honnête.

Le sourire de Leila est si éblouissant.

— Je ne t'ai pas demandé de venir ici pour parler boulangerie, même si ton pain est délicieux.

— Je m'en doutais un peu.

Nous nous appuyons sur la rambarde. Nous sommes si haut que c'est un peu effrayant. Je m'écarte un peu et préfère regarder Leila, et son sourire ravageur, au lieu des profondeurs en dessous de moi.

— J'aime beaucoup Mac. Depuis toujours.

Elle croise les bras. Leila n'est pas seulement charmante. Elle semble très protectrice à l'égard de Mac.

— J'aimerais dire que je la connais bien, mais tu es un pan de sa vie, de son passé devrais-je dire, auquel elle ne m'a jamais permis d'accéder.

Pour des raisons évidentes, me dis-je, mais j'ai la nette impression que je vais bientôt me faire cuisiner, et je ne voudrais pas mettre de l'huile sur le feu.

— Visiblement, tu lui as vraiment fait une sacrée crasse. J'ai déjà rencontré des femmes indisponibles sur le plan émotionnel, mais Mac remportait la palme.

Elle soupire.

— Comparée à celle de Mac, même la coquille d'Izzy était plus facile à briser, et Dieu sait à quel point cette fille était impossible.

J'ai lu la biographie que Leila a écrite sur Isabel Adler. Le livre passait sous silence les détails de leur romance, mais il décrivait les épreuves qu'Izzy a dû endurer.

— Et puis, Mac revient de Maui et m'apprend qu'elle a couché avec toi. Je n'y comprends rien.

— Tu n'es pas la seule. C'est très déroutant pour moi aussi.

Je regarde Leila dans les yeux.

— Quand on s'est dit au revoir à Maui, Mac m'a clairement fait comprendre qu'elle ne voulait plus me revoir, et pourtant je suis là.

— Elle ne s'est pas fait prier bien longtemps pour t'inviter ce soir.

C'est plus fort que moi, un sourire naît sur mon visage.

— Merci d'avoir fait en sorte que ça arrive.

Je marque une pause.

— Mais… pourquoi l'as-tu persuadée de m'inviter ?

— J'étais curieuse. Mac n'a jamais été très bavarde te concernant. Elle m'a juste dit que tu l'avais quittée pour une autre femme trois mois avant vos noces. C'est le sujet tabou.

Je n'ai rien à répondre, ce qui démontre que Leila a raison.

— Je n'arrivais pas à croire qu'elle avait couché avec toi à Maui. *Qu'est-ce que c'est que cette histoire ?* je me suis dit. *Ça ne lui ressemble pas du tout.* Je voulais voir si ta magie opérait encore sur elle, j'imagine. Je voulais vous voir ensemble dans la même pièce.

— Et ?

Mon cœur bat dans ma gorge.

— Elle a été tendue toute la soirée, ce qui ne lui ressemble pas non plus. Honnêtement, quand on vous voit Mac et toi ensemble, on ne dirait pas que vous avez fini au lit. Elle est d'un poli avec toi, c'est presque douloureux à regarder. Parce qu'elle n'est pas comme ça. Je crois qu'elle ne sait pas comment agir avec toi. Elle ne sait peut-être pas où donner de la tête, en fait.

— Elle n'est pas seule, admets-je.

— J'ignore ce que Mac cherche, sinon à protéger à tout prix son petit cœur fragile, mais je sais qu'elle n'est pas du genre à s'envoyer n'importe qui. J'ai trouvé stupéfiant d'apprendre qu'elle avait couché avec toi.

Je prends une grande inspiration, puis pousse un long soupir.

— Je lui ai fait beaucoup de mal. C'est normal qu'elle n'arrive pas à être naturelle avec moi, même après tout ce temps. Quant au fait qu'elle a couché avec moi, à son initiative d'ailleurs, parce que je n'aurais jamais osé tenter quoi que ce soit… j'espère de tout cœur que c'était plus que ça, même si je ne sais pas bien de quoi il s'agissait. Mais… oui. Je sais pas trop.

Voilà que je divague.

— Je pense que Mac n'en sait rien non plus. Il y a cette souffrance entre nous et elle est tellement plus grande, tellement plus puissante, que les sentiments qu'on a partagés ou le souvenir de cet amour. Elle a peut-être mis, juste le temps d'une nuit sur cette île, la douleur de côté.

— Peut-être.

Mes propos sont décousus, et ce n'est pas étonnant. Cela fait longtemps que je n'ai pas eu une telle conversation à propos de Mac. Si l'on ajoute à cela toutes les émotions que la nuit passée avec elle a fait naître en moi, c'est un miracle que je sois capable d'aligner une phrase semi-cohérente.

— Et si tu avais avec elle cette conversation que vous auriez dû avoir il y a longtemps ? suggère Leila. Pour mettre les choses à plat.

— Encore une fois, Mac a clairement indiqué qu'elle ne voulait pas ressasser le passé.

— Tout comme elle m'a fait comprendre qu'elle ne voulait pas te revoir, et pourtant tu es là, non ?

Leila a raison et à la fois tort. Il a fallu qu'elle fasse un appel du pied à Mac pour que je sois ici. Il y a longtemps que j'ai perdu ce droit auprès d'elle.

— Quand il s'agit de toi, Jamie, elle est la championne pour dire des choses et faire l'inverse.

— Je verrai ce que je peux faire, finis-je par dire, car il est vrai que j'aimerais que Mac et moi ayons une conversation certes difficile, mais nécessaire.

Nous ne pouvons pas remonter le temps et nous dire ce que nous avions à dire à l'époque. En revanche, nous pouvons toujours le faire maintenant.

— Je ferai ce que je peux de mon côté, pour le bien de Mac, renchérit Leila, pour me rappeler vers qui sa loyauté est tournée.

CHAPITRE 17
MAC

— On est obligées de parler de ça ?

Je lance un regard à Leila. Soit elle est trop éméchée pour l'interpréter correctement, soit elle m'ignore volontairement. Les deux sont possibles.

— Si Izzy est capable de supporter ça, toi aussi.

Leila me fait un clin d'œil. Tout à l'heure, Jamie et elle ont disparu sur le toit pendant un long moment. J'aurais aimé être une petite souris pour écouter leur conversation. Je poserai la question à Leila dès que j'en aurai l'occasion, quand nous serons seules.

— J'en suis capable, confirme Izzy.

Elle appuie un instant sa tête contre l'épaule de Leila.

— C'était un vrai coup de foudre, tout à fait à l'opposé de la rencontre entre Leila et moi.

— Nos regards se sont croisés dans le reflet d'un miroir, renchérit Leila. On était dans la loge de la maquilleuse du studio. Je me faisais démaquiller et Mac se faisait maquiller. J'étais déjà assise quand elle est entrée. Je savais qui elle était et j'ai cherché à croiser son regard. Je ne m'attendais pas à ce que le sien s'attarde comme ça. C'était comme... des préliminaires oculaires.

C'était il y a longtemps et cette histoire ne veut plus rien dire, si ce n'est que Leila adore la raconter. Je l'ai entendue la répéter tant de fois au fil des ans. Or, Jamie l'entend pour la première fois, et elle est assise juste à côté de moi. Sa présence dans ma maison est troublante, comme si elle n'avait pas sa place ici, dans la vie que je me suis faite après elle.

— À t'entendre, on croirait qu'on a fini au lit le soir même, après deux ou trois œillades dans le miroir.

Je secoue la tête d'un air consterné. Pour une raison que j'ignore, je ne veux pas que Jamie me pense capable de faire une chose pareille, de coucher avec une fille quelques heures seulement après l'avoir rencontrée.

— Pour votre gouverne, on n'a pas fini au lit le soir même, confirme Leila. Mais j'ai traîné dans le studio jusqu'à ce que Mac ait terminé et je l'ai invitée à sortir. Vous connaissez la suite.

— Combien de temps êtes-vous restés ensemble ? demande Charles.

— Qui reveut du café ? je demande.

Il s'avère que je ne suis pas capable de supporter ça, pas avec Jamie assise tout près de moi au point que je jurerais que je sens la chaleur de son corps. Je prête tellement attention à elle, à ses moindres mouvements, que ça me perturbe. Ça m'a déconcentrée toute la soirée. À Maui, j'ai pu mettre de côté le passé, parce que j'étais loin de chez moi et que j'étais surtout venue pour Sandra, seulement Jamie n'est pas mon amie. Ce n'est pas comme Alan, qu'il est assez facile d'accueillir à nouveau dans ma vie. Alan est distrayant et amusant. Jamie, elle, me rend folle des pires façons possibles.

Je me lève de ma chaise.

— Quelqu'un a besoin de quoi que ce soit à la cuisine ?

Je n'ai presque pas levé le petit doigt de la soirée et, tout à coup, je me mets à jouer les hôtesses parfaites.

— Non merci, Mac, assure Alan, mais tous ces plats que tu as cuisinés pour nous, c'était une pure merveille.

Je froisse ma serviette et la lance dans sa direction.

— Aïe ! piaule-t-il. On ne frappe pas un homme gravement blessé !

Il lève la main avec l'auriculaire cassé.

— Je pense que tu vas survivre, chéri, lui garantit Izzy.

Alan fond de tendresse.

— Donne-moi ta main, ajoute-t-elle.

Il lui tend la main. Izzy fait semblant d'embrasser l'extrémité de son doigt cassé.

— Voilà. C'est fini.

Cette soirée est si étrange. Je suis contente d'avoir pu assister à la rencontre entre Alan et son idole, en revanche cela aurait été moins stressant et plus amusant si Jamie n'avait pas été là. J'ai bien tenté de me détendre, mais je n'y arrive pas en sa présence. Je ne peux pas rester assise à côté d'elle toute une soirée et prétendre que tout va bien entre nous. C'est impossible, car ça ne va pas entre nous et ça n'ira jamais.

Ce serait plus facile si elle n'était pas aussi attirante. Pourquoi mon corps réagit-il encore à elle comme ça ? Je ne comprends pas. Et je ne veux pas savoir. Maui, c'était le fruit du hasard. Une conséquence des circonstances. J'ai réussi à me ressaisir alors que j'étais encore là-bas, sous le charme de l'île. J'ai pris ma décision. Je lui ai dit, en toute honnêteté, que je ne voulais plus la revoir. Alors comment se fait-il qu'elle se retrouve chez moi moins de deux semaines plus tard ? Comment est-ce arrivé ? Quand ai-je à nouveau perdu le contrôle et accepté une telle folie ?

Je suis toujours debout, et je me sens ridicule, aussi ridicule qu'il y a vingt ans. Jamie ne m'a pas seulement brisé le cœur, elle s'est aussi moquée de moi et de notre amour, de toutes ces belles choses que nous partagions.

— Ça va, Mac ? me demande Izzy. Toi aussi, tu as besoin d'un bisou magique ? Apparemment, je sais y faire.

Quel idiot, ce cœur. Toutes les fissures que j'ai réussi à combler depuis le départ de Jamie sont en train de réapparaître.

— Je vais chercher de l'eau.

Il y a deux bouteilles d'eau pleines sur la table, mais je m'en fiche. Je me dirige vers la cuisine.

La pièce est impeccable. Le personnel du traiteur a déjà effacé tous les vestiges de la soirée.

— Avez-vous encore besoin de nous ? me demande le responsable d'équipe.

— Ça devrait aller. Merci beaucoup.

Si mes invités voient le personnel du traiteur partir, ils rentreront peut-être, eux aussi, chez eux, et Jamie quittera mon appartement une bonne fois pour toutes. Je pourrai ouvrir toutes les fenêtres et débarrasser l'air de son odeur. Je pourrai m'endormir et me réveiller demain en faisant comme si elle n'existait plus.

Je dis au revoir au personnel qui m'a aidé ce soir.

— Comment ça avance, l'eau ?

Jamie apparaît dans l'encadrement de la porte.

— Ça, euh… ça vient.

Qu'est-ce qu'elle vient faire ici ? Ne peut-elle pas me laisser tranquille ?

— Ça va, Mac ?

Je secoue la tête. Je suis en train de m'effondrer.

— Non. Je suis désolée, mais je ne peux pas accepter ta présence ici. Tu ne fais pas partie de… ça.

Je regarde ma cuisine impeccable, comme si elle était la métaphore parfaite de la vie que j'ai bâtie après Jamie, mais ce n'est qu'une cuisine. Et ma vie n'a jamais été aussi propre ni aussi belle.

— Je vais m'en aller, me dit Jamie. Ce n'est pas grave. Je comprends.

Seulement, au lieu de partir, elle avance dans la pièce.

— Mais, Mac, tu ne veux pas qu'on ait une discussion un jour ? Rien qu'à deux ?

— Pour parler de quoi ? je m'étrangle.

— De vingt ans de vie, rien que ça.

— Je ne suis pas sûre d'en être capable.

— Tu ne me dois rien, mais ça te ferait peut-être du bien. Réfléchis-y, s'il te plaît. Quand tu voudras.

— Que ça me ferait du bien ? je m'écrie. Tu crois que le fait de te revoir, ça m'a fait du bien ? Je ne crois pas.

— Je t'en prie.

Jamie me regarde de ses yeux sombres. Dieu merci, elle s'abstient de se mordre la lèvre. Mon agitation est telle que je serais capable de me saborder et de lui demander de rester au lieu de partir. C'est dire à quel point j'ai l'esprit embrouillé quand je suis avec elle. Je ne sais pas du tout ce que je veux. J'aimerais à la fois lui hurler dessus et l'embrasser, à la fois la repousser de toutes mes forces et promener les mains sur son corps tout entier, de préférence nu. C'est insupportable, et le seul moyen de faire disparaître cette sensation est de ne pas être dans la même pièce qu'elle et de rester sur mes positions chaque fois qu'on me suggère que nous devrions nous revoir.

— Ça n'y paraît pas, mais ça *pourrait* faire du bien. À toutes les deux.

Jamie me fait ce genre de sourire qui envahit tout son visage, comme si le soleil lui-même avait pris possession de son corps et rayonnait depuis son cœur.

— Merci beaucoup pour cette soirée. C'était vraiment… quelque chose.

Des éclats de rire s'élèvent dans le salon. Pendant quelques instants, j'ai oublié que j'avais d'autres invités.

— Je m'en vais. Bonne nuit, Mac.

Lorsqu'elle se retourne et part, j'ai l'impression que quelqu'un serre très fort le poing autour de mon estomac, comme si je ne pouvais pas supporter de voir Jamie s'éloigner de moi. Je respire un bon coup et me ressaisis. Je trifouille dans la cuisine jusqu'à ce que Jamie ait fait ses adieux, jusqu'à ce que j'entende les portes de l'ascenseur se refermer derrière elle. Je respire à nouveau profondément avant de faire face à mes invités restants.

— Il s'est passé quelque chose ? s'inquiète Charles.

— Non. C'est juste que…

Je ne peux pas leur expliquer ce que je ressens en ce moment.

— C'était trop dur de passer du temps avec elle ?

Alan pose sa main sur mon épaule.

— Oui.

Il ne s'agit pas seulement de ce qui s'est passé entre Jamie et moi. Il s'agit aussi de tout ce qui n'a pas eu lieu. Plus encore, c'est ce douloureux rappel qu'après elle, je n'ai pas été capable de bâtir la vie que j'ai toujours souhaitée, et j'ignore si c'est à cause d'elle ou à cause de moi.

— Maui, c'était Maui, mais le fait de l'avoir chez moi…

J'ai acheté cet appartement, qui est luxueux, mais serait bien trop petit pour la famille que j'ai toujours voulue, comme une sorte d'acceptation. Lorsque j'ai eu trente-huit ans et que j'ai réalisé que je n'aurais jamais d'enfants, j'ai cédé et j'ai acheté ce qui est essentiellement une garçonnière.

— C'est trop.

— Je suis désolée de t'avoir poussée à le faire, s'excuse Leila.

— Tu ne m'as pas poussée à le faire, mais le fait d'être avec elle, chez moi, ça m'a donné l'impression d'être nulle. Ça m'a fait penser à toutes ces choses que je voulais dans la vie et que je n'ai pas.

— Est-ce que Jamie en fait partie ? demande Alan.

— Hein ?

J'ai les yeux exorbités. Seulement, Alan ne sait pas ce que je veux ou peut-être s'en souvient-il. Jamie et moi faisions toujours des projets, nous rêvions à voix haute de notre grande famille.

— Non !

— Ça y ressemblait, commente-t-il.

Je l'ignore. Je ne tiens pas du tout à ce que Jamie revienne dans ma vie.

— Quand elle est entrée dans la cuisine, elle a dit qu'on ferait bien d'avoir une conversation franche un jour ou l'autre. Vous vous rendez compte ?

— C'est de ma faute, déclare Leila. Quand on était sur le toit, c'est moi qui ai suggéré cette idée.

— C'est pour ça que je ne voulais pas la revoir. Je ne veux plus revivre tout ça. De quoi parlerait-on ? Comme si je voulais connaître toutes les filles qu'elle a réussi à dégoter ces deux dernières décennies.

Au moins, elle n'a pas d'enfants, je crois. C'est une vilaine pensée que je regrette aussitôt. Je ne reprocherais jamais à quelqu'un d'avoir des enfants. Au contraire.

— Mac, dit Izzy d'une voix douce et posée. Ça se voit que tu souffres. Leila a peut-être raison. Tu devrais avoir cette conversation dont tu ne veux pas, alors tu pourras commencer à te sentir mieux.

— Je me sentais parfaitement bien avant d'aller au mariage de Sandra.

Je n'avais peut-être pas la famille dont j'avais toujours rêvé, mais j'étais satisfaite de ce que j'avais. Mon travail, mes amis, mon appartement. Ma vie était plus que satisfaisante jusqu'à ce que Jamie débarque et me rappelle ce que je désirais vraiment.

— Je suis sûre qu'avec un peu de temps, et sans revoir Jamie Sullivan, j'irai à nouveau bien.

Où est le bouton avance rapide de ma vie ? J'aimerais appuyer très fort dessus pour ne plus avoir à vivre avec ce désir qui me prend aux tripes, ce battement accru entre mes cuisses chaque fois que je la regarde, la façon dont ma peau se languit parfois de son contact, car j'ai aussi dû me résigner : personne d'autre n'est capable de me faire l'effet que me fait Jamie.

Izzy et Leila ont peut-être raison. J'ai peut-être besoin de m'ôter Jamie de la tête une bonne fois pour toutes. De lui hurler toutes ces choses que j'ai enfouies au plus profond de moi-même. De la traiter de tous les noms pour m'avoir déchiré le cœur et les rêves. De lui faire comprendre que s'il y a un bien une chose que j'ai ratée dans la vie, ce n'est pas de ne pas avoir réussi à la garder, mais de ne pas avoir réussi à l'oublier complètement.

— La nuit porte conseil, assure Izzy.

Comme si j'allais pouvoir dormir cette nuit.

CHAPITRE 18
JAMIE

Le message est arrivé à trois heures et demie du matin. C'est la première chose que j'ai vue en me réveillant et en allumant mon téléphone.

Il est maintenant quatre heures de l'après-midi, et Mac est sur le point d'arriver chez moi. Je suis nerveuse, car pendant que nous nous envoyions des textos pour organiser notre rencontre, Mac a écrit que ça n'allait pas être beau à voir. Je ne sais pas comment m'y préparer, je suis déjà désarmée face à elle.

Je fais les cent pas dans le salon, redonne du volume aux coussins, redresse les cadres au mur, remarque toutes sortes d'imperfections auxquelles je n'avais jamais prêté attention auparavant.

L'appartement de Mac était impeccable — autrefois, elle était si bordélique. C'est moi qui insistais pour que la cuisine soit propre, surtout après l'un de ses énièmes et désastreux essais culinaires. De temps en temps, elle se mettait en tête de nous préparer un repas, ses efforts maladroits semant le chaos dans notre petite cuisine.

Une ombre traverse la fenêtre, mais ce n'est qu'un passant. Il y a du bruit à l'étage. Ma propriétaire, Mlle Carol, est probablement en train de s'affairer dans sa cuisine. Contrairement à Mac, Mlle Carol est une excellente cuisinière et, le dimanche après-midi, elle prépare généralement une énorme portion d'un plat délicieux dont elle me donne toujours une part.

Même si je n'arrive pas vraiment voir qui est dans la rue, je sais que Mac est arrivée. Je le sens. Avec elle, c'est comme si je possédais un sixième sens. Un instant plus tard, la sonnette retentit. D'un pas pressé, je me dirige vers la porte et m'arme de courage.

Il n'y a pas un bonjour, et encore moins d'embrassades. Mac entre dans le salon comme une tornade humaine. Ce n'est que lorsqu'elle a atteint la table, une halte logique, qu'elle prend le temps de regarder autour d'elle. Elle ne commente pas mes choix en matière de décoration intérieure. Elle n'est pas venue pour cela.

— Tu veux boire quelque chose ? je demande.

Pour toute réponse, Mac se contente de soupirer.

— Merde, lâche-t-elle après quelques secondes de silence.

— J'ai bien peur de ne pas avoir ça chez moi, dis-je en plaisantant, car il faut bien détendre l'atmosphère, qui pèse trop lourd dans l'air.

Seulement, la tension colle à Mac comme une seconde peau et, tant qu'elle sera là, je crains que la discussion soit difficile.

— Sers-moi un truc fort.

Elle enlève son manteau et le jette sur le dossier d'une chaise.

— Un manhattan ?

Je hausse un sourcil. Elle adorait mes manhattans.

— Oui.

— Toujours pas de cerise ?

Cerise, *Cherry*… La boulette. Je ne m'en rends compte qu'au moment où je le dis.

— Non, répond-elle sèchement.

— Désolée. Ce n'était pas voulu, je te le promets.

— C'est plutôt drôle.

Le premier signe de décontraction apparaît sur son visage. Or, ce n'est qu'un signe, et nous avons encore un long chemin à parcourir.

— Je reviens tout de suite. Fais comme chez toi.

La cuisine se trouve au fond de l'appartement, mais pas dans une pièce séparée, ce qui me permet de garder un œil sur Mac. Elle se promène en regardant autour d'elle. Elle s'arrête devant le mur derrière la table pour regarder les photos qui y sont accrochées. Contrairement à Mac, je n'ai jamais éliminé de ma vie toutes les preuves de son existence. J'ai encadré quelques photos datant de l'époque où nous étions ensemble. Selon moi, une relation de dix ans mérite bien quelques photos.

Je mélange les ingrédients des cocktails. Je devrais être concentrée sur ce que je fais, mais je n'arrive pas à détacher mon regard de Mac. Cela me fait bizarre de la voir chez moi, de la voir contempler ces moments de mon existence que j'ai choisi d'exposer dans mon lieu de vie. Elle semble fascinée par le mur de photos. Il y a là plusieurs personnes qu'elle n'a jamais rencontrées, notamment des deux femmes avec lesquelles j'ai eu une longue relation après elle. Heureusement, il n'y a pas de photos de Cherry. Je n'ai pas besoin de me souvenir d'elle.

Je peux préparer un manhattan les yeux fermés et il ne me faut pas longtemps pour préparer nos verres. Je lui apporte le sien.

— Je n'arrive pas à croire que tu as encore des photos de moi accrochées au mur, s'étonne Mac.

Comme elle est ici pour parler à cœur ouvert, je décide de ne pas mâcher mes mots.

— On a été ensemble pendant dix ans. Évidemment que j'ai des photos de toi.

Elle ne m'interroge pas davantage sur mon choix. Elle boit une gorgée de cocktail et pointe du doigt une photo.

— Qui est-ce ?

Sur la photo, j'ai le bras passé autour des épaules d'une autre femme.

— Shannon.

— Une petite amie ?

Elle boit une autre gorgée de cocktail.

Je hoche la tête.

— On est sorties ensemble pendant presque quatre ans.

— Vraiment ?

Je bois à mon tour. Je sens que je vais avoir besoin de cet alcool pour me donner du courage.

— Oui.

— Qu'est-ce qui s'est passé ?

Mac se tourne vers moi et m'interroge du regard.

— Ça a fait son temps, j'imagine.

— Ah, c'est vrai ! Tu t'es dit monogame en série à Maui. Ça m'a taraudé.

C'était une remarque qui me paraissait désinvolte à l'époque, et la réaction de Mac l'était tout autant.

— Tu es toujours amie avec Shannon ? me demande-t-elle.

— En quelque sorte. On ne se voit pas toutes les semaines, mais on reste en contact.

— Donc, ce n'était pas une séparation difficile.

Elle me quitte du regard et avise une autre photo.

— Et elle ? Qui est-ce ?

— Robin. Une ex aussi.

Robin ressemble beaucoup à Mac. Aujourd'hui, je le vois, même si je refusais de l'admettre à l'époque, lorsque l'on osait me faire la remarque.

— Elle est très jolie, commente-t-elle.

J'ignore si elle le pense ou si elle a aussi remarqué la ressemblance et se moque de moi.

— Elle aussi a fait son temps ?

— Robin m'a larguée.

— Et tu as toujours sa photo sur ton mur ?

— Elle a compté pour moi, donc oui.

— Tu es toujours en contact avec elle ?

— Non.

Il y a des gens qu'il faut laisser partir, comme j'ai dû le faire avec Mac, après que Cherry et moi avons rompu, que j'ai voulu à tout prix reprendre contact avec elle, et que Mac a refusé, à juste titre.

— Pourquoi elle t'a laissée tomber ?

Mac regarde la photo de Robin comme si elle essayait d'y déceler un secret.

— J'imagine qu'elle ne m'aimait plus.

Elle se retourne vers moi, puis regarde à nouveau la photo d'un air ahuri, comme si elle n'arrivait pas à croire qu'on puisse tomber amoureux d'une autre personne que moi.

— Tu as souffert ? me demande-t-elle, tournant à nouveau la tête vers moi.

— C'est assez douloureux de voir un être cher vous dire qu'il ne se ressent plus la même chose.

— Sans blague.

Son regard devient incisif.

— Je t'aimais toujours énormément.

Je ne peux guère réclamer sa sympathie, car je me suis retrouvée dans cette situation impossible où l'on aime deux femmes en même temps, même si l'amour que je leur portais était très différent. J'aimais Mac de tout mon cœur et de toute mon âme. Je suis tombée amoureuse de Cherry sur un coup de tête.

— C'est ça, ironise-t-elle.

— Je t'assure, Mac.

— Je sais que ce n'est pas vrai, parce qu'on ne fait pas ce que tu as fait à quelqu'un qu'on aime. On ne le fait pas, point.

Elle regarde la photo de nous deux sur la plage de Rockaway, où je lui ai demandé de m'épouser dès que la loi nous y autoriserait, mais dès que possible de manière officieuse. Nous avons rencontré Cherry peu de temps après.

— Ce n'est pas aussi binaire, dis-je, je pense que tu le sais.

— Ne me prends pas de haut sur ce sujet, Jamie. S'il te plaît.

— Je ne te prends pas de haut. Je dis juste que te quitter a été la chose la plus difficile que j'ai faite dans ma vie. Que ce n'était pas une décision facile à prendre. Que je me suis remise en question chaque jour. Et, à juste titre, parce que ça s'est aussi avéré être la décision la plus idiote de ma vie.

— Alors pourquoi tu l'as fait ? Pourquoi tu as tout gâché ? On était si bien ensemble et tu… tu t'es levée, comme ça, et tu es partie. Pour *elle*.

— J'étais bête. J'étais entichée de cette fille. J'étais aveugle.

— As-tu la moindre idée de ce que l'on ressent ? Quand la femme qu'on aime par-dessus tout tombe amoureuse de quelqu'un d'autre et tient tellement à être avec cette personne qu'elle te plaque sans autre cérémonie ?

— Non, admets-je en toute honnêteté. Je ne sais pas ce que ça fait, mais j'imagine que c'est l'un des pires sentiments au monde.

— Ça te détruit tout entier. Il m'a fallu beaucoup de temps pour comprendre que ce n'était pas moi le problème, mais toi. J'ai vraiment cru que j'avais fait quelque chose de mal pour que tu me quittes comme ça, parce que je te savais si droite dans tes bottes, le cœur bon. Une femme honnête jusqu'au bout des ongles. Quelqu'un sur qui je pouvais toujours compter. Je te faisais une confiance aveugle. Tu m'as arraché tout ça en un clin d'œil.

— Évidemment que c'était moi, le problème, Mac. Je te l'ai dit quand je suis partie.

— Parce que tu crois que je t'ai écoutée ? Tu crois que j'ai entendu ce que tu as dit après m'avoir annoncé que tu étais amoureuse de Cherry et que tu me quittais pour elle ?

Nous en parlons comme si ça s'était passé le mois dernier et non il y a vingt ans. C'est peut-être comme ça que ça se passe quand c'est trop dur de tourner la page, que la douleur s'étire dans le temps et n'a jamais l'occasion de disparaître complètement.

— Tu dois savoir maintenant à quel point je suis désolée de…

— Pourquoi Cherry et toi avez rompu ? me coupe-t-elle.

— Parce que c'était une erreur de me mettre avec elle. Elle m'a fait tourner la tête, mais quand j'ai repris mes esprits, j'ai vite compris qu'elle était tout le contraire de toi. Elle était excentrique et irresponsable, et elle n'avait aucun projet de vie. Je ne pouvais pas vivre comme ça. Et tu me manquais. Tu me manquais tellement, Mac. Je faisais le deuil de notre relation, de la vie que nous aurions eue. J'ai été tellement bête.

— Tu as eu ta crise de la quarantaine vingt ans trop tôt.

Est-ce une boutade ? Si c'est inattendu, ce n'est assurément pas inédit venant de sa part.

— J'aurais dû acheter une voiture de sport à la place.

— Tu avais déjà acheté ce four flambant neuf qui coûtait un bras. Il ne restait plus d'argent pour une voiture de sport.

Mac soupire longuement. Elle boit quelques gorgées de son manhattan.

— Quand que je t'ai revue, j'ai compris quel était mon plus gros problème.

— Quel est-il ?

— Même si c'est dur à admettre, je ne m'en suis jamais remise, Jamie.

Ses yeux se remplissent de larmes.

— Je ne savais pas comment faire à l'époque et je n'ai jamais réussi à comprendre comment y arriver depuis.

Une larme se déverse sur sa joue.

— J'ai eu le temps, tout le temps qu'il fallait. Ça m'a aidé, et j'ai guéri de mes blessures, mais… je n'ai jamais réussi à t'oublier. C'est la raison pour laquelle je savais qu'il ne fallait pas qu'on se revoie. Regarde ce qui s'est passé à Maui ! Vingt-quatre heures dans le même hôtel, et je n'ai pas pu m'empêcher de t'embrasser. Ce n'est pas sérieux !

Elle avale la dernière goutte de son cocktail et laisse pendre le verre entre ses doigts. Les larmes coulent à flots sur ses joues.

Je ne sais pas trop quoi faire. Je me dis que le mieux est de la laisser parler, s'exprimer, même si je préférerais la prendre dans mes bras et chasser ces larmes à coups de baisers.

— J'ai beau essayer, je n'arrête pas de penser à toi, poursuit Mac. À cette nuit à Maui et à toutes les autres nuits que nous avons passées ensemble. J'ai l'impression que ce n'est pas bien, que je ne devrais pas faire ça. Comme si je me trahissais moi-même.

— Moi aussi, je n'arrête pas de penser à toi, Mac.

— Je veux tellement que tu sortes de ma tête, parce que ça me rend dingue.

Mac renifle et s'essuie le nez.

— Si j'avais su que ce serait comme ça, je ne serais jamais allée au mariage de Sandra.

Je ne pense pas qu'elle ait entendu ce que j'ai dit, ou alors elle ne veut pas entendre. Ça ne fait peut-être qu'empirer les choses.

— Encore une histoire regrettable.

— Mais, Mac, ce n'est pas forcément une mauvaise chose, je marmonne.

J'ai peur de prononcer les mots à voix haute.

— Peut-être pour toi.

Elle a les yeux rouges et humides.

— Pour moi, il n'y a rien de bon là-dedans.

Elle détourne le regard, puis se remet à marcher, et pose son verre vide sur la table.

— Je ne peux pas partir, mais je ne peux pas rester non plus. C'est une torture.

Elle s'agrippe si fort au dossier d'une chaise que ses articulations blanchissent.

— C'est en gros l'histoire de ma vie depuis que tu es partie, poursuit-elle. Avant ça, je savais exactement ce que je voulais. Je voulais t'épouser et avoir quatre enfants. C'est ce que je voulais plus que tout, plus que d'être journaliste sportive, tu le sais. Je voulais être mère, et je voulais être ta femme. C'était tellement évidemment pour moi. Mais voilà ! Tu es tombée amoureuse de Cherry, et ce n'est pas parce que tu as soudainement disparu de ma vie que je ne voulais plus toutes ces choses. Et j'ai essayé, Jamie. J'ai sérieusement envisagé de tomber enceinte toute seule, mais je n'ai pas pu le faire, parce que j'ai grandi avec un seul parent et je ne voulais pas ça pour mes enfants. Tu connais ma mère. C'est une battante, elle est incroyable et je l'aime de tout mon cœur. Elle a fait tout ce qu'elle a pu pour moi, mais j'étais seule quand j'étais petite. Elle passait son temps à travailler et, même si c'est admirable, je préfère ne pas être mère plutôt que d'être la mère d'un enfant qui grandit seul.

— Je sais.

Mac n'a pas besoin de m'expliquer pourquoi elle n'est jamais devenue mère célibataire. Je l'admire parce qu'elle a renoncé à son plus grand rêve, le rêve qu'elle avait depuis son adolescence, pour le bien de l'enfant qu'elle n'a jamais eu.

— Je suis vraiment désolée.

— Je sais qu'il est ridicule de t'en vouloir, mais je t'en ai voulu pendant longtemps. Parce que tu as foutu en l'air tous les projets que j'avais pour mes trente ans.

— Je suis désolée.

Je m'étais juré de ne pas recommencer à me confondre en excuses, mais c'est plus fort que moi, car je regrette tellement mes choix et, plus encore, les conséquences de mes décisions irréfléchies sur la vie de Mac.

CHAPITRE 19
MAC

— Le fait que tu sois désolée ne change rien, je proteste. Ça n'a jamais rien changé.

J'essuie mes larmes et fais mine de ne pas avoir pleuré.

— Je sais.

Jamie termine son cocktail. Nous avons descendu nos verres. Je me demande s'il reste de l'alcool dans ce shaker, mais je ne suis pas venue ici pour me saouler et me remémorer le bon vieux temps. Je suis venue ici pour avoir une conversation qui aurait dû avoir lieu il y a vingt ans, même si je n'avais pas idée, à l'époque, de la tournure que prendrait ma vie après Jamie.

— On s'assied ?

Elle fait un geste en direction du salon, de l'autre côté de la pièce.

— Tu veux un autre verre ?

— Juste de l'eau, s'il te plaît.

Alors que Jamie se dirige vers le réfrigérateur, je jette un dernier coup d'œil à son mur de photos. Mon regard se pose sur un cliché de nous. Nous avions l'air si heureuses. Nous l'*étions*, d'où la difficulté que j'ai eue à comprendre son départ à l'époque. C'est aussi la raison pour laquelle je ne l'ai jamais vraiment oubliée. C'eût été plus facile si cela n'avait pas si bien marché entre nous ou si nous avions eu tout un tas de désaccords, seulement notre couple était stable. Il était fort et solide. Et puis Cherry est arrivée et a tout gâché, et il a fallu que je me pose les mêmes questions en boucle : si une femme pouvait surgir de nulle part et nous faire rompre, quelle était vraiment notre force ? Existait-il un lien indéfectible entre nous ? Tout cela n'était-il qu'une illusion ? Mais si c'était le cas, pourquoi souffrais-je autant ?

Je m'éloigne du mur et me dirige vers le salon. Déjà lasse, je me laisse choir dans le canapé. Je n'ai pas beaucoup dormi la nuit dernière. Je n'arrêtais pas de réfléchir à ce que je voulais à dire à Jamie aujourd'hui et, à vrai dire, ce n'était pas seulement des mots qui me passaient par la tête. Bien plus souvent que je ne voudrais l'admettre, j'ai pensé à ses seins dans ma bouche. Ses mains sur ma peau. Sa langue entre mes jambes.

— Tiens.

Jamie me tend un verre d'eau. Elle prend place à l'extrémité du canapé.

— Je sais que c'est une question déplacée, mais…

Je rougis rien que d'y penser.

— Comment c'était, le sexe, avec Cherry ? Ça devait être absolument grandiose pour que tu décides de me quitter, de faire une croix sur notre vie à deux, après avoir couché avec elle ?

C'est mesquin et méchant, mais je ne suis pas non plus venue ici pour refaire ami-ami avec Jamie. Je suis ici pour obtenir des réponses aux questions les plus difficiles.

— Mac, allons !

Jamie émet un son mi-offusqué, mi-rieur.

— Je ne m'en souviens pas.

Elle esquive la question.

— Comment peux-tu ne pas te souvenir ?

Je me souviens de ce que c'était entre Jamie et moi : magistral, aimant et hautement satisfaisant.

— Si c'était, selon toi, la décision la plus importante de ta vie ?

— Qu'est-ce que tu veux que je te dise ?

— Dis-moi juste la vérité. Tu me dois bien ça.

— Je ne veux pas te blesser à nouveau.

— Tu ne me blesseras pas, Jamie, mens-je. Tu ne peux plus me blesser.

— J'ai choisi de ne pas m'en souvenir et je préfère ne pas en parler.

Sa voix est d'une fermeté inattendue.

— Comment veux-tu que l'on parle de nous, de notre rupture et de ses raisons, c'est-à-dire coucher avec Cherry, si tu ne veux pas me dire ce qu'il y avait de si spécial à le faire avec elle ?

— Parce que ce n'est pas la question.

— Ben si, putain !

Je claque mon verre d'eau sur la table basse avec un peu plus de force que je ne l'avais prévu.

— C'est la question, justement.

— Mac, s'il te plaît, tu te fais du mal pour rien.

Jamie a raison. Quel est l'intérêt pour moi de l'entendre dire à quel point c'était génial de coucher avec Cherry, ce que je sais déjà, ou de la voir me raconter des mensonges ? C'est uniquement pour la punir, pour me venger de ce qu'elle m'a pris. Voilà pourquoi je ne supporte pas d'être dans la même pièce qu'elle. Malgré tout, je suis là. Même si je voulais qu'elle parte de chez moi hier soir, je suis venue ici aujourd'hui. Car, il y a aussi le pendant de la question. La raison pour laquelle je ne supporte pas de me trouver avec elle, c'est parce qu'elle m'envoûte encore, d'une certaine manière. Il existe encore des parts d'elle que je veux connaître ou réapprendre à connaître. Il y a ces moments que nous avons vécus, bien que ma mémoire m'ait peut-être joué des tours en me faisant tout voir en rose et en ne gardant que les bons moments avant ce dernier, cet ultime coup du sort. Et, il y a aussi le fait que j'ai couché avec elle à Hawaï et que c'était incroyable de me retrouver de nouveau au lit avec Jamie après tout ce temps.

Donc, je suis là, mais je ne suis pas tout à fait sûre de savoir ce que je suis venue chercher. J'inspire profondément et tente de me calmer, d'atténuer cette sensation inconfortable qui est à l'opposé de celle que je ressentais lorsque j'étais avec Jamie qui, durant dix années extraordinaires, a été mon havre de paix, mon roc, ses bras robustes toujours prêts à me rattraper.

Je lance un regard dans sa direction. Elle n'a jamais été une midinette. Il y avait souvent de la pâte à pain collée sur ses jeans, et elle ne s'est jamais ruinée en habits coûteux, car la farine est omniprésente quand on est boulangère. En revanche, je me souviens parfaitement de son smoking au mariage de Sandra, comme il lui allait bien, comme ses bras s'ajustaient bien aux miens sur la piste de danse, comme si nous n'avions jamais cessé de danser ensemble après notre rupture, comme mon corps réagissait à son contact, comme s'il se souvenait de tout et qu'il avait emmagasiné toutes les réactions qui lui avaient été refusées pendant vingt longues années.

Nous ne sommes peut-être pas très douées pour parler de nos blessures, mais cette nuit-là, à Maui, nous avons excellé dans d'autres domaines. Il était tellement plus facile de s'abandonner à ses mains, de laisser nos corps parler, plutôt que d'avoir une autre conversation douloureuse.

Peut-être est-ce la vraie raison de ma présence ici, même si c'est encore plus difficile à admettre. Seulement, il me suffit de la regarder. Je ne ressens pas de dégoût lorsque mon regard passe sur son corps. Ce n'est pas seulement la douleur qui couve en surface.

Il n'est pas étonnant que je ne veuille plus parler.

— Soit, finis-je par dire.

J'ai la gorge enflée par les pleurs de tout à l'heure.

— Je ferais peut-être mieux d'y aller.

Ça ne sert à rien de rester si je n'ai plus envie de discuter. Je serais capable de refaire une chose que je ne devrais pas.

— Mac, fait Jamie d'une voix suppliante. Tu es là maintenant. Ne pars pas tout de suite. S'il te plaît.

Je ne peux pas rester, ai-je envie de crier. *J'ai peur de ce qui pourrait arriver si je restais ici plus longtemps.*

— C'est trop dur pour moi, je marmonne.

Ça l'était hier soir et ça l'est encore aujourd'hui.

— Mac…

Elle se rapproche de moi.

— Je ne m'en suis jamais remise, moi non plus. Tu as été l'âme sœur qui m'a filé entre les doigts.

— À d'autres !

Je secoue la tête. Je m'en veux surtout de la laisser m'atteindre.

— On voulait les mêmes choses, toi et moi, poursuit-elle, et j'en ai été privée, moi aussi.

Elle me tend là le bâton pour se faire battre, seulement je lui ai fait assez de reproches. Je vois bien que Jamie s'est fait du mal toute seule. Je ne suis pas tout à fait prête à éprouver de la sympathie pour elle à cet égard, mais je ressens beaucoup d'autres choses envers elle.

— Je comprends que tu aies envie de passer à autre chose, poursuit-elle. C'est pénible et douloureux, mais…

Elle déglutit.

— … quel que soit le nombre de mauvais souvenirs qui remontent à la surface, ça en vaut la peine de te revoir. C'est tellement…

Et merde. Elle aspire la moitié de sa lèvre entre les dents. Heureusement, elle n'a pas fini de parler, et la relâche.

— D'une certaine manière, c'est bien. Difficile, mais bien.

J'essaie de trouver quelque chose à dire, mais mon cerveau

en a assez de formuler des phrases. J'en ai marre de parler. Même si « bien » est le dernier mot que j'utiliserais pour décrire cette situation, j'ai craqué trop souvent depuis que j'ai revu Jamie pour pouvoir la qualifier ainsi. Cela dit, elle et moi avons évolué. Elle n'est pas seulement la Jamie que j'ai connue, elle est aussi une femme que j'aimerais connaître, mais surtout, et autant l'admettre tout de suite, elle est une femme que j'aimerais beaucoup embrasser. Encore une fois.

Je ne pense qu'à ses lèvres sur les miennes. Je regarde sa bouche. Ces lèvres exquises. Je laisse mon corps prendre les commandes. Mes pulsions les plus élémentaires. Cette part de moi que Jamie éveille encore, celle qui ne s'en est jamais remise et que j'ai dû constamment refouler, mais qui revient au galop maintenant. Parce que je suis assise dans son salon et que la distance qui nous sépare est si réduite, il serait insensé de ne pas l'embrasser. Je ne pourrais pas me retirer, même si ma vie en dépendait. Elle m'attire tellement que j'en suis arrivée à un point où je ne me soucie plus des conséquences ou de tout ce que ça pourrait signifier. Je ne me soucie pas de ce que cela dit de moi ou de mon amour-propre, le fait d'être sur le point d'embrasser la femme qui m'a fait le plus de mal. D'ordinaire, je ne suis pas tellement gaga des punitions, même si je n'ai pas du tout l'impression d'être punie à l'instant présent.

— Oh, et puis, fait chier, je marmonne dans ma barbe tout en me penchant.

Je l'embrasse… à nouveau.

Lorsque nos lèvres se touchent, une grande partie de la tension que j'ai retenue dans mon corps se dissout tout simplement. Et ça, la rencontre de nos lèvres, ça me semble « bien », et il n'y a rien de difficile là-dedans.

CHAPITRE 20
JAMIE

Mac m'embrasse. Ce n'était pas si inattendu, mais tout de même. Il y a quelques minutes encore, elle me demandait comment c'était au lit avec Cherry. J'ai de la compassion pour elle, et pas seulement. C'est tellement déroutant. Il y a tant de non-dits. Tout à l'heure, quand j'ai regardé Mac dans les yeux, j'ai pu voir la douleur qu'elle ressentait. La douleur que je lui ai causée. Pourtant, elle m'embrasse et je lui rends son baiser. J'en mourais d'envie depuis Maui. Je ne rêvais que de ça. Je peux difficilement lui reprocher de souffler le chaud et le froid. De coucher avec moi un jour et de ne plus vouloir me revoir le lendemain. Je suis infiniment compréhensive à l'égard Mac.

Au fil des ans, chaque fois que j'ai eu envie de la contacter, je me suis efforcée de me mettre à sa place. J'imaginais comment j'aurais réagi si elle m'avait quittée pour Cherry, ce que j'aurais ressenti, combien cela m'aurait arraché le cœur. Dès que je me figurais ce que Mac avait dû ressentir, je renonçais instantanément à mon désir de la revoir, car je n'en avais pas le droit. Quand on blesse quelqu'un de cette manière, on perd tous les droits à tout jamais. Et pourtant, nous voilà en train de nous embrasser. Tout comme à Maui, c'est un miracle, comme si la vie m'avait joué le meilleur tour qui soit.

Mac porte la main à ma joue. Ses lèvres effleurent sans relâche les miennes, ne laissant que de brefs instants pour reprendre notre souffle. Sa langue se glisse dans ma bouche. Je l'attire à moi. J'ai tellement envie d'elle. C'est plus que du désir que je ressens pour elle en ce moment. Il doit se multiplier par toute l'envie résiduelle, deux décennies, que je n'ai jamais pu exprimer. C'est tout sauf un baiser ordinaire. Il est magnifié par notre histoire, mais aussi par ce qu'il signifie pour nous aujourd'hui. Pour que Mac m'embrasse ainsi, il faut qu'elle ait encore des sentiments pour moi. Elle m'a dit qu'elle ne s'en était jamais vraiment remise. Bien que cette remarque puisse signifier quantité de choses, à mes yeux cela démontre que, au bas mot, elle veut à nouveau coucher avec moi, car ce n'est pas le genre de baiser qui part en fumée. C'est le genre de baiser qui mène à quelque chose.

La main de Mac descend et trouve l'ourlet de mon haut. Elle passe en dessous du tissu. Ses doigts sont chauds. Je gémis dans sa bouche. Je dois me maîtriser, car ce que je veux avant tout, c'est lui enlever tous ses vêtements et passer ma langue entre ses jambes le plus vite possible. Je veux sentir ses cuisses se serrer contre mes joues lorsqu'elle jouira pour moi. Seulement, je dois me retenir. Je dois la laisser prendre les devants.

Nous ne sommes plus à Maui. Ce ne sont plus des retrouvailles. Cela signifie donc autre chose, quelque chose de plus profond, et j'ai besoin que Mac donne le rythme de ce qui est en train de se passer entre nous — et de ce que ça pourrait devenir. Tout comme je dois lui laisser la liberté de tout arrêter si elle le souhaite, bien qu'à en juger par l'intensité de son baiser et la vitesse à laquelle sa main se glisse dans mon soutien-gorge, Mac ne veuille pas du tout que ça s'arrête.

La pulpe de son doigt effleure mon mamelon, et je perds déjà les pédales. Mon corps n'est plus aussi sensible à Mac qu'auparavant, mais il réagit encore à ses caresses. Quand je pense que j'ai failli gâcher l'après-midi en affirmant tout à l'heure qu'elle était cette âme sœur qui m'avait filé entre les doigts ! Je comprends qu'elle ne supporte pas que je dise des choses pareilles, mais c'est la vérité. J'ai connu l'amour depuis notre séparation, mais aucune des femmes que j'ai aimées après Mac ne m'a laissé l'impression de m'avoir échappé trop tôt, trop imprudemment, trop inconsidérément. Il n'y a que Mac qui m'a fait cet effet-là.

Les lèvres toujours collées l'une à l'autre, nous manœuvrons pour que Mac puisse dégrafer mon soutien-gorge. Nous devons alors laisser un peu de répit à nos bouches. Mon pull et mon soutien-gorge atterrissent quelque part dans la pièce, puis Mac vient à nouveau me trouver.

Je jette un coup d'œil furtif à son visage. Nos regards se croisent une fraction de seconde, et cela me fait le même effet que le baiser le plus torride. Je fonds sous son regard et j'ai vraiment besoin de la déshabiller maintenant, mais elle ne me laisse pas faire. Elle défait le bouton de mon jean, et je n'ai aucune raison de protester. Je la laisse me faire ce que j'ai si ardemment envie de lui faire. Je la laisse m'enlever tous mes vêtements et me repousser sur le canapé.

Avant qu'elle ne recommence à m'embrasser, Mac ôte son haut. Il y a trop de tissu qui couvre ses seins à mon goût, mais je ne peux guère m'en plaindre. L'instant d'après, son corps recouvre à nouveau le mien, et je n'ai certainement pas à m'en plaindre. Si sa présence ici m'a semblé être une bonne chose, bien que difficile, j'ai l'impression en la tenant dans mes bras que l'univers retrouve son harmonie après des décennies de désordre. Chaque atome de mon organisme trouve sa place.

Je respire son parfum et c'est l'odeur la plus divine du monde. Les larmes me montent aux yeux, mais je n'ai pas l'intention de m'effondrer comme je l'ai fait à Maui. Bien sûr que je suis émotive. J'ai aimé Mac bien plus longtemps que cette décennie où nous avons été ensemble. Je l'aime encore aujourd'hui, mais c'est un amour différent. La culpabilité et la honte que j'ai portées pendant des années l'enveloppent encore, mais, en partie, du moins, je peux enfin m'en libérer.

— Bon Dieu, gémis-je, lorsque Mac referme ses lèvres autour de mon mamelon.

Je passe mes mains dans ses cheveux blonds. Elle aspire goulûment la pointe de mon sein, et je suis à deux doigts de jouir. J'ai tellement envie de m'offrir à elle, avec fougue, comme si ça pouvait compenser ce que j'ai fait. Mac prend mon autre sein au creux de la main, et une petite larme s'échappe de mon œil. Je ne peux pas retenir mes émotions quand elle me fait ça, quand elle m'apporte un tel niveau de contentement, et je n'ai même pas encore atteint l'orgasme. Et alors ? Qu'est-ce que ça peut bien faire, si je me mets à pleurer, si elle voit à quel point elle compte pour moi ?

Putain. Elle descend, écarte mes jambes. Elle embrasse l'intérieur de mes cuisses et je me prépare à recevoir le contact divin de sa langue sur mon clitoris, mais elle se fait désirer. Puis, au lieu de m'offrir la douce délivrance dont je meurs d'envie, elle remonte. Elle se place à côté de moi, et je crains qu'elle ne tombe du canapé, mais elle se cramponne à moi.

— Je veux te voir, murmure-t-elle, le souffle court.

Oh, doux Jésus. Si ce n'était pas en train de se produire, si je n'avais pas les yeux plongés dans les sublimes prunelles bleues de Mac, je n'y croirais pas. Je ne croirais pas qu'elle est de retour dans ma vie et encore moins qu'elle veut me regarder dans les yeux pendant que je jouis.

Sa main descend. Le bout de ses doigts parcourt ma cuisse, dessine des cercles, toujours plus près de l'endroit qui est sur le point d'exploser. Ce n'est pas seulement mon désir pour Mac que j'ai dû refouler pendant tant d'années. J'ai dû dissimuler ma douleur un nombre incalculable de fois, car peu de gens estimaient que j'avais le droit de souffrir, y compris moi-même.

Je resterai pour toujours la femme qui a blessé Mac. Or, je ne suis pas que cette femme-là. Je suis aussi un être humain qui a fait une terrible erreur, la chose la plus humaine qui soit. J'ai dû trouver un moyen de me pardonner et de pouvoir me regarder dans le miroir après l'avoir quittée.

Lorsque le doigt de Mac frôle mon clitoris, c'est bien plus que du désir sexuel qui se libère. Ce sont les vestiges de la crise existentielle que j'ai dû traverser. D'avoir à vivre en ayant blessé la femme que j'aimais à la folie.

Elle continue à me fixer du regard, comme si elle cherchait dans mes yeux quelque chose qui ne peut être exprimé avec des mots. Je lui ai déjà dit que j'étais désolée, donc ça ne peut pas être ça, à moins qu'elle attende plus d'excuses, ou plus que des excuses. L'abandon total est la seule chose que je peux lui donner pour le moment. J'essaie de garder les yeux ouverts parce que je veux la voir aussi, mais j'ai l'esprit trop brouillé pour déchiffrer quoi que ce soit dans son regard. Tout ce que je peux dire, c'est que son expression est tendre et clémente et, au moment où mes yeux se ferment, je suis également convaincue qu'il y a dans son regard quelque chose qui ressemble à de l'amour.

Seulement, je suis sur le point de jouir, alors qu'en sais-je ? Mon cerveau a cessé de fonctionner correctement il y a un moment, quand elle m'a poussée sur le canapé.

Le doigt de Mac est doux, mais implacable. Je halète. Je me contorsionne sous ses caresses, mais une fois de plus, elle ne me donne pas mon orgasme. Au lieu de cela, elle glisse deux doigts profondément en moi, et j'arrête de respirer pendant quelques secondes.

Alors que j'aspire une bouffée d'air, j'ouvre les yeux. Je la regarde à travers mes paupières plissées. Il me suffit de voir son visage, un visage qui m'était si familier que je pouvais en localiser chaque tache de rousseur les yeux bandés, pour retrouver rapidement le chemin de l'orgasme. Cela fait un moment que ça monte. Je ne me souviens pas que Mac me touchait avec autant de dextérité, mais il y a tellement de choses dont je ne me souviens pas, tellement de choses qui passent à travers les mailles du filet de la mémoire en vingt ans.

Mac n'attend plus. Elle enfonce ses doigts tout au fond de moi, et je suis sur le point de jouir. Je réponds à ses assauts, vais et viens avec mes hanches. Si je le pouvais, je prendrais plus, mais elle m'en donne déjà beaucoup. Je ferme les yeux et me laisse emporter par la première vague qui me submerge. Je jouis sous le doigté habile de Mac, parce que ça ne fait pas seulement du bien de la revoir. Je jurerai que c'est le destin — bien qu'elle ne soit certainement pas d'accord avec cette idée.

CHAPITRE 21
MAC

Jamie m'attire sur son corps nu. Elle enroule les bras autour de moi.

Je suis complètement paumée. C'est tellement différent de ce que j'ai ressenti à Maui. Car, nous sommes de retour à la maison maintenant. Nous avons repris notre vie, et Jamie se marie aussi mal à la mienne qu'une cheville carrée à un trou rond.

— Putain, Mac, lâche-t-elle dans un soupir, ses lèvres contre mon oreille.

Au moins, elle ne pleure pas cette fois-ci. Si c'était le cas, je ne pourrais pas faire ce que je m'apprête à faire.

Jamie est entièrement nue. Son corps est chaud, et il est difficile de se défaire de ses bras, néanmoins je ne peux pas rester. Je dois m'éloigner d'elle, de ça, aussi vite que possible. Je dois me protéger. Quand je la vois comme je viens de la voir, cela ouvre en moi des portes que j'aimerais bien voir fermées à jamais.

— Je suis désolée, Jamie, je balbutie. Je dois y aller.

— Quoi ?

Elle relâche son étreinte.

— Maintenant ?

Elle rit comme si je venais de lui raconter une mauvaise blague.

— Tu ne peux pas partir maintenant.

— Je peux et je vais le faire.

Je m'extrais de ses bras. Ce n'est pas facile de sortir élégamment de ce canapé.

— Pourquoi ?

Jamie se couvre la poitrine avec les bras. Elle est nue, vulnérable. *C'est peut-être une façon pour mon subconscient de se venger,* me dis-je, mais l'espace d'une fraction de seconde seulement. Je ne veux pas me venger de Jamie.

— J'ai changé d'avis, dis-je simplement.

C'est difficilement contestable.

— On dirait que c'est devenu ta nouvelle spécialité.

Jamie se redresse et tend le bras pour prendre son pull. Elle l'enfile et me regarde.

— Qu'est-ce qu'il y a, Mac ?

— Je ne peux pas. Je suis désolée si tu t'es fait des idées.

Visiblement, je cherche autre chose que la guérison, et mon corps continue de me trahir quand je suis avec Jamie, quand je vois ses lèvres délicieuses, quand elle me regarde d'une certaine façon. Je ne peux pas la laisser avoir le dessus sur moi comme j'ai eu le dessus sur elle tout à l'heure. Si je ne peux pas maîtriser l'issue, je dois alors maîtriser tout ce que je suis en mesure de maîtriser. Jamie n'en fait pas partie. Elle n'en a jamais fait partie.

— Tu viens de me donner un orgasme, me fait remarquer Jamie sur un ton détaché. Évidemment que je me fais des idées.

— Je dois mettre un terme à tout ça. Je n'en peux plus. Tu mets le bazar dans ma vie, et je ne peux pas te laisser le refaire. Je suis désolée.

Pourquoi je m'excuse ? Cela dit, je suis venue ici et je suis devenue cette personne qui accepte de discuter, puis clôt la conversation l'instant d'après. Je suis du genre à l'embrasser par deux fois déjà. Or, nous ne sommes plus à Maui. Je dois accepter le fait que cela m'a fait un choc de revoir Jamie. Ça m'a toujours ébranlé de la voir. Et puis, je dois trouver un moyen d'aller de l'avant. Je l'ai déjà fait par le passé. Ça ne peut être que plus facile cette fois-ci.

Je ne m'aime pas beaucoup en ce moment. Je n'aime pas la personne qu'elle m'a fait devenir. Cette femme, ce n'est pas moi. Je ne suis pas du genre à faire ça. Soit je sors avec quelqu'un, soit non.

— Je veux te revoir, Mac, me dit-elle.

— C'est impossible.

Je cherche mon haut et l'enfile rapidement. Je ne suis même pas sûre que ce que je dis est la vérité ou un mensonge. Je ne me reconnais plus. Je n'aspire qu'à un peu de répit pour mon âme meurtrie.

— Au revoir.

J'attrape mon manteau et mon sac à main et me dépêche de quitter son appartement avant qu'elle ne me fasse changer d'avis.

Sur le chemin du retour, j'essaie de comprendre ce qui s'est passé, le dégoût que j'éprouve envers moi-même grandissant à chacun de mes pas. Je ne veux pas être cette personne à laquelle elle m'a réduit, mais elle me manque déjà. C'est exaspérant, et j'ignore comment y faire face. Leila a beau dire que tout ce qu'il me faut, c'est une conversation franche et mature avec Jamie et qu'ensuite je pourrai passer à autre chose, elle a complètement tort. Comme je ne supporte pas de ruminer mes pensées, et ce désir qui m'habite, j'appelle Leila.

— Tu avais tort, dis-je après que nous nous soyons dit bonjour.

— Ça arrive, réplique Leila avec la décontraction qui la caractérise.

Leila a beau être l'une de mes meilleures amies, il fut un temps où elle était bien plus que cela pour moi. Je suis tombée amoureuse d'elle, je me le suis autorisé, car c'était trop tentant, jusqu'à ce que je foute tout en l'air et que je doive la laisser partir. Même si elle n'était pas cette traîtresse de Jamie Sullivan, je ne pouvais pas rester avec elle. Je n'arrivais pas à lui faire confiance et je la rendais folle avec mes peurs et ma jalousie sans fondement.

— Et ? demande-t-elle.

Je lui raconte l'heure qui vient de s'écouler.

— Oh, Mac ! fait-elle d'un air peiné, comme si cela résumait tout, et c'est peut-être bien le cas.

— Elle me rend folle. Je dois choisir la raison.

— Tu veux être avec elle, assure Leila. Tu n'arrives pas à l'accepter, ce qui est compréhensible. Jamie est humaine comme les autres, Mac. Je sais qu'elle t'a fait du mal, mais c'était il y a longtemps, et tu ne peux pas traiter un autre être humain de la sorte. Ce n'est pas juste.

— La vie était tellement plus facile quand je faisais comme si elle n'existait pas.

— Mais elle existe et elle est de retour dans ta vie, même si tu ne veux pas voir la vérité en face. Tu ne peux pas recommencer à faire semblant, Mac. Ton instinct te pousse peut-être à le faire, mais ça ne marchera pas. La machine est lancée. Tu dois réagir comme il se doit. Tu sais quoi ? Tu es adulte, tu vas faire face. Au fond, tu es une personne raisonnable et gentille. Ce sera un peu perturbant les premiers temps, parce qu'elle t'a perturbée, mais tu n'en ressortiras que grandie, ou du moins tu te seras lestée d'un poids dans la vie. C'est toujours ça de pris, non ?

— Dis à Izzy qu'elle a beaucoup de chance de t'avoir.

— Je le lui dis tous les jours, mais tu peux être sûre que je le lui rappellerai.

Leila rit et, parfois, la joyeuse mélodie d'un rire est tout ce dont un être humain a besoin pour se sortir du cercle infernal des pensées. Cela me rappelle que ma vie ne se résume pas à ces retrouvailles avec Jamie.

— Mais, Mac, sois raisonnable. Reconnais au moins que Jamie est revenue dans ta vie et traite-la avec respect, même si elle ne t'a pas toujours rendu la pareille.

— D'accord, dis-je avant de raccrocher.

Je dois bien l'admettre. Même si j'ai mal agi envers elle, ce n'est pas tant que je manque de respect envers Jamie. Je manque surtout de respect envers moi-même.

———

Quelques jours passent, et tout ce qui me vient à l'esprit dès que j'ai un moment de libre, et aussi quand je n'en ai pas, c'est Jamie. Son visage lorsque j'avais mes doigts en elle. Sa franchise simple et rafraîchissante quand elle a dit qu'elle voulait me revoir. Combien j'ai perdu pied depuis Maui et combien je me suis défoulée sur elle en faisant preuve d'inconstance. Quand il est question d'elle et de ce que nous étions l'une pour l'autre, j'ignore comment faire autrement. Jamie a cet effet-là sur moi maintenant, même si cela ne suffit pas à justifier mon comportement.

Plus encore, je suis stupéfaite d'avoir réussi à partir de chez elle alors que j'étais excitée au plus haut point. Après quelques nuits passées à me retourner dans tous les sens, j'en ai conclu que je devais être terrifiée, totalement effrayée par les sentiments qu'elle pourrait éveiller en moi, et ce que cela signifierait.

Je me souviens aussi des mots pleins de sagesse de Leila. Il m'est impossible de faire comme si Jamie n'existait pas. Partout où je vais, je crois la voir. Quand je suis devant la caméra, le public entier pourrait tout aussi bien être composé de Jamie. Lorsque je tourne à l'angle d'une rue, j'espère toujours au fond de moi qu'elle sera là à attendre de l'autre côté.

Arrivé le vendredi, je suis devenue marteau et je ne tiens plus. Je lui envoie un texto et lui dis la vérité.

> Je n'arrête pas de penser à toi.

Elle met des heures à répondre, mais elle me répond.

> C'est peut-être parce qu'on a un truc à terminer.

Elle n'est pas là, et pourtant je rougis, car je sais ce qu'elle veut dire.

> Tu veux venir ce soir ?

> Seulement si tu promets de ne pas me mettre à la porte avant que je sois décidée à partir.

> Promis.

Au moment d'appuyer sur le bouton Envoyer, je me demande si c'est une promesse que je vais pouvoir tenir. Puis je me jure de le faire. En raison de notre histoire, on peut supposer que je ne lui dois rien, mais je lui dois au moins ça, ici et maintenant, dans cette réalité où nous vivons.

Jamie me répond :

> D'accord.

Les trois points de suspension continuent de clignoter sur mon écran, et j'attends un temps interminable que son prochain message arrive. Lorsqu'il s'affiche enfin, une vague d'excitation me parcourt tout le corps.

> Dois-je apporter l'Engin ?

Jamie est merveilleusement entreprenante. Cette audace de penser que je me souviens de ce qu'est « l'Engin » — mais, évidemment, je m'en souviens — et de me poser la question avec désinvolture après la façon dont j'ai tout laissé en plan le week-end dernier. Nous n'avons échangé que quelques textos, mais c'est un peu comme si je retombais amoureuse d'elle, juste à cause d'eux. À cause d'elle.

J'ai les doigts qui tremblent lorsque je réponds.

> Volontiers.

———

Je ne laisse pas simplement Jamie entrer. À peine a-t-elle franchi le pas de ma porte que je la plaque contre le battant et me presse contre elle. Je l'embrasse pour toutes les fois où je n'ai pas pu le faire et toutes les fois où je ne me le suis pas autorisé. Je l'embrasse pour me faire pardonner d'avoir été si volatile et si capricieuse, si tant est que ce soit possible. Et je l'embrasse pour ce qu'elle a apporté dans son sac. Toutes les fibres de mon être vibrent d'impatience.

— C'est moi que tu es contente de voir ou l'Engin ? Pour tout te dire, ce n'est pas vraiment l'objet d'origine, si l'on peut dire ainsi, juste un substitut acquis plus récemment.

Elle se fend d'un sourire, et je fonds encore un peu plus pour elle.

— C'est toi, dis-je.

— Je peux dire quelque chose d'abord ?

Elle se racle la gorge.

— Bien sûr.

Je rajuste mes vêtements et me ressaisis autant que possible.

— Je comprends infiniment combien la situation est déroutante et complexe. Combien c'est déstabilisant.

Elle me regarde dans les yeux, elle est douée pour ça.

— Moi non plus, je ne sais pas où on va, Mac. Tout ce que je sais, c'est que l'envie de te voir, l'envie d'être avec toi, est infiniment plus forte que l'inverse. Mais…

Et merde, voilà les dents. Plantées dans sa lèvre. Ne se souvient-elle pas que ça me faisait tourner la tête ?

— Tu n'es pas la seule à avoir un cœur. Il faut que tu le saches.

— Je sais.

J'ai du mal à lui rendre son regard. Je prends sa main et joue avec ses doigts.

— Je suis nulle, et il va sûrement me falloir un certain temps pour remettre de l'ordre dans ma tête, mais en attendant… on peut peut-être… s'amuser un peu.

S'amuser ? Qu'est-ce que je raconte ? Non pas que ce ne soit pas amusant, en partie, du moins, mais c'est une proposition ridicule à faire à Jamie. Comme si ça pouvait être léger entre nous. Comme si nous ne portions pas le poids de notre histoire sur les épaules.

— On a toujours été proamusement, toi et moi.

Jamie me serre contre elle.

— Prends tout le temps dont tu as besoin et sache que tu pourras toujours être honnête avec moi.

— Même si être honnête signifie ne pas savoir ce que je veux ?

— Je pense qu'aucune de nous deux ne sait ce qu'elle veut. Peut-être qu'on devrait juste se laisser porter par l'envie pendant un certain temps au lieu d'essayer de la comprendre.

Jamie me caresse la joue avec le revers de ses doigts.

— Tu as une place spéciale dans mon cœur, Mac.

Sa voix est soudain rauque, peut-être à cause de l'émotion — ou d'autre chose.

— Je sais la chance que j'ai d'être ici avec toi, même si tu ne m'as pas encore, à proprement parler, invitée à entrer.

— Viens.

Je la tire en avant. Je ne l'emmène pas dans le salon, mais dans ma chambre.

Jamie jette son sac sur le lit avec un sourire malicieux.

— Sur une échelle de un à dix, à quel point es-tu joueuse ?

— Vingt-cinq, dis-je tout de go.

— Ça ne me fait pas peur.

Elle m'attire à elle et m'embrasse. Il y a moins d'urgence dans ce baiser, plus de tendresse et de passion. C'est là le baiser de quelqu'un qui vous voit comme une personne incroyablement spéciale.

— Où est ta salle de bain ? me demande-t-elle après m'avoir embrassée jusqu'à ce que j'aie les genoux en coton.

— Juste là.

J'indique la porte, les veines fouettées par le sang.

— Je reviens tout de suite.

Avant de partir, elle se penche vers moi.

— Tu ferais bien de sortir un tube de lubrifiant.

— Je n'en ai pas, admets-je.

Jamie me regarde comme si je venais d'affirmer qu'il n'y avait pas d'eau courante dans mon immeuble.

— On verra ça plus tard, me répond-elle avec un rire. T'en fais pas. Je suis venue bien préparée.

Sur ce, elle disparaît dans la salle de bains.

Je ne sais pas quoi faire en l'attendant. Dois-je me déshabiller ? Me mettre au moins sur le lit ? Suis-je sûre de ne pas avoir un tube de lubrifiant qui traîne quelque part ? Et est-ce gênant qu'une femme à l'aube de la cinquantaine n'ait pas de lubrifiant à côté de son lit ? J'ai le cerveau qui mouline si bien que je finis par tourner en rond, sans rien faire, attendant, le souffle court, que Jamie émerge de la salle de bains.

Lorsqu'elle en sort, je me laisse choir sur le bord du lit sous le coup l'émotion. J'écarquille les yeux en la voyant. À ce moment-là, je réalise qu'elle m'a déjà tant donné depuis que nous nous sommes revues. Et voilà qu'elle me donne ça aussi. Je tends la main vers elle.

Pendant qu'elle me déshabille, je ne quitte pas des yeux l'Engin entre ses jambes. Ça change l'atmosphère dans la pièce. Ça change la façon dont je la vois et ce que j'attends d'elle. D'un autre côté, je n'arrive pas à me projeter après cette soirée. C'est peut-être ça le problème. Nous prenons peut-être les choses au jour le jour, orgasme après orgasme, et attendons de voir ce que demain nous apportera. Demain est la dernière chose à laquelle je pense en ce moment, alors que j'attire Jamie sur le lit avec moi.

La température monte rapidement. L'Engin appuie sur ma cuisse tandis que Jamie m'embrasse, que sa main enveloppe mon sein et que ses doigts jouent avec mon mamelon. J'ignore complètement comment elle peut encore me faire cet effet, mais elle a toujours été la meilleure de toutes. La grande différence, c'est qu'à l'époque, lorsque nous faisions l'amour, je lui faisais une confiance totale. Aujourd'hui, je ne lui fais plus confiance, pourtant cela ne change manifestement rien pour moi. C'est d'autant plus vrai en dehors de la chambre à coucher. Je ne ferai plus jamais confiance à Jamie parce qu'elle a prouvé à jamais qu'elle n'était pas digne de confiance. Pour cette raison, nous ne redeviendrons peut-être jamais amies, mais mon corps préfère de loin ignorer ce fait. Face à elle, il réagit à un tout autre niveau, bien plus primaire. Il ne se lasse pas d'elle, et ce n'est pas étonnant. C'est un peu comme si Jamie se souvenait de tout ce que j'aimais, de tout ce que je voulais. C'est pour ça qu'elle a suggéré d'apporter le jouet qui sort d'entre ses jambes. Et pour être tout à fait honnête, quelque chose me dit, entre les baisers langoureux et les soupirs lascifs, que je pourrais peut-être lui faire confiance à nouveau, que je pourrais l'aimer à nouveau, la laisser revenir. Et puis, je me souviens de la raison pour laquelle ce n'est pas possible, et voilà que je me retrouve face à la réalité. Elle m'a eue une fois, mais je ne la laisserai plus jamais me refaire ça. Je ne lui donnerai plus jamais cette occasion. C'est pour cette raison que je suis devenue ceinture noire d'autoprotection.

Jamie ne me demande pas explicitement si je suis prête. Elle se contente de me regarder, de scruter mon visage, elle lit en moi. Peut-être qu'avec elle, et seulement dans ces circonstances, je peux redevenir la personne insouciante que j'étais avant qu'elle ne me blesse irrémédiablement. C'est peut-être ça.

— Oh, Mac, fait-elle, la voix légèrement brisée. Tu es si… merveilleusement toi.

Elle ravale sa salive. J'étais tellement occupée à disséquer mes propres émotions que je n'ai pas pris en compte les siennes, je le sais, ce que ça doit lui faire, de venir ici, de marcher jusqu'à mon immeuble avec l'Engin dans son sac.

Jamie est à la fois fragile et incroyablement forte. Un combo enivrant. Chaque cellule de mon corps vibre, a soif d'elle, et peut-être bien que je l'aime un peu en ce moment. Peut-être n'ai-je jamais cessé de l'aimer. Peut-être avons-nous simplement appuyé sur le bouton pause. Or, vingt ans, c'est long pour mettre en pause un sentiment.

Elle m'embrasse à nouveau, longuement et profondément, tandis que sa main passe entre mes jambes. Elle glisse doucement ses doigts en moi, et j'ai hâte de voir ce qui va suivre.

L'instant d'après, elle se détache de moi et fait couler du lubrifiant dans sa main. Ma respiration se coupe alors que je l'observe, que je tente de comprendre à quel point elle est belle et sexy. J'ignore si c'est triste ou beau que personne d'autre ne m'ait jamais fait l'effet que Jamie me fait.

Elle s'assure que tout est bien lubrifié avant de prendre position, et je ne veux rien de plus que de m'abandonner complètement à elle, qu'elle me prenne, qu'elle me baise. Je la regarde, les paupières mi-closes, guider le jouet pour le faire entrer lentement en moi, m'écarter les cuisses pour elle, pour elle à jamais.

Quelque chose se passe en moi alors qu'elle s'enfonce,

qu'elle commence à doucement me prendre. Ce n'est pas seulement physique, bien sûr que non. Je ne me leurre pas.

Jamie est en moi, son corps remue contre le mien et, plus merveilleux encore, son visage flotte au-dessus du mien. Elle me regarde dans les yeux et tout ce que je vois, tout ce que je choisis de voir, c'est à quel point elle tient à moi, tout l'amour qu'il reste entre nous. Il se pourrait bien que je ne revoie plus jamais cela, ce sera peut-être impossible dans un autre contexte, mais pour l'heure, cela m'apparaît clairement.

Il ne faut pas longtemps pour que je sois au bord de l'orgasme. J'enfouis les mains dans ses cheveux soyeux en répondant à ses coups de reins. Je renverse la tête pour qu'elle puisse m'embrasser la gorge. Elle doit se souvenir que ça peut me faire basculer, j'en suis certaine. Je jouis fort pendant qu'elle me baise, pendant que je la laisse recoller les morceaux de mon cœur brisé.

CHAPITRE 22
JAMIE

— Tu as du goût en matière de pain.

Je dévore un morceau de pain au levain de ma propre boulangerie.

— Regarde cet appart.

Mac fait un geste de la main.

— J'ai du goût pour tout, non ?

— Hmm.

Cet endroit ne ressemble pas du tout à Mac, pas à la Mac que j'ai connue, en tout cas.

— Si.

Si mon manque d'enthousiasme pour sa déco bling-bling la contrarie, elle ne le montre pas. Elle se moque peut-être de ce que je pense. Au moins, elle ne m'a pas encore mise à la porte.

Je vois qu'elle réfléchit. J'espère qu'elle ne ressasse pas la question qu'elle m'a posée lorsqu'elle est venue chez moi la semaine dernière.

— Allez, dis ce que tu as à dire.

Quand je la regarde, un sourire fleurit sur mon visage, quelle que soit la question difficile qu'elle pourrait me poser. Mac est divinement belle dans la lumière du matin. Ses yeux sont plus bleus que dans mon souvenir. J'ignore comment c'est possible.

— Je me demandais si ces vingt années de recul t'avaient permis de mieux comprendre pourquoi tu m'avais quittée. S'il y avait une autre raison que tu ne pouvais réaliser qu'après coup.

Aucune question n'est simple avec Mac, c'est certain, même si je me suis moi-même souvent posé celle-ci. J'aurais tellement aimé l'avoir quittée à cause d'autre chose que de mon crétin de cerveau accro à l'amour. La souffrance aurait peut-être été moindre.

Je secoue la tête.

— Non.

— Ce n'était vraiment qu'à cause de Cherry et de ses charmes ?

Il est impossible pour Mac de prononcer le nom de Cherry sans qu'il sonne comme le plus vil des jurons.

— Je ne t'aurais pas poussée sans le savoir à faire des choses que tu ne voulais pas vraiment faire ? Tu aurais pu fonder une famille sans moi, par exemple, mais tu ne l'as pas fait.

— Il m'a fallu un certain temps pour me reprendre en main après toi. Sans que je m'en rende compte, la trentaine est passée.

— Tu aurais pu avoir des enfants dans la quarantaine, avance Mac.

— Mais je n'en ai pas eu. Ce n'était jamais le bon moment et…

La vérité, c'est que je n'ai jamais voulu d'enfants avec quelqu'un d'autre que Mac. Mon rêve a toujours été d'élever des petites têtes blondes à ses côtés. Son enthousiasme m'a contaminé et ses rêves sont devenus tout bonnement les miens, mais ils étaient aussi inextricablement liés à elle.

— Ce n'est jamais arrivé.

— Tu imagines une version miniature de toi ? Un petit gars avec une frange comme la tienne.

Mac pouffe de rire.

— Et une mini toi, alors ?

Même si l'on ne fait que plaisanter, l'adorable éventualité est presque insupportable.

— Il m'arrive de m'asseoir dans ce fauteuil, dans mon luxueux appartement de célibataire, et de penser aux quatre enfants que j'ai voulus. Pas souvent, mais parfois mon esprit prend cette direction sans que je puisse l'en empêcher, tu sais ?

La tristesse soudaine dans la voix de Mac me brise le cœur.

— Je suis navrée.

Je ne trouve rien d'autre à dire.

— Ce n'est pas ta faute. Je dois en prendre mon parti. J'aurais pu avoir des enfants. J'aurais pu le faire seule, mais je n'en ai pas eu le courage… À l'époque, je voulais vraiment que quelqu'un soit à mes côtés, ce qui est compréhensible, même si je le regrette parfois. Regarde ma mère. Elle a tout fait toute seule et je ne m'en suis pas trop mal sortie.

Elle renifle.

— Si j'avais eu un bébé toute seule, elle serait venue vivre en ville pour m'aider, mais je ne voulais pas qu'elle le fasse. Elle s'est déjà tellement sacrifiée pour moi.

— Mon père ne m'a pas adressé la parole pendant un mois entier après que je t'ai quittée, lui dis-je, maintenant que nous parlons de parents.

— Je sais. Pendant des semaines, il m'a appelée tous les deux jours pour prendre de mes nouvelles.

— Il était furax. Et à juste titre.

— Pourtant, c'est ton père. Il aurait dû prendre ton parti.

— Personne n'a pris mon parti, Mac. Pas même mes parents. Personne.

— Enfin, tu avais Cherry.

— Mon père serait aux anges s'il te revoyait, poursuis-je, car je n'ai pas envie de parler de Cherry. Ma mère aussi.

— Tu leur as dit que nous nous étions vues ?

— Ils savaient que tu serais au mariage de Sandra, alors oui. Tu as parlé de moi à ta mère ?

— On est toujours aussi proches. Je lui dis presque tout, alors oui.

— Quand tu dis « presque tout »… ?

— Je ne lui ai pas dit qu'on avait couché ensemble. Il y a des choses qu'elle n'a pas besoin de savoir.

Mac me sourit.

— Ma mère t'a toujours appréciée. La rupture l'a anéantie. Elle était là pour moi, mais, parfois, quand j'arrêtais de m'apitoyer sur mon sort, je voyais que ça lui faisait vraiment mal de me voir comme ça. Mais, tu connais ma mère. Elle a été célibataire presque toute sa vie et elle a toujours rêvé que je sois heureuse comme je suis, pas forcément en couple avec une tripotée d'enfants. Et je l'ai été, heureuse.

Mac parvient à sourire à nouveau.

— C'est ce que ma mère m'a dit. Ce n'est pas parce que tes rêves ne se réalisent pas que tu ne peux pas être heureuse, satisfaite ou comblée. Il y a tellement de choses dans la vie qui peuvent la rendre belle, et j'ai une belle vie. Vraiment.

— Tant mieux.

Je pourrais rester assise ici pendant des heures avec Mac, à la regarder, à rattraper le temps perdu… à finir peut-être par retourner au lit.

— Qu'est-ce que tu fais aujourd'hui ?

— Je bosse, répond-elle sur un ton détaché. Si tu veux me voir ce soir, tu devras allumer ta télé.

— Et si je veux te voir en chair et en os ?

Mac hausse les épaules.

— Je suppose que je te dois une partie de jambes en l'air.

J'éclate de rire.

— Je peux t'appeler n'importe quand et tu te pointes chez moi ?

— C'est généralement comme ça que ça marche, un plan cul, non ?

Elle me sourit.

— Et si je te préparais aussi un bon dîner ?

— Il faut bien que je mange, mais… tant que ce n'est pas un rencart. Je ne vais pas sortir avec toi, Jamie. Il faut que j'arrive à t'oublier et, apparemment, ça passe par des baises mémorables, mais je ne peux pas t'offrir plus.

— Je peux m'accommoder de baises mémorables.

— Quelle vie de chien !

Mac me tend la main. Je la prends dans la mienne.

— Garde ton téléphone allumé, dis-je, tandis que je plonge mon regard dans ses yeux de rêve. Je vais très bientôt m'acquitter de cette partie de jambes en l'air.

———

Dans les semaines qui suivent, la partie de jambe en l'air se transforme en une série de nuits torrides. Tout ce que nous nous contentons de faire en dehors du sexe, c'est manger sur le pouce. Mac est une femme très occupée et j'ai aussi une entreprise à faire tourner, mais si ça ne dépendait que de moi, nous déjeunerions dans un lieu public de temps à autre, de façon à ce qu'elle ne se mette pas à m'embrasser chaque fois que la conversation prend une tournure qui ne lui convient pas. Quand le regard de Mac s'attarde sur mes lèvres plus de quelques instants, je comprends ce qu'elle veut, et je suis loin de pouvoir le lui refuser ou y résister. Au fil du temps, j'en veux plus que ce qu'elle est prête à me donner, seulement je n'ai pas d'autre choix que de prendre mon mal en patience. Il ne sert à rien de se précipiter ou de la bousculer, cela n'aurait que l'effet inverse.

CHAPITRE 23
MAC

— Salut, Gabby.

Lisette, l'éclatante productrice que nous venons de débaucher d'une chaîne rivale, frappe à la porte de ma loge.

— Tu as une minute ?

Ses dents sont si blanches qu'elles m'aveuglent presque quand elle sourit.

— Bien sûr.

Je meurs d'envie d'aller chez Jamie après cette longue journée de travail, mais je ne voudrais pas froisser la nouvelle productrice.

Lisette entre et referme la porte derrière elle.

— Je ne sais pas si tu le sais, mais une des raisons, enfin la principale si je suis tout à fait honnête, pour laquelle je suis venue travailler ici, c'est toi.

— Merci beaucoup, Lisette. On a beaucoup de chance de t'avoir.

Je lui adresse mon plus large sourire.

Elle se balance d'un pied sur l'autre.

— Ça te dirait d'aller boire un café à l'occasion ?

— Oui, quand tu veux.

— Ou… un verre après le travail ? Ou manger quelque part, si ça te dit ?

Oh. Est-elle en train de me donner un rencard ? Je pensais tellement à Jamie que je n'avais pas du tout remarqué qu'on flirtait avec moi. Dans l'immédiat, je ne sais pas quoi répondre.

— Aïe, s'exclame Lisette pour combler le silence. Je me suis fait des idées ?

Elle grimace.

— On m'a dit que tu étais célibataire et…

— Je suis célibataire, c'est juste que…

Je ne me sens pas particulièrement célibataire, ce qui est un problème, je m'en rends bien compte. Je ne demanderais certainement pas à une fille de sortir avec moi si je savais qu'elle se trouvait dans ma situation. Je ne sors pas avec Jamie, mais nous nous voyons tout le temps. Tellement souvent, en réalité, que je me demande si nous ne sortons pas ensemble et si je ne m'évertue pas à me convaincre du contraire, ce qui ne serait pas une première.

— Je suis désolée. Je vis un truc compliqué avec quelqu'un. Une ex. Ce ne serait pas très juste de ma part de…

Tu fais chier, Jamie.

— Je ne peux pas sortir avec toi, Lisette. Je suis désolée. Ce n'est pas contre toi.

— Oui, je comprends.

Elle me fixe du regard pendant une fraction de seconde, puis ajoute :

— Il fallait que je tente ma chance.

Lisette semble accepter mon refus sans sourciller. Elle me décoche même un clin d'œil. Avant de sortir, elle se tourne vers moi.

— Si la situation change et que ça te dit, je suis *open.*

Je reste là, à regarder la porte fermée pendant quelques instants. Jamie et moi devrions peut-être avoir une conversation, mais je n'en ai pas très envie. J'étais sincère quand j'ai dit que je ne voulais pas sortir avec elle, du moins pas officielle-ment. Ça ne sert à rien. Cette part de moi, pas très grande, mais sur laquelle je compte beaucoup, qui arrive à rester rationnelle en sa présence, ne me le permet pas.

———

Lorsque j'arrive chez Jamie, au lieu d'engager la conversation à proprement parler, je lui pose une question qui me préoccupe depuis la première fois que je suis venue chez elle, mais qui concerne une tout autre chose dont nous n'avons pas discuté. Il faut dire que nous ne parlons pas beaucoup quand nous nous voyons.

— Pourquoi tu es encore en location ?

J'ai rencontré sa propriétaire et voisine du dessus, Mlle Ca-rol, le week-end dernier, lorsqu'elle est passée déposer une portion de lasagnes pour Jamie. Nous les avons mangées ensemble, et c'était un véritable délice.

— J'aime bouger, m'explique Jamie.

— Depuis combien de temps vis-tu ici ?

— Quelques années.

— C'est ton côté monogame en série ? Tu es aussi comme ça avec les apparts ? Tu t'en lasses au bout d'un moment ?

Je suis lourdingue. Je cherche peut-être même à me disputer à cause de l'épisode avec Lisette.

— Qu'est-ce qui se passe, Mac ?

Jamie et moi ne sortons peut-être pas ensemble et elle me laisse avoir la part belle à beaucoup d'égard, mais elle ne va pas laisser passer ça.

— Je me demandais si tu voyais d'autres personnes, dis-je, si tu cherchais ta prochaine partenaire monogame.

Je secoue la tête, me sermonnant intérieurement.

— Pardon. C'est méchant de ma part, et je le sais.

— Pour info, je ne vois personne d'autre, mais je pense que tu le sais.

Je pousse un soupir.

— Une collègue m'a fait des avances tout à l'heure.

— Une femme t'a fait des avances ?

Les yeux de Jamie s'écarquillent. Y avait-il une cassure dans sa voix ?

— J'ai refusé, mais…

Mais, que fait-on ?

— Mais ?

Jamie arrête ce qu'elle est en train de faire.

— Je ne sais pas. C'était un drôle de moment. Ça m'a fait réfléchir.

— Tu avais envie de dire oui ?

Lorsque Jamie relève les sourcils, ils disparaissent sous sa frange.

— Non, Jamie. Bien sûr que non. Ça m'a juste poussée à me demander ce qu'on fait, toi et moi. Ce que je t'empêche de vivre à côté.

— Ce que *je* ne peux pas vivre à côté ?

Elle pose la bouteille de vin qu'elle s'apprêtait à ouvrir.

— Je n'ai pas envie de vivre quoi que ce soit, si ce n'est avec toi. Je pense que, ça aussi, tu le sais.

— Viens par là.

Je lui ouvre mes bras et m'attends à ce qu'elle se jette à mon cou, comme elle le fait d'habitude, mais elle n'en fait rien.

Elle s'appuie contre le plan de travail, les deux mains agrippées au rebord.

— Au risque de rompre l'équilibre précaire de ce qu'on vit, ou de ce que tu te dis vivre avec moi…

Jamie soutient toujours mon regard.

— … je n'avais pas l'intention de sortir avec qui que ce soit, mais j'ai soudainement l'impression que tu me pousses à le faire.

Elle pousse un petit soupir.

— Je ne suis pas en train de retomber amoureuse de toi, Mac. Je t'aime déjà comme une folle. Je veux être avec toi. Comme il se doit. Ça commence à me blesser que tu ne veuilles pas la même chose. Ce qu'on vit là, les miettes que tu me donnes, ce n'est plus suffisant. J'en veux plus. Je veux sortir avec toi, faire des choses avec toi et te poser toutes les questions que tu ne m'autorises pas à poser parce que tu as toujours mieux à faire ailleurs, sauf quand il faut faire l'amour.

Ses grands yeux se bordent de larmes.

— Je ne sais pas combien de temps je pourrai encore tenir, pour être honnête.

La voilà, la conversation que je ne voulais pas avoir, parce que je savais quelles en seraient les conséquences. Ce que dit Jamie n'est pas une surprise. Moi aussi, je me sens basculer. Je bascule, mais la différence entre nous, c'est que j'arrive à me retenir, parce que je n'ai pas le choix. J'arrive à rationaliser mon comportement parce que je sais de quoi elle est capable, et ça m'empêchera toujours de tomber complètement amoureuse d'elle.

— Je suis désolée, je ne peux pas te donner plus.

J'ai du mal à la regarder, à lire la douleur dans ses yeux, car elle connaît la suite.

— C'est ma faute, parce que j'ai laissé traîner les choses, alors que je sais depuis le début que ça ne pouvait pas aller plus loin entre nous.

Sur ce point, elle ne peut pas me reprocher de ne pas avoir été honnête avec elle.

— Peux-tu franchement me regarder droit dans les yeux et me dire que tu n'es pas amoureuse de moi ?

— Qu'est-ce que ça change ?

— Ça change beaucoup de choses.

— Même si j'étais follement amoureuse de toi, on ne pourrait pas être ensemble.

— Mais, Mac, enfin ! On est déjà ensemble.

— Non. Il y a une énorme différence entre ce que tu as dit vouloir et ce qu'on vit.

— D'accord, mais la seule chose qui fait barrage entre ce qu'on vit et ce que je veux avoir, c'est toi.

— Oui, je sais. Mais je ne peux pas changer mes sentiments à ton égard. Je ne pourrai plus jamais te faire confiance, Jamie. Tu m'as fait trop de mal. Tu as brisé quelque chose en moi. Quelque chose d'irréparable.

— Peut-être que tu ne veux pas que ce soit réparé.

— Ne dis pas ça, s'il te plaît.

Les larmes me montent aux yeux.

— Je dois dire un truc. Il faut bien que quelqu'un le fasse.

Elle prend une grande respiration.

— Je sais que rien de ce que je dirai ne te fera changer d'avis, que ce changement en toi doit venir de toi, mais, Mac, allons… on est tellement proches, toi et moi. On peut vivre quelque chose de beau et, toi, tu préfères prendre la poudre d'escampette parce que tu as peur ?

Jamie secoue la tête.

— Tu ne veux pas au moins essayer ?

— Peur ?

J'essuie rapidement une larme qui s'est échappée.

— Mets-toi à ma place et vois à quel point tu serais pétrifiée.

J'ai beau avoir mis en jeu un bout de mon cœur lorsque je l'ai laissée à nouveau entrer dans ma vie, je ne peux pas le lui donner entièrement. Pas deux fois.

— Je sais, Mac, mais je ne peux pas changer le passé. Le passé est révolu. On ne peut pas le défaire. Mais, moi, j'ai changé.

Elle porte une main à son cœur.

— Je me suis fait du mal aussi, et il est hors de question que je te ou me refasse une chose pareille. C'est tout simplement impossible. Tu le vois bien, non ?

— Non.

Ma respiration devient saccadée.

— Je ne veux pas le voir, et tu sais pourquoi ? Parce que quand tu m'as quittée, tu étais toi. On ne peut plus toi. Tu n'étais pas une personne différente de celle que tu es maintenant. Tu as pris la décision de me larguer comme une vieille chaussette une fois, même si tu m'aimais. Même si tu allais m'épouser. Même si tu savais très bien quelles en seraient les conséquences. Si tu as fait ça une fois alors que tu étais amoureuse, tu peux le refaire. Tu es comme ça. C'est pour ça que tu ne t'engages pas. Tu n'y arrives pas. Je ne vais pas te servir de partenaire pendant quelques années pour que tu me brises le cœur à nouveau. Ça n'arrivera pas.

— Si tu penses vraiment ça de moi, qu'est-ce que tu fais ici ?

Les larmes coulent sur le visage de Jamie, et il se trouve que j'ai le cœur qui se brise déjà rien qu'à la voir dans cet état.

— J'arrive pas à être loin de toi, je murmure.

Je ne suis pas sûre que Jamie m'ait entendue.

— Je vais avoir *besoin* que tu le sois à partir de maintenant.

Je suppose qu'elle m'a entendue.

— Je ne peux pas continuer, Mac. Tu comptes trop pour moi. Ça me déchire le cœur.

— Soit, je balbutie.

C'était inévitable. Je devrais me lever et me préparer à partir, mais mon derrière semble vissé à la chaise sur laquelle je suis assise. Mon corps ne veut pas quitter Jamie, *je* ne veux pas quitter Jamie, seulement je ne peux pas être comment elle l'entend, et elle ne peut pas être comme je l'entends. Sa demande est parfaitement logique, mais elle sera atrocement difficile à honorer. Cela dit, j'ai déjà fait des choses difficiles par le passé. J'ai dû la laisser partir. Si je dois être celle qui s'en va cette fois-ci, qu'il en soit ainsi. Je le ferai.

— Je suis désolée. Je…

Je ne sais pas ce que j'aurais pu faire différemment, à part ne pas assister au mariage de Sandra.

— Je suis navrée qu'il faille en arriver là.

Une fois debout, je me dirige tout droit vers la porte. Or, je ne peux pas quitter Jamie comme ça. J'ai besoin de sentir son corps contre le mien une dernière fois. J'ai besoin de ses bras autour de moi.

— Tu fais chier, Mac, murmure-t-elle à mon oreille alors qu'elle m'étreint, alors que je suis si bien dans ses bras qu'on pourrait croire qu'ils ont été conçus dans le seul but de me serrer. Je t'aime, putain.

Seulement, je dois partir.

CHAPITRE 24
JAMIE

— Je lui parlerai.

Alan est venu chez moi.

— Lui remettrai les idées en place.

— Ne fais pas ça, s'il te plaît. Plus vite j'abandonnerai tout espoir, mieux ce sera.

Je n'imaginais pas que ça ferait aussi mal, comme si j'avais remonté le temps et refait la pire erreur de ma vie.

— Mais elle t'aime, insiste Charles, comme s'il ne suffisait que de cela.

— Ça ne suffit pas.

Je devais me protéger. Dès que Mac m'a dit que sa collègue lui avait fait des avances, mon estomac s'est révulsé, et j'ai compris que je ne pouvais pas passer mes journées à me languir d'elle, à me languir de toutes ces choses qu'elle n'était pas capable de donner.

— Depuis quand ? s'offusque Alan.

— Depuis que je l'ai quittée trois mois avant nos noces.

— Oui, d'accord.

Même Alan ne peut pas dire le contraire.

— Mais c'était il y a vingt ans.

Bon, il s'avère qu'il peut.

— Aujourd'hui, c'est aujourd'hui.

Il me presse la main.

— Je comprends que ce n'est pas toi qui peux lui faire entendre raison, c'est à cause de toi qu'elle est comme ça, mais je peux peut-être y arriver, moi. Je peux au moins essayer.

— Mac est suffisamment grande pour prendre ses propres décisions.

— Qu'est-ce qu'on peut faire pour te remonter le moral ?

Charles change de tactique et, même si c'est gentil de sa part d'essayer, rien ne peut me réconforter maintenant. C'est peut-être ce que je mérite après ce que j'ai fait à Mac. Mon châtiment arrive peut-être avec vingt ans de retard, mais à pleine puissance.

— Je vais devoir encaisser.

On pourrait penser que ce vide en moi assourdit ma peine, mais c'est tout le contraire. C'est comme une chambre d'écho pour tous les regrets que j'ai eus, pour toutes les erreurs bêtes que j'ai commises et toutes les raisons pour lesquelles on peut me condamner. Certaines choses sont impardonnables, comme ce que j'ai fait à Mac.

Pourquoi ne m'a-t-elle pas repoussée à Maui ? J'aurais peut-être souffert le temps d'un week-end, mais au moins, ça en serait resté là. J'aurais peut-être pensé à elle de temps en temps, comme je l'ai fait au cours des deux dernières décennies, mais elle n'aurait pas occupé toutes mes pensées du matin au soir, et toutes les heures d'insomnie entre les deux. Il est trop tard pour me protéger. Mon cœur a déjà été brisé, une nouvelle fois, et je ne peux pas vraiment le reprocher à Mac.

Ça fait trois jours qu'elle est partie et, depuis, j'ai envie de lui envoyer un texto chaque heure, chaque minute qui passe. J'ignore comment je vais m'en remettre, et je dois me faire une raison, parce que, même si c'est douloureux, ça l'est moins que lorsque votre fiancée vous quitte brusquement pour une autre femme quelques mois avant votre mariage. Quelques mois avant votre premier rendez-vous pour une FIV. Quelques mois avant que votre vie ne soit sur le point de prendre son envol. Je ne mérite pas le pardon de Mac. Je ne *la* mérite pas.

Mon téléphone sonne, et mon cœur se met à battre la chamade. Mac a peut-être changé d'avis. Je lui manque peut-être tellement qu'elle veut finalement tenter le coup. Ou elle a peut-être décidé de me revoir pour une ultime partie de jambe en l'air, parce que c'était incroyable entre nous et qu'elle veut y goûter une dernière fois avant d'y renoncer pour toujours.

Je regarde mon téléphone.

— C'est Sandra, dis-je en soupirant.

Qu'elle aille au diable, elle et son mariage sur une île de rêve et pour avoir voulu que nous y soyons toutes les deux. Seulement, Sandra n'y est pour rien.

— J'ai su, me dit-elle, lorsque je décroche. À propos de Mac et toi, et de ce que vous faisiez en cachette. Comment tu te sens ?

Je déglutis.

— Qu'est-ce que Mac t'a dit ?

— Que vous couchiez ensemble depuis mon mariage. Pourquoi tu ne me l'as pas dit ?

— Parce que c'était…

— Je comprends, me coupe Sarah. Mais, Jamie, ce n'est pas un petit truc. Enfin, ce n'était pas un petit truc. Qu'est-ce qu'on peut faire pour que ça s'arrange ?

— Il n'y a rien à faire. Tu devrais le savoir si tu as parlé à Mac ces derniers jours.

— Je comprends ses réticences, mais je lui ai dit qu'elle devait te donner une seconde chance, Jamie. Sans quoi, elle ne saura jamais à côté de quoi elle passe.

— Elle ne le fera pas. Elle en est incapable. Je lui ai fait trop de mal.

— Les gens sont résistants, affirme mon amie. On surmonte les difficultés. C'est notre nature.

— Pas Mac. Pas ça.

— C'est pour ça qu'elle s'est jetée dans un lit avec toi à la première occasion ?

— Tu prêches une convaincue, San.

— Je dois vous convaincre tous les deux. Mac de ne pas être si têtue et toi de te battre pour elle, bon sang.

— De me battre pour elle ? Comment veux-tu que je fasse ?

— Tu trouveras la solution. Si c'est le destin, c'est le destin.

Est-ce qu'elle s'entend parler ?

— Tu viens de te marier. Tu vois peut-être les choses avec un peu trop de romantisme.

— Bien sûr que non. Tout ce que je veux, c'est que Mac et toi, vous tentiez votre chance. Que vous voyiez qu'il est possible pour vous aussi de vivre ce que je vis avec Tyrone.

— Tu l'as dit à Mac ?

— Elle n'est pas très réceptive à ce genre de discours.

— Et moi, je le suis ?

— Ne baisse pas les bras maintenant, Jamie. C'est tout ce que je dis. Tu l'as déjà laissée tomber et tu ne peux pas t'attendre à ce que Mac te tende la main. Ça doit venir de toi.

— Cela fait des semaines que, moi, je lui tends la main. Je lui ai dit clairement ce que je ressentais. Je ne peux pas faire plus. Je dois me protéger.

— N'importe quoi. Et puis ça change quoi maintenant, de toute façon ?

Elle marque une pause.

— En fait, si tu n'arrives pas comprendre ça, alors tu ne devrais peut-être pas te battre pour elle. Ta priorité en ce moment, ça n'est pas de te protéger. Tu dois tenter le tout pour le tout pour Mac. Tu dois lui montrer que vous avez un avenir ensemble et que tu n'as pas peur, même si elle, oui.

— Tu te fous de moi ?

— Absolument pas. Mac m'a rapporté ce que tu lui avais dit. Le fait que tu en veux plus, que tu te défiles. Encore une fois. Que veux-tu qu'elle fasse de ça ? Elle devrait te courir après ? Ce n'est pas comme ça que ça va marcher.

— Je pense qu'elle ne t'a pas tout dit.

— Elle n'est pas obligée de tout me dire.

J'entends un soupir à l'autre bout de la ligne.

— Je sais que je suis dure avec toi. C'est pour ça que je voulais faire ça par téléphone. Je n'étais pas sûre de réussir à te dire ces choses en face, pour être honnête, mais ça ne les rend pas moins vraies.

— Mais, San, je ne…

Elle me coupe à nouveau la parole :

— Je suis la seule à avoir été à vos côtés, à toutes les deux, pendant ces vingt dernières années. La seule à avoir toujours été là pour vous deux. Vous vous devez au moins de m'écouter et de prendre au sérieux ce que je dis. Si tu l'aimes, bouge-toi les miches. Fais-en plus que ce que tu as fait jusqu'à présent. Sois plus patiente. Prends des risques. Bats-toi pour ta nana, Jamie.

Je prends une grande respiration. Je ne m'attendais pas à un sermon de sa part et je n'ai pas la moindre idée de la manière dont je dois mettre en œuvre ce qu'elle me suggère de faire, mais Sandra m'offre une lueur d'espoir. Une vision différente de la chose.

— D'accord. Je vais essayer.

— Tiens-moi au courant, s'il te plaît. Vous avez couché ensemble à mon mariage et je ne l'ai même pas su.

— Comment ça se passe, la vie conjugale ? je demande.

— C'est absolument génial. Je le recommande à tout le monde.

Sa voix a complètement changé. Elle est empreinte d'amour au lieu de réprimandes.

Une fois que j'ai raccroché, Alan et Charles me tombent sur le dos.

— Sandra est convaincue que je devrais me battre pour Mac.

Elle a dit une chose en particulier qui résonne dans ma tête.

— Elle est sidérée de voir que je l'ai encore une fois laissée tomber.

— Tu ne l'as pas laissée tomber, chérie, s'empresse de me contredire Alan. Il ne faut pas tout mélanger. Toi aussi, tu as des droits. Toi aussi, tu as des sentiments. On ne te demande pas d'être surhumaine. D'ailleurs, tu as dit à Mac ce que tu ressentais pour elle. Tu lui as dit ce que tu voulais, et c'est elle qui ne peut pas te le donner. Je ne crois pas qu'il faille se sacrifier corps et âme au nom de l'amour.

— Ça semblait logique dans la bouche de Sandra.

— Elle voulait peut-être toucher une corde sensible pour que tu ne restes pas les bras croisés, pour que tu ne te contentes pas d'accepter que tout est fini entre Mac et toi, observe Charles.

— C'est pour ça que je devrais parler à Mac, renchérit Alan. Pour tâter le terrain, comprendre ce qu'elle cherche vraiment.

Il pose sa main sur la mienne.

— Mais je ne le ferai qu'avec ton accord.

— Vas-y, dis-je, car cette discussion avec Sandra m'a redonné de l'espoir. Je t'en prie.

— Je m'en occupe, chérie.

Alan me presse la main.

— Pendant ce temps, réfléchis à la façon dont tu peux la reconquérir.

Je pousse un soupir.

— Comment reconquérir quelqu'un qui n'arrive plus à te faire confiance ?

— Tu trouveras un moyen, assure Alan en écho aux paroles de Sandra.

Tu parles.

CHAPITRE 25
MAC

— Quel effet ça te faisait quand tu étais avec Jamie ? m'interroge Leila. Pas dans les moments de doute, mais quand vous étiez proches. Quand elle était dans tes bras.

— Je ne veux plus y penser.

À vrai dire, je m'attendais à un peu plus de compréhension de la part de mon amie, pas à cet interrogatoire désagréable qu'elle me fait subir.

— Tu devrais, Mac. Crois-moi.

— C'était toujours un méli-mélo d'émotions, mens-je.

Lorsque j'étais au lit avec Jamie, pendant de brefs moments, j'arrivais à oublier le passé. Quand je la regardais dans les yeux pendant que nous faisions l'amour, j'arrivais à oublier qu'elle m'avait fait du mal. Quand elle s'enfonçait en moi, je voulais la garder dans mon lit pour toujours.

— On avait toujours le passé qui nous planait au-dessus de la tête.

— J'ai du mal à le croire, parce que si c'était le cas, tu n'aurais pas continué à coucher avec elle aussi longtemps.

— Si tu le dis. En de très rares occasions, j'avais le cœur qui débordait de joie.

Mon pauvre cœur qu'elle a couvert de bleus.

— De temps en temps, quand j'étais avec Jamie, j'avais l'impression que mon âme retrouvait un nouvel éclat. Une effervescence que je n'avais pas ressentie depuis qu'elle m'avait quittée.

— C'est bien ce que je pensais, conclut Leila.

Elle remplit nos verres de vin.

— Et toi, tu n'en veux pas aller plus loin avec elle ?

— Ça n'arrivait qu'au lit. Voilà pourquoi c'était très difficile de lui résister. Qui ne voudrait pas ressentir ça à nouveau ?

— De mon point de vue, dit Leila, les yeux braqués sur moi, peut-être qu'en plus d'ouvrir les cuisses, tu ferais bien de lui ouvrir un peu plus ton cœur.

— Pardon ?

Je fais de grands yeux ronds.

— Ai-je bien entendu ?

Leila se contente de hausser les épaules, comme si elle venait de dispenser le conseil le plus sage du monde.

— Pour info, j'ai arrêté d'ouvrir mes cuisses.

— Quelle idiotie ! Sais-tu à quel point ce que Jamie et toi vivez est rare ? Ce que vous ressentez l'une pour l'autre. Et toi, tu fais une croix dessus ?

Leila secoue la tête.

— Juste parce que tu n'arrives pas à redescendre sur terre ?

— Des gens ont fait une croix sur le grand amour pour des raisons bien moins importantes.

— Je sais de quoi je parle, Mac. Je n'ai jamais cru à ces balivernes sur « l'élue » et tout le tralala, cette personne qui débarquerait dans ta vie et révolutionnerait ton petit monde. En vérité, rien qu'à le dire là, rien qu'à prononcer les mots à voix haute, ça me fait grimacer, mais ça m'est arrivé quand j'ai rencontré Izzy, il faut bien le dire. Après les semaines qui viennent de s'écouler, il ne fait aucun doute dans mon esprit que Jamie est cette personne-là pour toi.

Je m'efforce de ne pas lever les yeux au ciel.

— Le fait d'être « l'élue » ne signifie pas qu'elle ne peut pas me briser le cœur. Et ça ne l'empêche pas de pouvoir me faire du mal.

— Jamie a commis une erreur, une énorme erreur, certes, mais vous vous êtes retrouvées, le cœur et l'amour relativement intacts. Vous avez une bonne base de départ, mais seulement si vous le voulez.

— Je ne me souviens pas de t'avoir demandé de venir ici pour me faire la leçon.

J'arque les sourcils.

— J'espérais une bonne bouteille de vin, un peu de compassion et une compréhension sans faille.

— Je comprends ce que tu as vécu, cette blessure qui t'habite encore, mais Jamie n'est pas n'importe qui.

— Tu n'étais pas n'importe qui non plus quand on était ensemble.

Je dois être vraiment désespérée si j'en suis réduite à ressasser notre pathétique histoire d'amour.

— Tu étais quelqu'un de tout à fait digne de confiance, poursuis-je, pourtant je suis restée méfiante et j'ai gâché notre relation. Si je ne peux pas faire confiance à quelqu'un comme toi, comment pourrais-je faire confiance à Jamie, qui m'a déjà prouvé à quel point elle n'est pas fiable ?

— Était, Mac. *Était*. C'était il y a vingt ans.

— La trahison est imprescriptible.

— D'accord.

Leila lève les mains, comme si elle acceptait la défaite.

— Si c'est ce que tu ressens ! Tout ce que je peux faire, c'est te dire ce que j'ai constaté depuis qu'elle est revenue dans ta vie.

— Tu crois franchement que je ne me suis pas posé toutes ces questions, encore et encore ? Parce que je l'ai fait, et je suis devenue marteau à force. Oui, je l'aime toujours, ou en tout cas je suis retombée amoureuse d'elle. Elle m'attire terriblement, et je pense que Jamie est l'une des plus belles personnes que je connaisse, mais je ne peux pas me résoudre à ressortir avec elle. À faire ce saut. J'en suis tout simplement incapable. Je ne sais pas comment m'y prendre.

— Donc, tu admets que tu en as envie ?

— Oh, arrête, ne me sors pas la carte de la sémantique, Leila. Le fait est qu'elle m'a fait trop de mal. On peut rester plantées là toute la nuit et essayer de définir le mot « trop », tout ce que je peux te dire, c'est ce que je ressens. Je n'aurai plus jamais confiance en Jamie Sullivan.

— D'accord.

Elle lève son verre.

— Je serai ta compagne de beuverie pour effacer le chagrin d'amour alors.

— Merci.

Je me demande ce que Jamie est en train de faire à l'heure actuelle. A-t-elle, elle aussi, une « compagne de beuverie » ? Elle doit en avoir des tas. Je bois une gorgée de vin. Il va m'en falloir beaucoup d'autres pour oublier ma peine ce soir. Je ferais mieux de m'y mettre.

———

— Où étais-tu il y a vingt ans, Alan ?

Cette question est injuste, et je commence à comprendre que je reste bloquée sur ce qui s'est passé à l'époque.

— Quand j'ai eu besoin que tu plaides en ma faveur auprès de Jamie ?

Comme si j'avais pu passer à autre chose après qu'elle m'a avoué avoir couché avec Cherry. Seulement, elle ne s'est pas contentée de me le dire, elle m'a aussi quittée.

— Je l'ai fait, Mac. Je te le jure. Pendant des semaines, je n'ai fait que ça.

— Ah.

Je ne me rappelle pas. Tout ce dont je me souviens, c'est de la douleur aveuglante. Une douleur que je ne pensais pas possible sur le plan mental.

— Eh bien, quoi que tu lui aies dit à l'époque, ça n'a manifestement pas marché.

— Je suis désolé, Mac. Je regrette de ne pas avoir fait plus d'efforts et aussi d'avoir perdu le contact avec toi. Je suis vraiment désolé.

— Non, je m'excuse d'avoir dit ça. Ce n'était pas à toi de sauver ma relation avec Jamie.

Jamie. Jamie. Jamie. Comment se fait-il que, vingt ans plus tard, ma vie tourne à nouveau autour d'elle ?

— Mais quand même. J'aurais dû être plus présent pour toi.

Alan est très calme aujourd'hui, presque solennel, pas du tout lui-même.

— Je vais te dire la même chose que ce que j'ai dit à Leila. Oui, j'ai des sentiments pour Jamie. Ça m'a chamboulé de la revoir, mais je ne sais pas comment lui refaire confiance. Je ne sais pas comment me remettre de ce qu'elle m'a fait. Elle a trahi notre amour. Elle a piétiné tout ce que nous avions, et nous avions tant.

— C'est vrai. Elle fait ça, c'est certain. Elle a été bête et elle sera la première à te le dire. Mais vingt ans, c'est long.

— Peut-être, mais je n'y peux rien.

Alan me regarde dans les yeux.

— Bon sang, tu m'as vraiment manqué. Tout ce temps sans te voir. J'y ai perdu beaucoup et je suis vraiment content que tu sois de retour dans ma vie.

— De même.

Même lorsqu'il est sérieux, Alan a ce genre de visage qui vous remonte instantanément le moral.

— Je suis tellement heureuse pour Charles et toi.

Mon propre chagrin d'amour ne m'empêche pas de me réjouir du bonheur d'un ami que j'ai longtemps perdu de vue.

— C'est un type adorable.

— Charles et moi, on file le parfait amour maintenant, mais ça n'a pas toujours été comme ça.

Alan se penche vers moi.

— Pour moi, c'était… boum ! Le coup de foudre. Pas tellement pour lui, par contre. Il m'a fait ramer au début.

— Ah bon ?

Je n'arrive pas à imaginer Charles agir ainsi, mais les gens se comportent parfois d'une façon à laquelle on ne s'attend pas.

— Oh, que oui ! Faut dire, c'est un bel homme.

— Toi aussi, chéri. Et, visiblement, il a compris son erreur.

— Ce que je veux te dire, c'est que l'amour n'existe pas sans douleur. Il y aura toujours un truc, petit ou non, qui fera mal. Mais c'est toi qui décides si ça en vaut la peine.

— Je ne peux pas prendre ce risque.

— Pourquoi ? Qu'est-ce qui peut arriver de si grave ?

Je pouffe d'un air moqueur.

— Qu'elle me quitte à nouveau, voyons !

— C'est certain, mais tu sais quoi ? C'est pareil pour tout le monde.

— Pas du tout. Ce n'est pas pareil pour tout le monde. Tu as peur, toi, que Charles rencontre un autre mec et qu'il te quitte pour lui ?

— Ce n'est pas la question qui me préoccupe dans l'immédiat, mais…

— Évidemment que non, parce que ce serait insupportable et que tu as confiance en Charles. C'est normal. Il ne t'a pas largué trois mois avant votre mariage.

Alan soupire. Je comprends. Moi aussi, je commence à en avoir assez de cette rengaine.

— Tu dois lâcher du lest, Mac. Pour ton propre bien. Tu dois trouver un moyen d'y arriver.

— Je ne demande que ça !

Et merde, voilà les grandes eaux.

— Jamie… elle est…

C'est impossible de ne pas penser à elle. Je la vois partout.

— Personne ne lui arrive à la cheville.

Je lâche les vannes.

— Le fait de me retrouver avec elle, ne serait-ce que pendant une minute, c'était le plus beau des rêves.

Alan se rapproche et me prend la main.

— Mais c'est tout ce que c'était en fin de compte. Ça ne pouvait pas être plus que ça. Un rêve.

— Elle t'aime, Mac. Plus que tout. C'est tout ce que je sais.

— Ça n'est pas la question. Elle m'aimait aussi à l'époque.

— On peut faire un marché ?

Il me presse la main.

— Oui, dis-je entre deux reniflements.

— Tant que je serai là, tu n'auras pas le droit de faire référence au passé, à ce qui est arrivé il y a vingt ans. Je n'invalide pas ce qui s'est passé ni ta douleur, mais essaie, Mac. Essaie de vivre dans l'instant présent pour une fois.

— C'est facile à dire pour toi.

Alan hausse les épaules.

— C'est sûr, mais quand même. Fais l'essai. Vois ce que tu ressens quand tu n'as plus à revivre cette blessure. Ça pourrait te surprendre.

— Encore un truc que je ne sais pas faire.

— Il faut y aller minute après minute, explique Alan. Puis heure après heure. Enfin, jour après jour. C'est comme ça que ça marche.

Il me presse à nouveau la main.

— Imagine que Jamie et toi, vous ne soyez pas sorties ensemble et que tu l'aies rencontrée pour la première fois au mariage de Sandra.

— Je n'aurais jamais couché avec elle, dis-je aussitôt.

— Dommage pour toi.

Alan essaie de cacher son rire, mais sans grand succès.

— Oh, Alan, tu n'as pas idée à quel point c'est bon avec elle. Avec Jamie. Cette nuit-là à Maui…

Je secoue la tête, parce que même si j'y étais et que nous avons passé de nombreuses nuits ensemble depuis, toutes aussi incroyables les unes que les autres, je n'arrive pas à y croire non plus.

— Ce qui me fait le plus mal, c'est qu'on va si bien ensemble.

— Peut-être que dans ton univers à toi, il y a une loi qui dit que ça ne peut plus être ainsi, mais ici, dans le monde réel, Mac, aucune règle de ce genre n'existe. Si ça marche si bien avec elle, alors tu es folle de te priver de ce bonheur-là.

— Peut-être.

Le mot est sorti tout étranglé et essoufflé de ma bouche, parce que je pleure encore, et pour quoi ? Pour une histoire d'amour que je ne peux pas vivre alors qu'elle est juste là, à portée de main ?

CHAPITRE 26
JAMIE

Je fais du pain et encore du pain. Je pétris une fournée de pâte après l'autre, jusqu'à ce que je ne sente plus mes bras et qu'une couche persistante de farine s'incruste sous mes ongles. La fabrication du levain est un processus lent qui me laisse beaucoup de temps pour réfléchir. Ai-je vraiment laissé tomber Mac une fois de plus ? D'une certaine manière, oui, mais qu'étais-je censée faire ? Aurais-je dû me montrer plus patiente ? Certes. Quoi qu'il en soit, je ne suis pas du genre à ne pas réagir, qu'il s'agisse de Mac ou non. Je suis une femme d'action. Quelqu'un qui aime prendre les choses en main. Je ne vais pas attendre qu'elle me piétine le cœur avec ses doutes et ses inquiétudes, ce n'est pas dans ma nature.

Je dois dire aussi que j'ai peut-être été folle un certain temps de croire qu'elle pourrait changer d'avis à mon sujet, même si, au fond de moi, je savais qu'elle ne le ferait pas. Je le sentais, même lorsque nous étions au lit ensemble, après ces rares moments où elle était capable de mettre le passé de côté, d'être avec moi tout simplement et de profiter de ce que nous vivions. Après, Mac mettait toujours de la distance entre nous. Elle renfilait sa carapace, et j'en étais chaque fois un peu plus blessée.

J'essaie toutefois de garder à l'esprit le point de vue de Sandra. C'est la seule chose qui m'empêche de trop travailler cette pâte jusqu'à ce qu'elle ne soit plus bonne à rien. Dois-je me battre pour Mac, et le fait que je doive me poser cette question n'est-il pas une réponse en soi ? Ce n'est pas grave si l'idée ne me convainc pas entièrement. Je n'ai pas à l'être. Dans la vie, rien n'est noir ou blanc, je n'ai pas besoin de ressembler à Mac sur ce point. Je l'ai quittée il y a vingt ans, alors ça voudrait dire que je le referais ou qu'il y a de fortes chances que je le refasse ? Une belle connerie.

Il y a autant de chances que Mac me quitte, pour quelque raison que ce soit. La vie est ainsi faite. Un tas de mariages se terminent par un divorce, pour toutes sortes de raisons. Tous ces couples qui se sont promis l'un à l'autre, et pour quelle finalité ? Je comprends sa peur, mais je ne sais pas comment y répondre. Je ne peux pas la forcer à m'aimer et à me donner une autre chance. Comment prouver à quelqu'un qu'il peut avoir confiance en vous ? C'est impossible et c'est le cœur du problème qu'elle a avec moi, avec nous.

Ce que je peux faire, c'est lui préparer une belle miche de pain, la meilleure qu'elle ait jamais mangée. Je la ferai même en forme de cœur. J'écrirai un message dessus. Pour qu'elle sache que je pense à elle et que je l'aime.

––––––––

Le premier message que je reçois de Mac est le suivant :

Je t'aime tout pain ? T'es sérieuse ?

Un autre arrive dans la foulée.

> J'en ris encore. Et puis, je n'ai pas envie
> d'entamer ce pain. Il est trop beau.

Je réponds :

> Je peux t'en apporter un autre, moins
> romantique :D

Je me retiens d'ajouter *tout de suite, si tu veux.*

Elle met un certain avant de répondre à mon dernier message. Un simple :

> Merci.

Au moins, nous sommes de nouveau en contact. C'est déjà ça. Nous ne sommes peut-être pas plus avancées que lorsque nous nous sommes dit adieu il y a presque une semaine, en revanche il vaut mieux continuer à se parler que l'inverse, avoir ce mince canal de communication entre nous, même s'il ne débouche sur rien d'autre que l'échange d'un SMS de temps à autre. Je lui ai quand même dit que je l'aimais, enfin que je l'aimais *tout pain.* Elle sait ce que cela signifie. Elle sait ce que je ressens.

Je m'apprête à apporter une miche de pain à Mlle Carol lorsque mon téléphone sonne. Je manque de lâcher le pain que j'ai dans les mains. Qui sait ? Peut-être est-ce *elle.*

Je cherche à tâtons mon téléphone dans ma poche. *C'est* elle. Dès que je décroche, Mac se met à parler.

— Je ne veux pas te voir, Jamie, pour des raisons évidentes, mais on peut peut-être discuter. Au téléphone.

— Même pas par FaceTime ?

Moi aussi, je peux sauter les salutations.

— Non. Tu es…

Elle soupire.

— Tu es trop excitante.

— Ça va, il y a pire comme critique.

Je range le pain et m'installe dans le canapé.

— Je n'ai pas confiance en toi.

Mac pousse un petit rire.

— Ce n'est pas entièrement de ta faute. J'ai un faible inexplicable pour toi. J'ai songé à consulter un médecin, mais j'ai trop honte de lui expliquer mon problème, à savoir que je finis toujours au lit avec mon ex.

Elle a bu ou quoi ? Ses mots sont parfaitement clairs, sans la moindre lenteur d'élocution. Je décide de jouer le jeu. C'est tellement plus agréable que de m'apitoyer sur mon sort. Peut-être que, selon le déroulement de l'appel, mon cœur va se recoller un peu.

— J'espère que tu n'auras pas à te faire porter pâle, je réplique. Ça m'ennuierait de ne plus voir ton joli minois à la télé.

Ce n'est pas du simple flirt. C'est carrément de la drague.

— Je serai en déplacement pour couvrir les championnats d'athlétisme la semaine prochaine. Je serai sur toutes les chaînes du petit écran, si tu veux me voir.

— Bien sûr que je veux te voir.

— C'est à Seattle, donc je ne risque pas de te croiser, ce qui sera salvateur mon curieux syndrome.

— On devrait créer un groupe de soutien, parce qu'appa-remment je souffre du même trouble que toi.

— Rien que des pensées impures quand tu vois Jamie Sulli-van ? rétorque-t-elle, avant d'éclater de rire. Ça doit être bien plus difficile à vivre pour toi, à moins que tu ne te débarrasses de tous les miroirs chez toi.

Je me joins à son rire, parce que ça fait du bien.

— Ma condition est bien pire que la tienne. Il suffit que j'al-lume ma télé, et te voilà !

— Rien ne t'*oblige* à allumer ta télé.

— Oui, c'est vrai.

Un bref silence s'installe. Mac est peut-être arrivée à court de répliques. C'est difficile à dire, puisque je ne vois pas son visage, ce visage que je connais si bien.

— Leila et Alan me sont tous les deux tombés dessus, déclare-t-elle au bout d'un moment. En gros, ils m'ont dit que j'étais une idiote.

Elle inspire, et je n'arrive pas à dire si c'est un gloussement ou autre chose.

— Tu ne croiras jamais ce que Leila m'a dit.

— Je suis tout ouïe.

Mon pouls s'accélère.

— Elle m'a dit qu'en plus d'ouvrir les cuisses, je ferais bien de t'ouvrir mon cœur aussi.

J'éclate de rire. Je devrais faire livrer à Leila une belle miche de pain pour la remercier.

— Elle n'a pas fait ça ?

— Si, je te jure.

Mac rit à son tour. Elle doit trouver ça drôle, sinon elle ne m'aurait pas rapporté ces propos.

— Tu te rends compte ?

Suis-je autorisée à lui demander quelle a été sa réponse ou cela va-t-il immédiatement casser l'ambiance ? Je suis trop curieuse.

— Leila est un sacré numéro. Qu'as-tu répondu à cette scandaleuse déclaration ?

— Que j'ai arrêté d'ouvrir les cuisses, rapporte Mac, ce qui est à la fois hilarant et triste.

Je ne parviens à répondre qu'un « hmm » crispé, car même si nous ne faisons que parler au téléphone, je peux sentir le potentiel entre nous, la relation que nous pourrions vivre, vibrer sur cette ligne invisible qui nous relie.

— Elle a dit que j'étais une imbécile. Alan aussi, bien qu'il ait utilisé d'autres mots.

Que suis-je censée répondre à cela ? Je préfère me taire, car je n'ai pas mon mot à dire ici, et j'ai exprimé le fond de ma pensée la dernière fois que j'ai vue Mac.

— Comment tu te sens ? je demande à la place.

— Je n'ai jamais été aussi satisfaite d'une miche de pain, déclare-t-elle.

— Tant mieux.

La conversation s'essouffle, probablement parce que nous sommes sur le point de retomber dans la même impasse.

— Tu ne m'en veux pas de t'avoir appelée ? me demande-t-elle.

— Pas du tout.

— Je peux t'appeler quand je serai à Seattle ?

— Avec plaisir.

— On peut peut-être faire un FaceTime cette fois-ci ? Je serai en sécurité à deux mille cinq cents kilomètres d'ici.

— Si tu veux. Prenons ça comme une expérience, histoire de voir ce qui se passe quand on communique par écran interposé.

— Voyons si ça nous pousse à arracher nos vêtements et à faire l'amour à distance, renchérit Mac.

J'aimerais beaucoup me rendre chez elle et arracher tous mes vêtements — et les siens.

— Pardon, lâche-t-elle, voyant que je ne réponds pas. Je suis allée trop loin ?

— Non. Va pour le rendez-vous ! Enfin, pas un rendez-vous, *rendez-vous*, bien sûr.

— Un rendez-vous FaceTime. Un rendez-vous FaceTime tout habillé.

— J'ai hâte.

— Moi aussi.

Nous raccrochons.

Plutôt que d'essayer de comprendre ce que signifie cet appel, je pense qu'il vaut mieux que je m'occupe l'esprit, alors je me remets à faire du pain.

CHAPITRE 27
MAC

Jamie et moi avons échangé par textos depuis que je l'ai appelée il y a quelques jours. Je viens d'arriver à mon hôtel à Seattle et je dois me préparer, car une longue journée m'attend demain, mais tout ce qui me vient à l'esprit, c'est de l'appeler par FaceTime. Au fil des jours, j'ai commencé à souffrir d'une toute nouvelle maladie : fantasmer sur Jamie Sullivan à chaque instant de la journée.

Lorsqu'elle m'a fait livrer le pain au levain *Je t'aime tout pain*, je n'ai pas pu m'empêcher de répondre. À partir de là, ça a dérapé. Je suis un peu perturbée, clairement surexcitée, mais j'ai surtout hâte d'entendre sa voix et de voir son visage, même si c'est sur un petit écran.

Bien que ce soit particulièrement injuste pour Jamie, je ne sais pas où j'en suis. Elle a joué cartes sur table et je sais ce qu'elle veut : moi. Je peux rejeter la faute sur ce pain, sur elle qui a entrepris de reprendre contact avec moi alors que je ne m'y attendais pas, mais ce serait très hypocrite de ma part. Je ne suis pas insensible à ce que me disent mes amis. Je le suis encore moins à Jamie.

Je prends une douche rapide, et j'ai bien envie d'enfiler le peignoir de l'hôtel pour notre appel, c'est dire à quel point je suis grisée, mais ce serait vraiment déplacé. Je m'habille normalement, prends mon téléphone et appuie sur l'icône FaceTime.

— Coucou !

Pendant un instant, je ne vois que sa frange et ses magnifiques yeux.

— Ah ! s'exclame-t-elle enfin. Je te vois !

— Moi aussi.

Parfois, comme tout à l'heure dans l'avion, lorsque Jamie occupait toutes mes pensées, je me dis que Leila a peut-être raison, que je suis bête de gâcher une histoire d'amour comme celle-ci.

— Comment tu vas ? je demande.

— Ça va.

Jamie a l'air plus sérieuse que lors de notre dernier appel. Peut-être parce qu'on peut se voir ou peut-être parce que je ne lui ai pas vraiment laissé le choix la dernière fois.

— Et toi ?

— Je suis contente de voir ton visage.

Mon cœur bat la chamade et mes paumes sont si moites que j'ai du mal à tenir mon téléphone. Je dois bien admettre qu'elle me manque, mais je ne peux pas le lui avouer.

— Tu es sûre que je n'ai pas été trop cavalière avec toi la dernière fois ?

— Je me laisse porter, Mac. Je n'ai aucune attente et je suis sûre que tu respecteras les limites que j'ai fixées.

Tu devrais peut-être les redéfinir, je pense, me gardant bien de le dire à haute voix.

— Permets-moi de reformuler, dis-je. Au fond de moi, je sais très bien que j'ai été un peu cavalière, mais ça faisait tellement du bien de te parler. C'était chouette.

— Je peux te demander un truc ?

Jamie passe une main dans ses cheveux lustrés.

— Vas-y.

Je me blottis contre les oreillers et tâche de me détendre.

— Ma voisine du dessus, Mlle Carol, qui est aussi ma proprio et mon amie…

— La Mlle Carol des succulents petits plats maison livrés à domicile ?

— Oui, elle. Dis, qu'est-ce que tu dirais si je te disais qu'elle veut m'inviter à dîner pour que je rencontre une amie de sa fille avec laquelle elle pense que je m'entendrai bien ?

Que se passe-t-il ? Est-ce que cet appel m'a téléporté dans une autre dimension ? J'espérais secrètement qu'on fasse l'amour par téléphone, pas que Jamie me dise que sa propriétaire veut lui arranger un coup.

— Ce que je dirais ?

Est-ce un test ?

— Est-ce une question purement hypothétique ?

Mon cœur bat furieusement dans ma cage thoracique pour des raisons très différentes maintenant. Si Jamie avait l'intention de me rendre jalouse, c'est réussi.

— Non, fait-elle sur un ton sérieux. Elle m'a posé la question hier soir.

— Qu'est-ce que tu as dit ?

— Que je devais y réfléchir.

J'essaie de garder mon sang-froid, même si je n'ai pas le droit d'être ne serait-ce qu'un peu en colère. Quand on m'a fait des avances l'autre semaine, j'ai au moins eu la décence de refuser immédiatement, à cause de Jamie. Manifestement, elle ne veut pas m'accorder la même courtoisie. Pourquoi le ferait-elle, d'ailleurs ?

— Et tu y as réfléchi ? je demande.

— Je n'ai pas besoin d'y réfléchir, Mac. C'était juste une manière de lui faire comprendre que je n'étais pas intéressée, mais c'est une situation intéressante, tu ne trouves pas ?

Je me détends, mais seulement un peu.

— C'est quoi, ta question, exactement ?

— Je te demande ce que ça te ferait si j'avais un rencart avec quelqu'un d'autre.

Elle ne mâche plus ses mots. Je pensais que, au moins le temps de mon absence, nous pourrions continuer sur un ton léger, peut-être même dévier sur le sexe, mais je ne suis pas seule dans cette *situation intéressante*.

— Je serais très contrariée.

— Même si tu ne veux pas être en couple avec moi ?

J'aimerais que nous ne soyons pas sur FaceTime. J'ai l'impression qu'elle me met au pied du mur et que mon visage se décompose à une vitesse éclair.

— Jamie, qu'est-ce que tu fais, là ?

Je redresse les épaules.

— Je te parle d'un truc qui m'arrive.

Je secoue la tête. Je ne peux pas lui dire que je n'ai pas envie d'entendre ça, même si c'est la pure vérité.

— J'ai supposé que tu voulais peut-être qu'on soit simplement amies, poursuit-elle. Depuis que tu m'as appelée l'autre jour.

— Je t'ai appelée, parce que tu m'as envoyé une miche de pain qui disait que tu m'aimais.

Ça paraît grotesque, dit à haute voix. Or, c'est ce qu'elle a fait, et c'est pour ce genre de choses que je l'aime.

— Ce n'est pas un piège ou quoi que ce soit du style. Je te dis juste qu'on a voulu m'arranger un coup, comme toi tu m'as dit qu'on t'avait fait des avances la semaine dernière.

— Après quoi tu as rapidement décidé que tu ne voulais plus me voir.

Que fait-on, là ? Comment se fait-il que nous finissions toujours par revenir sur ce genre de sujets, par tourner en rond ?

— Tu sais pourquoi.

— Et tu sais pourquoi on ne peut pas être ensemble.

— Alors tu devrais peut-être apprendre à ne pas être jalouse si je sors avec quelqu'un d'autre, rétorque-t-elle.

Ses mots me font l'effet d'une gifle.

— Je serai toujours jalouse, dis-je. Si je ne me suis pas remise de notre rupture, je ne m'en remettrai jamais.

— Je suis à court d'arguments, Mac. Et je commence à en avoir assez de ce manège.

Jamie plante ses dents dans sa lèvre et, pour la première fois, je n'ai pas envie de l'embrasser. Non seulement parce que je ne peux pas physiquement le faire, mais aussi parce qu'elle a raison et que ça fait très mal.

— Je t'aime tout pain, moi aussi, dis-je, car je suis moi aussi à court d'arguments et que c'est tout ce qui me vient à l'esprit, mais ce n'est pas drôle dans ces circonstances.

— Alors, sautons le pas ! Arrête de te rendre, et de me rendre, si malheureuse en ressassant le passé.

Jamie esquisse un sourire crispé avant de poursuivre. Elle a un air vulnérable, et semble un peu blessée aussi.

— Je ne te demande pas de m'épouser, Mac. Tout ce que je te demande, c'est de me donner une chance, d'essayer de te défaire de ce qui te retient. Pour nous. S'il te plaît.

Je ne peux plus dire non à Jamie. Je me suis épuisée à la désirer sans limites et avec cette vilaine crise de jalousie que je viens d'avoir. Si je dois choisir entre l'acceptation et le rejet, et Leila a raison sur ce point au moins, je serais bête de choisir le second. Je veux faire le choix de l'amour et du bonheur pour une fois dans ma vie après notre rupture.

Ne te projette pas trop, me dis-je. *Regarde le visage de Jamie sur l'écran, et dis oui.*

— Je veux bien essayer.

Ses grands yeux s'agrandissent encore, comme si elle avait vu le fantôme le plus cool qui soit.

— Vraiment ?

Elle se penche plus près de la caméra.

— Mac ? Tu veux bien essayer ? répète-t-elle d'une voix étranglée.

— Je ne peux rien te promettre, mais j'essaierai, oui. J'en ai envie.

— Putain, s'exclame-t-elle, avant de pousser un énorme soupir. Pourquoi tu n'es pas à côté de moi, là, tout de suite ?

Tout ce que je peux lui offrir en retour, c'est un sourire malicieux.

— Tu veux que je prenne l'avion ? me demande-t-elle encore. Cette maladie dont on a parlé la dernière fois s'est soudainement aggravée. Il se peut que je passe l'arme à gauche si je ne t'embrasse pas dans les prochaines vingt-quatre heures.

— On a attendu vingt ans.

Je m'enfonce dans les oreillers. Un poids énorme a été enlevé de mes épaules, un poids que j'ai gardé en place pendant bien trop longtemps.

— C'est quoi, une semaine de plus ?

— Ça me donnera l'occasion de polir l'Engin, réplique-t-elle.

La lueur fragile qui brillait dans ses yeux plus tôt s'est transformée en une étincelle coquine.

— Pendant une semaine entière ? je demande entre deux gloussements.

— Je ne vais pas savoir quoi faire de ma peau sinon.

Son visage redevient sérieux.

— Ça te laisse aussi une semaine entière pour changer d'avis.

— J'en ai marre de changer d'avis.

Il est vrai que mon bilan dans ce domaine n'est pas brillant depuis que j'ai revu Jamie.

— Je veux être avec toi, Jamie.

Même si je suis terrifiée. Même si je suis pleine de doutes. Seulement, mon désir pour elle est bien plus grand.

— C'est peut-être une bonne chose que tu aies une semaine pour y réfléchir, rectifie-t-elle.

— Pour toi aussi, dis-je.

— Non.

Elle secoue la tête.

— Je sais exactement ce que je veux. Tu es incomparable, Mac. Je te veux, toi.

— Moi aussi, je te veux, toi.

Et pour la première fois, ces mots paraissent justes.

CHAPITRE 28
JAMIE

Qui aurait cru que sept jours pouvaient ressembler à sept vies entières ? Mac et moi nous sommes téléphoné tous les jours, mais elle n'était pas à Seattle en vacances et je découvre rapidement à quel point son travail est prenant. Mac n'est pas seulement un joli visage à la télévision qui rapporte aux téléspectateurs ce qui s'est passé dans le monde du sport. Elle connaît son sujet. C'est une experte. Et elle travaille dur. C'est peut-être pour cette raison qu'elle a acheté cet appartement chic qui, à mon avis, ne lui sied pas du tout. Ses priorités dans la vie ont dû changer. La Mac que j'ai connue se fichait bien de vivre dans le luxe. Ce qui lui importait, c'était moi, notre avenir et son travail. Dans cet ordre-là.

Alors que je fais les cent pas dans mon salon en attendant que le temps passe, je repense à la fois où elle est venue dans ma chambre d'hôtel et où elle a déclaré qu'elle n'en avait plus rien à faire de moi ou de mes sentiments. Ça paraissait tellement vrai quand elle l'a dit. Il n'aura pas fallu longtemps pour qu'elle commence à se contredire. Elle ne fait que ça depuis. Alors, naturellement, j'ai peur qu'elle change d'avis. En revanche, je sais aussi que je suis loin d'être aussi effrayée qu'elle. Tant de finalités sont possibles. Et l'amour n'existe pas sans risque.

Mon téléphone bipe enfin. C'est le message qui m'informe que l'avion de Mac a atterri. En fonction de la circulation, elle sera rentrée chez elle dans une heure, et elle a quatre jours de congé. Mon cœur s'emballe.

Je prends mon sac, les courses que j'ai achetées, et me mets en route. J'arriverai bien avant elle, seulement je ne pouvais pas rester chez moi plus longtemps. J'ai hâte de sentir sa peau contre mes paumes. Ses lèvres contre les miennes. Et surtout, j'ai hâte de me réveiller à ses côtés demain et de savoir que, quand je la regarde, quand je la vois allongée à côté de moi, c'est là qu'elle veut être et qu'elle veut rester.

Elle veut essayer. Nous allons toutes les deux essayer, mais le saut est plus grand pour Mac. C'est plus risqué, même si je préfère encore ne plus jamais faire du pain de toute ma vie plutôt que de la blesser à nouveau. Même si je ne peux pas prédire l'avenir, je sais, au plus profond de mon cœur, que je ne la tromperai plus jamais. Certaines leçons de vie sont si douloureuses qu'une récidive n'est tout simplement pas envisageable.

C'était peut-être un peu cruel de ma part de parler à Mac de Mlle Carol et de sa proposition, mais Sandra m'a exhortée à me battre pour elle, et c'était dans ce but que je l'ai fait. Ce n'est pas la première fois que Mlle Carol essaie de me caser avec quelqu'un, bien que je passe mon temps à lui répéter que je suis très bien toute seule. Du moins, je l'étais jusqu'à ce que je revoie Mac. Ma propriétaire me connaît bien, c'est pour cette raison qu'elle a plus insisté que d'habitude.

— Si la jolie dame de la télé ne veut pas sortir avec vous, je vous trouverai quelqu'un qui sera ravi de prendre sa place, m'a-t-elle dit. En réalité, je sais qui il vous faut.

À partir de là, ça a fait boule de neige, et s'il est vrai que j'ai fini par dîner chez Miss Carol un soir, je n'aurais jamais accepté un rencart avec une autre fille, pas quand je n'ai que Mac en tête, même si je ne devrais peut-être pas. Seulement, il s'est passé quelque chose quand je l'ai revue, la toute première fraction de seconde où j'ai à nouveau posé les yeux sur elle après vingt ans. J'ai tâché tant bien que mal de garder mon sang-froid en sa présence, de la serrer dans mes bras avec juste ce qu'il faut de force, mais dans ma tête, je retombais déjà amoureuse d'elle.

Parce que je n'ai jamais eu que Mac en tête. Bien que j'aie eu d'autres relations et mené ma petite vie depuis que j'ai tout gâché avec elle. Bien que j'aie appris à vivre avec l'idée qu'elle me détesterait pour toujours. Bien que j'aie blessé la femme que j'aimais plus que tout si cruellement, si profondément, qu'elle n'a jamais voulu me revoir.

Aussi étrange que cela puisse paraître, Mac et moi avons rompu net la première fois. Elle a tout simplement refusé de me revoir. Elle était trop secouée, trop abasourdie par ce que j'avais fait. Nos amis ont dressé un bouclier autour d'elle et ont fait en sorte que Mac n'ait même pas à avoir affaire à moi. Mon père a récupéré mes affaires dans l'appartement que Mac et moi avions partagé pendant des années. Je me souviendrai toujours de ce qu'il a dit : qu'il n'a rien eu à faire lorsqu'il est arrivé chez nous. Mac avait déjà mis en carton toutes mes affaires, jusqu'au dernier petit objet, y compris toutes les choses que nous avions achetées ensemble, pour qu'elle n'ait plus aucun souvenir de moi.

Je ne peux pas lui reprocher de vouloir faire comme si je n'avais jamais existé, même si nous avons passé dix années extraordinaires ensemble. Je lui ai volé ce qui comptait à ses yeux. À l'époque, la plupart de nos amis ont naturellement pris son parti, et elle avait un travail qu'elle aimait, mais elle a perdu tout le reste quand je l'ai quittée, quand j'ai réduit en cendres tous nos projets d'avenir.

En m'approchant de son immeuble, le souvenir de son visage en ce jour fatidique me revient de plein fouet. Comment elle est passée de l'incrédulité au déni, puis à un stoïcisme glacial. Comment, en l'espace de quelques secondes, elle a érigé un mur autour de son cœur, afin que je ne puisse plus jamais passer et la blesser à nouveau.

Alors que je me tiens devant le bâtiment, je réalise que je ne mérite pas que nous retournions ensemble. Je ne la mérite pas. Le fait qu'elle me laisse revenir, après que je lui ai fait subir le pire, la rend encore plus belle. Trop belle pour une fille comme moi. Et pourtant, je suis là. Un frisson me parcourt l'échine, me rappelle à quel point tout a été physique, à quel point, peut-être, nos corps nous ont rapprochées avant que nos esprits leur emboîtent le pas. Une fois que nous aurons franchi l'étape de la passion, que nous aurons besoin l'une de l'autre au point d'avoir hâte d'oublier le passé, nous aurons beaucoup à régler. Ce que j'ai fait à Mac n'est pas une chose que l'on peut mettre sous le tapis. Ce n'est pas une chose que l'on peut ignorer afin de vivre dans l'insouciance pour toujours. Par respect pour elle, mais par respect pour moi aussi.

J'ai connu d'autres ruptures après Mac, mais elles étaient très différentes. Le temps apportait toujours le soulagement et une sorte de paix intérieure, alors que les années qui ont suivi Mac, longtemps après que Cherry et moi nous sommes séparées, n'ont apporté que des regrets. Dans ma tête, j'élaborais des plans ambitieux pour la reconquérir, mais dès que j'essayais quoi que ce soit, qu'il s'agisse d'envoyer un SMS ou même simplement de demander de ses nouvelles à un ami que nous avions en commun, je me heurtais à une fin de non-recevoir. Il y avait toujours quelqu'un pour m'enguirlander et me remettre à ma place en me rappelant ce que j'avais fait. Si ce n'était pas mon propre père, c'était Sandra, ou même Alan, ou quelqu'un d'autre encore qui a vu Mac au fond du trou. Tous ceux qui m'étaient tombés dessus à bras raccourci quand j'ai choisi de sortir avec Cherry. Personne n'était de mon côté, hormis cette dernière.

Ce que Mac et moi partagions était une évidence pour tous, comme si la force de notre relation se transmettait à nos amis et à notre famille, comme si la plénitude de notre vie améliorait celle de nos proches par je ne sais quel transfert magique. Et, avec Mac, tous se sont retrouvés en état de choc au point de me détester, eux aussi.

Le fait que je n'aie pas réussi à expliquer rationnellement à qui que ce soit, y compris à moi-même, pourquoi j'avais choisi de quitter ma future femme pour Cherry, que je connaissais à peine, n'a pas aidé. Quand je l'ai fait, ce pire choix de ma vie, c'était pourtant clair comme de l'eau de roche. Si tomber follement amoureuse de Cherry n'était peut-être pas une raison suffisante pour les autres, elle l'était pour moi.

L'amour que j'éprouvais pour Mac avait toujours été si omniprésent, si pur, que je n'ai pas su comment réagir quand une autre femme a empiété sur cet amour. Je ne savais pas qu'il y avait une autre option pour y faire face. Je ne savais pas qu'on pouvait tomber amoureux de quelqu'un d'autre quand on était déjà en couple. Je ne savais pas que ce n'était pas forcément la fin d'une histoire. Comment aurais-je pu coucher avec Mac alors que je ne pensais qu'à Cherry ? Comment aurais-je pu la regarder à nouveau dans les yeux après l'avoir trompée ? J'aurais peut-être réussi à le faire si je n'avais pas eu l'impression d'être catapultée dans le ciel pour passer du temps parmi les étoiles, si Cherry ne m'avait pas montré, fait ressentir dans chaque fibre de mon être, que Mac n'était pas la seule à pouvoir me faire cet effet. Du moins, le croyais-je à l'époque.

Toutes mes erreurs me reviennent en tête, mais je les laisse venir. J'ai eu vingt ans pour accepter ce que j'ai fait, et chaque jour aura peut-être été nécessaire, mais je suis prête à mettre le passé derrière moi. Je suis prête à découvrir si ce que nous partagions peut être réinventé avec celles que nous sommes devenues aujourd'hui.

Car, je veux Mac. Il y a tant de choses inachevées entre nous. Et, elle est enfin prête à me donner une autre chance. Il est hors de question que je laisse le passé me rattraper. Je suis prête à accueillir l'avenir.

CHAPITRE 29
MAC

Je manque de trébucher en sortant du taxi. Je ne veux pas perdre une seconde de plus et me jeter au cou de Jamie. J'ai eu une semaine pour changer d'avis, mais ça a été tout le contraire. En prononçant ces mots que je pensais ne jamais lui dire, en acceptant de lui redonner sa chance, un déclic s'est opéré en moi. Au lieu d'accroître, mes doutes se sont atténués. Je suis incapable de l'oublier et, cette fois-ci, je n'ai pas à le faire. Cette fois-ci, elle m'a choisie. Cette fois-ci, il n'y a pas de Cherry pour me l'enlever. Jamie est là, pour moi, de tout son être. Je la trouve en train de discuter avec le portier pendant qu'elle m'attend.

Jamie me sourit jusqu'aux oreilles lorsque je m'élance vers elle. Aucune de nous n'a changé d'avis. C'est peut-être la plus grosse erreur que je fais de toute ma vie, mais je m'en fiche, parce que je me sens bien.

Quand je tombe dans ses bras, je me sens à ma place. Incontestablement, sans équivoque. Je veux me dépêcher de monter pour l'embrasser, la déshabiller et l'entraîner avec moi sous la douche, mais ce n'est pas l'envie la plus forte qui me traverse. Le désir physique que j'éprouve pour elle est supplanté par autre chose. Je veux réapprendre à la connaître. Maintenant que je m'autorise à voir au-delà des ruines du passé, j'ai un milliard de questions. Toutes celles que je ne me suis pas permis de poser, parce que je voulais éviter de trop m'attacher à elle. J'ai essayé de me convaincre que ce n'était que physique entre nous, alors que ce n'était pas le cas. Cela dit, je peux me pardonner mon ignorance. La peur étrique la vision, et je n'ai tout simplement pas su voir. Mais, quand je me tiens dans les bras de Jamie comme ça, ici sur le trottoir, je comprends et je sais.

Je sais ce que je dois faire. Je dois faire ce que Leila m'a dit : ouvrir mon cœur à Jamie, à la belle, la séduisante Jamie au cœur tendre. Je serais idiote de ne pas le faire, parce qu'une histoire d'amour comme celle-ci, ça n'arrive qu'une fois dans une vie, parce qu'il n'y a qu'une seule Jamie Sullivan.

— Je suis tellement contente de te voir, me murmure-t-elle à l'oreille.

Ses bras m'enserrent, comme si elle n'avait pas l'intention de me lâcher de sitôt.

— L'ascenseur vous attend, Mlle Mackenzie, me fait remarquer le portier. Vos bagages sont à l'intérieur.

— On ferait peut-être mieux de rentrer.

Je me dégage des bras de Jamie.

— Viens.

Je la prends par la main et l'entraîne dans l'ascenseur. Dès que les portes se referment, elle m'enlace à nouveau. Le sourire ne quitte plus mes lèvres, ce qui me complique la tâche pour l'embrasser, si tant est qu'il n'y ait jamais eu de problème plus grand.

Main dans la main, nous montons les étages. C'est une révélation d'être ainsi libérée des doutes, comme si tout était éclairé sous un jour différent. Jamie est tellement plus belle en chair et en os que sur le petit écran de mon téléphone. Sa peau est enivrante. Ses cheveux sont plus brillants. Ses yeux plus rêveurs.

Nous nous précipitons dans mon appartement, abandonnant nos sacs dans le couloir.

— Je dois me doucher, je proteste, bien que mollement.

— On prendra une douche plus tard. Après ça.

Nous n'avons même pas le temps d'arriver dans la chambre. Elle me pousse contre un mur et elle m'embrasse à nouveau. Le coin d'un cadre photo me rentre dans le bras. C'est une étreinte empreinte d'un désir refoulé, pas seulement d'une semaine, mais de deux décennies. J'ai enfin dit oui, et mon *oui* transparaît dans ce baiser, dans la façon dont nous nous touchons, dans notre soif de l'autre et dans l'intention qui se cache derrière.

Je serre Jamie contre moi, me délectant de la chaleur de son corps, de la douceur de sa peau. Notre baiser ne s'arrête pas. Sa langue ne cesse d'entrer et de sortir de ma bouche, ses lèvres ne cessent de trouver les miennes. Sa main commence à descendre, et elle ouvre le bouton de mon jean.

Elle gémit dans ma bouche, tandis que ses doigts se glissent dans ma culotte. Elle a l'air aussi excitée que moi. Je devrais peut-être vérifier par moi-même. Je lui rends la pareille et ouvre son pantalon. Lorsque je passe ma main à l'intérieur, notre baiser s'arrête. Jamie prend le temps de respirer, de me contempler. Nos regards se croisent, et c'est plus intime que n'importe quel baiser, plus torride que ses lèvres qui longent cette zone érogène de ma gorge.

Nous nous regardons dans les yeux tandis que nos mains explorent davantage. Nos doigts s'enfoncent encore un peu plus. Nous faisons écho aux actions de l'autre. Je passe l'index sur le clitoris de Jamie, avant de l'enfoncer dans la moiteur de son sexe.

Elle en fait de même avec moi.

Pendant tout ce temps, je peux voir l'expression de son visage. Cette étincelle ténébreuse qui illumine ses yeux. La pulpe de ses lèvres. Cette tache de rousseur à peine visible sur le côté de sa bouche. La férocité avec laquelle elle me désire. L'effet que ça lui a fait que je dise oui, que j'essaierais. Nous avons franchi une étape, parce que je ne veux pas la perdre. Je la veux dans ma vie, malgré la peur qui réside dans ma chair, qui se terre sous ma peau. Si ces dernières semaines m'ont appris une chose, c'est que ce que je croyais être un choix n'en était pas un.

Jamie glisse un doigt en moi, et j'ai le souffle saccadé, mais je continue à la regarder. La forme de sa bouche change avec l'effort qu'elle fournit. Je pense qu'on peut être deux à jouer à ce petit jeu, alors moi aussi j'enfonce un doigt en elle.

— Oh, putain, lâche-t-elle dans un soupir.

Elle pose son autre main sur mon épaule, s'y accroche, comme si elle avait besoin d'un appui, comme si elle était déjà au bord de l'orgasme.

Son doigt sort de mon sexe et frotte mon clitoris. Elle veut m'emmener avec elle. Tout ce que j'ai à faire, c'est de regarder son visage et de m'abandonner à ses caresses, deux choses que je n'aurais jamais pensé refaire un jour. Le caractère imprévisible de la vie n'est pas seulement stupéfiant, il est aussi prodigieux. Et excitant, avec ça. Jamie est tellement sexy quand son visage est crispé comme ça, le désir affiché au grand jour.

Se sent-elle aussi vulnérable que moi, dont les murs autour du cœur s'effondrent à vitesse grand V ? Je baisse complètement la garde. Je laisse tomber la dernière once de protection que j'avais érigée contre elle, et tous mes sens sont en éveil. Chaque petit mouvement qu'elle fait me semble grand, écrasant, inévitable. Un peu comme cette situation qui l'était. Comme nous, debout contre ce mur, incapables de se garder de nous toucher, si proches malgré des années d'hostilité.

Tout ce que je peux faire, c'est laisser les vingt dernières années s'écrouler, laisser toute la tension dans mes muscles se dissoudre et me donner à elle, car Jamie fait exactement la même chose. Elle enfonce ses doigts dans la chair de mon épaule, tandis qu'elle se cramponne et m'accompagne dans cette jouissance éclair, mais forte et tout aussi inévitable.

———

— Je te retourne le bonjour, me dit Jamie, tandis qu'elle reboutonne son jean.

Je secoue la tête d'un air amusé tout en essayant de remettre mes vêtements en place. D'ordinaire, après une semaine de travail non-stop loin de chez moi, je prends quelques jours pour me ressourcer, mais cette fois-ci, Jamie est là.

— Tu te souviens de Maui ? je demande.

— Je n'oublierai jamais, jamais Maui.

Je pousse un petit rire.

— Quand j'ai dit que tu faisais de la sorcellerie avec tes doigts ?

Je prends sa main dans la mienne.

— Tout ce que tu dis reste gravé dans ma mémoire.

Jamie a toujours aimé exagérer pour marquer le coup.

J'étudie ses longs doigts puissants. Un frisson me parcourt à nouveau l'échine. Maintenant que je me laisse aller à tout ressentir, mon corps est comme un fil sous tension. Le moindre contact provoque une étincelle.

— Il s'avère que j'avais raison, dis-je.

— Tes doigts ne sont pas si mal non plus.

Elle me sourit de tout son visage. Ses yeux semblent capter toute la lumière qui passe par les fenêtres et me la renvoyer.

Je suis tellement folle d'elle. Tout recommence. Les raisons pour lesquelles je l'ai aimée sont toujours là. Je me sens comme une adolescente qui est amoureuse pour la première fois. Quand je la vois comme ça, quand je sens sa douce main dans la mienne, je glousse comme une idiote.

— Qu'est-ce qui t'arrive ? me demande-t-elle, incapable de réprimer un sourire, parce qu'elle sait très bien ce qui se passe.

— Je vais prendre une longue douche. Probablement une douche froide.

— Si elle est froide, je ne me joindrai pas à toi.

Elle me sourit.

— Je vais me laver soigneusement les mains et te préparer à manger. Qu'est-ce que tu en penses ?

— Tant que tu ne me demandes pas où se trouve quoi que ce soit dans la cuisine ! dis-je en plaisantant.

— Je n'oserais pas.

Elle lève nos mains jointes et embrasse l'intérieur de mon poignet.

— Fais comme chez toi, dis-je.

Mon appartement semble tellement différent, je me sens tellement chez moi quand Jamie y est.

— D'accord. Merci.

Chaque mot qu'elle prononce me fait tomber un peu plus amoureuse d'elle.

— Je t'aime, lâche-t-elle.

Comme ça.

CHAPITRE 30
JAMIE

Je nous ai préparé un sauté de crevettes et de légumes tout bête avec les condiments que j'ai pu trouver dans la cuisine de Mac. J'ai apporté du pain frais au levain de chez moi en accompagnement. Si je n'aime pas tellement le style de son appartement, la cuisine est de première classe. C'est du gaspillage pour quelqu'un qui ne cuisine jamais, comme Mac.

— Sandra a dit que je devais me battre pour toi.

Le fait de nous asseoir l'une en face de l'autre, de partager un repas ensemble, est aussi intime que de faire ce que nous avons fait dans l'entrée tout à l'heure.

— D'après elle, je t'avais encore laissé tomber.

— La pauvre, réagit Mac. Je ne sais pas comment elle a fait pendant toutes ces années pour être notre amie à toutes les deux.

— J'imagine qu'elle et toi, vous n'avez pas beaucoup parlé de moi.

Je n'arrive pas à détacher le regard. Elle a les cheveux encore mouillés de la douche et ils sont plaqués en arrière, un peu comme sa coiffure au mariage de Sandra, quand elle était à tomber.

— Non, même si ça n'a pas toujours été de mon fait, avoue Mac. Quand j'ai finalement commencé à demander de tes nouvelles, Sandra m'a clairement fait comprendre qu'elle ne voulait pas rentrer dans ce petit jeu. Pour le bien de notre amitié, tu étais écartée des conversations.

— Pareil. Enfin, après que l'eau avait coulé sous les ponts.

Les savons que Sandra m'a passés après que j'ai choisi de sortir avec Cherry ont laissé une cicatrice presque aussi grande que ma rupture avec Mac.

— Ce n'était pas facile pour elle, dis-je encore.

— Pourquoi elle a fini par se calmer, tu crois ?

— Elle ne s'est jamais calmée. Il s'est écoulé suffisamment de temps pour qu'elle nous demande à toutes les deux d'être présentes le jour J. Pour une fois, elle n'a pensé qu'à elle, et c'est tant mieux.

— Oui.

Mac regarde sa fourchette pleine.

— C'est délicieux, au fait. Est-ce qu'on t'a déjà dit que tu devrais te lancer dans la cuisine ?

— Il y a eu cette blonde à une époque, je rétorque d'un air badin. Une fille ultra sexy. Une plastique de rêve. J'avais un petit faible pour elle et je l'ai laissée me convaincre de poursuivre mon rêve de devenir boulangère.

— À cause de sa plastique de rêve ? fait Mac, faussement indignée.

Je hoche la tête.

— C'était une athlète de haut niveau. Ce paquet de muscles divin m'a rendue impuissante.

— Hmm…

Mac pose sa fourchette.

— Tu peux m'en dire plus sur cette fille ? Je l'ai connue ?

— Oh, oui.

Je regarde Mac dans les yeux. Je vois encore la femme dont je suis tombée amoureuse à l'époque.

— Tu ne lui aurais pas résisté non plus.

Mac se met à rire. Elle tend la main.

— Soyons clairs, je n'ai pas pensé que tu me laissais encore une fois tomber.

Je prends sa main dans la mienne, et cela me rappelle comment nous nous comportions avant, à toujours nous toucher, à toujours être au contact l'une de l'autre. Quand je sens sa peau contre la mienne, ça m'apaise instantanément.

— Je comprends en revanche pourquoi Sandra a dit ça, dis-je.

Je serre un peu plus fort sa main.

— Mais je ne vais pas te laisser tomber de sitôt, tant que je le peux.

Mac se contente de hocher la tête. Elle n'a pas l'air de me croire ou peut-être lui faut-il du temps pour me refaire confiance.

— Il n'y avait pas grand-chose à laisser tomber, si ? tranche-t-elle.

Elle me caresse le creux de la main du bout de l'ongle.

— Je faisais ce que j'ai toujours fait depuis qu'on a rompu, poursuit-elle, avant de pousser un soupir exagéré. Je n'aurai jamais pensé que ça puisse faire autant de bien de lâcher les vannes !

Elle marque une pause.

— Et peut-être que, paradoxalement, il n'y a qu'avec toi que je peux faire ça.

— Si seulement Sandra s'était mariée dix ans plus tôt, fais-je.

Le visage de Mac se voile un bref instant.

— C'est la vie.

— Tu as raison. Encore heureux que Sandra et Tyrone se soient enfin mariés. Ils en ont mis du temps, pour se trouver.

— J'avais une trouille terrible quand je suis arrivée à Maui, me raconte-t-elle. Je ne voulais pas quitter l'aéroport. Pendant une fraction de seconde, j'ai envisagé de prendre le premier vol pour rentrer chez moi.

Elle capture un de mes doigts entre les siens.

— J'avais tellement peur de ce que ça me ferait de te revoir. Comme si, inconsciemment, je savais déjà que ça allait causer ma perte, même si je n'aurais jamais pu l'admettre devant qui que ce soit, et encore moins pour moi-même.

— Ça a été une sacrée épopée depuis.

Je suis tout attendrie.

— J'aimerais pouvoir te promettre que le chemin sera moins chaotique à partir de maintenant, me dit-elle, mais je ne peux pas te faire cette promesse pour l'instant.

Mac pousse un long soupir.

— Même si j'aimerais que ça aille plus vite, pour être honnête.

— Ça prendra le temps que ça prendra pour que tu puisses me faire à nouveau pleinement confiance, Mac. On a le temps.

Le reste de notre vie.

— Pitié, dis à ta proprio que tu es prise, maintenant.

Elle esquisse un sourire en coin.

— Oh, elle le sait !

J'ai pratiquement monté l'escalier quatre à quatre pour aller frapper à la porte de Mlle Carol comme si je venais de gagner au loto après cet appel FaceTime avec Mac.

— Tu es mignonne quand tu es jalouse, d'ailleurs.

— Tu dis ça parce que tu es contente de l'issue de cette crise de jalousie là.

Mac ravale sa salive.

— La jalousie et la paranoïa, ça m'a gâché une grande partie de mon existence.

— C'est logique. Comme tu viens de le dire, c'est la vie…

Je serre sa main dans l'espoir que cela passe mieux que des énièmes excuses.

— Qui sait ? Alan avait peut-être raison. Regarde, si Leila et toi étiez restées ensemble, elle n'aurait pas sauvé la vie d'Isabel Adler.

Mac plisse les yeux.

— Leila est une femme très séduisante.

Elle secoue la tête.

— Dans d'autres circonstances, ça aurait pu marcher entre nous.

Un sourire machiavélique se dessine sur ses lèvres.

— Tu essaies de *me* rendre jalouse ? je demande.

Mac hausse les épaules.

— Ça marche ?

— Je suis jalouse de toutes celles qui ont pu sortir avec toi. J'étais jalouse de tes co-animatrices à la télé, parce qu'elles pouvaient passer du temps avec toi et, moi, pas.

— Mon propre chagrin m'obsédait, songe-t-elle à voix basse. J'étais tellement en colère contre toi pendant si longtemps que je n'ai jamais pris le temps de penser au tien.

— La différence, c'est que c'est moi qui l'ai causé.

Je peux regarder Mac dans les yeux et le dire à présent.

— Pourtant, ça a dû te faire souffrir.

Elle prend ma main, l'enveloppe des siennes, comme si elle voulait la protéger de quelque chose.

— C'est vrai.

Ce moment est si beau, avec ma main nichée au creux des siennes et le fait que nous soyons toutes deux capables de reconnaître les blessures de l'autre, qu'il répare quelque chose en moi.

— Moi aussi, j'ai fait beaucoup d'erreurs, admet-elle.

Elle penche la tête et serre un peu plus fort ma main.

— Mince, Jamie, j'aurais dû te pardonner il y a des années. J'aurais dû te redonner une chance quand tu t'es séparée de Cherry. J'aurais dû…

— Mac, l'interromps-je, tu ne pouvais pas. Je le sais, parce qu'autrement tu l'aurais fait. Mais, ironiquement, je pense qu'à cause de la profondeur de notre amour, à cause de l'incroyable qualité de notre relation, tu n'as pas pu le faire.

Ses yeux brillent de larmes.

— Et puis, poursuis-je, ça n'a plus d'importance maintenant. C'est du passé. Le temps a été impitoyable. En parlant de ça…

C'est sans doute une bonne idée de détendre un peu l'atmosphère.

— C'est bientôt ton anniversaire.

Mac soupire.

— Ça ne me dérange pas d'avoir bientôt cinquante ans, parce que j'ai accompli beaucoup de mes rêves, mais…

Sa voix est teintée d'une tristesse que je ne pourrais bien jamais réussir à soulager.

— Enfin, soyons réaliste, la quarantaine, c'était déjà une espèce de date butoir, mais j'avais encore des solutions. Maintenant que j'approche de la cinquantaine, c'est définitif. Non pas que je veuille devenir mère maintenant, mais ça me rappelle malheureusement ce que je n'ai pas fait de ma vie.

Détendre l'atmosphère, tu parles. Ce n'était pas la meilleure des choses à faire que d'évoquer le cinquantième anniversaire de Mac. Seulement, il faut bien faire une place aux regrets. Personne ne vit une vie sans remords.

Un silence s'installe et nous le laissons nous envelopper. Moi aussi, je pense à tout ce que je n'ai pas eu, mais aussi à tout ce que j'ai.

— Tu sais ce que je veux pour mon anniversaire ? me dit-elle au bout d'un moment.

— Une miche *je t'aime tout pain* ?

— À part ça, évidemment ! Et peut-être aussi un peu de ton infâme carrot cake.

Un sourire est réapparu sur son visage, comme le soleil qui perce les nuages après des jours de bruine.

— J'aimerais partir quelque part avec toi. Juste nous deux. Tu crois que cet endroit à Rockaway Beach existe encore ?

Fait-elle référence au lieu où je l'ai demandée en mariage ?

— Je peux regarder tout de suite, dis-je sur un ton hésitant.

Tenons-nous vraiment à revivre ce moment-là ?

— Ça ne doit plus être comme dans mes souvenirs, poursuit-elle. Mais j'aimerais voir par moi-même.

— Tout ce que tu voudras, ma chérie.

Je pose ma main sur la sienne.

— C'est ton anniversaire.

— Mais avant ça, je pense qu'on devrait passer chez ma mère.

— Oh, la vache !

J'ai beau sourire, Suzanne a toujours été une femme de caractère. Je ne lui ai plus reparlé, mais j'imagine bien ce qu'elle a dû ressentir à mon égard après ce que j'ai fait.

— Je ne suis pas sûre d'être prête à affronter Suzanne.

— Tu ne seras jamais prête, mais autant t'enlever tout de suite cette épine du pied.

Mac prend-elle plaisir à me martyriser ?

— D'accord. J'affronterai Suzanne.

— J'ai préparé le terrain pour le jour où tu la reverrais, assure-t-elle.

— Quel soulagement ! mens-je.

— Elle aboie plus qu'elle ne mord.

Ça l'amuse vraiment.

— Pitié, arrête, je la supplie, même si faire face à la mère de Mac est un petit prix à payer pour être de retour dans sa vie, pour avoir la chance d'être à nouveau avec elle et de ne pas tout faire foirer cette fois-ci.

CHAPITRE 31
MAC

Ma mère n'est ni discrète ni prévisible, surtout quand il s'agit de Jamie. Je ne suis pas aussi nerveuse qu'elle, qui réussit plutôt bien à garder son sang-froid, mais je ne suis pas aussi détendue que d'habitude quand je vais voir ma mère. Or, c'est mon anniversaire, et elle me chouchoute toujours pour l'occasion.

J'ai beau avoir été une gamine livrée à elle-même, qui a appris à se préparer à manger toute seule à l'âge de douze ans, raison pour laquelle je n'aime toujours pas cuisiner, les anniversaires ont toujours énormément compté pour notre petite famille de deux. Ma mère me traitait comme une princesse ce jour-là, même si elle était très occupée.

Nous sommes assises dans la voiture devant chez elle.

Jamie gonfle les joues, puis laisse l'air s'échapper lentement.

— Bon, allons-y.

— Hé…

Je pose une main sur son genou.

— Ma mère sait ce que tu représentes pour moi. Tout ira bien.

Je lui serre le genou pour la rassurer.

— Tout ce qu'elle veut, c'est que je sois heureuse, et tu me rends heureuse.

Je comprends que c'est intimidant pour Jamie de revoir ma mère. C'est différent de l'autre soir, quand son père a appelé et a demandé à me parler, la voix tremblante d'émotion.

— Dieu merci, je suis charmante, plaisante Jamie, bien que le cœur n'y soit pas tout à fait.

— Et tu as apporté la moitié de la boulangerie.

Nous ramassons les sacs de pain, de gâteaux et de biscuits — avoir les mains dans la farine était le seul moyen pour Jamie de tenir — et nous dirigeons vers la porte d'entrée. Elle s'ouvre avant que nous ayons eu le temps de frapper.

— Gabby, ma chérie !

Ma mère ouvre grand les bras.

— Impossible que tu aies cinquante ans. Impossible.

Elle ignore la présence de Jamie et me serre dans ses bras.

— Je jurerais que je t'ai mise au monde hier.

Elle dépose quelques baisers sur ma joue.

— Joyeux anniversaire, trésor.

Elle me tient un peu plus longtemps qu'à l'accoutumée, comme si elle ne voulait plus me lâcher.

Je me racle la gorge.

— Euh, maman ?

Elle me libère, puis tourne les yeux vers Jamie. Elle la regarde de la tête aux pieds, puis secoue légèrement la tête.

— Oh, Jamie ! s'exclame-t-elle enfin. Je ne pensais pas te revoir un jour.

À ma grande surprise, elle lui ouvre ses bras.

— Viens par là.

Jamie pose les sacs et s'avance maladroitement dans les bras de ma mère. Si c'est loin d'être l'étreinte mère-fille que nous venons de partager, c'est bien plus que ce à quoi je m'attendais de sa part.

— C'est un plaisir de vous voir, Mme Mackenzie, balbutie Jamie.

— Allons ! Pas de ces politesses avec moi. Ça a toujours été Suzanne pour toi.

Elle la relâche.

— Va pour Suzanne, répond Jamie, et c'est ainsi que la glace est brisée.

———

Ma mère et Jamie se sont toujours bien entendues, mais lorsque Jamie m'a quittée, ma mère a sorti les griffes. Elle a vu le mal que cela m'a fait, et son instinct maternel l'a poussée à rejeter la faute sur Jamie. Elle a réagi comme le font la plupart des mères lorsque leur enfant souffre. Cela dit, le temps a passé, et ma mère a vingt-cinq ans de vécu de plus que moi, la propension à pardonner incluse.

— Si je comprends bien, tout s'est passé à Maui, résume maman, qui nous regarde tour à tour.

Nous sommes assises sous le porche, une coupe de champagne à la main.

— Je ferais peut-être bien d'aller y faire un tour un jour, poursuit-elle. Il doit y avoir un truc dans l'air là-bas.

— Tu as une ancienne flamme à raviver ? je demande.

Elle hausse les épaules.

— Pas pour raviver une quelconque flamme, mais pour voir quel miracle m'y attendrait.

Elle hausse les sourcils.

— Parce que c'est à ça que ça ressemble pour moi.

Elle tourne les yeux vers Jamie.

— Rien de moins qu'un énorme miracle.

— Je suis d'accord avec vous, Suzanne.

— Quand Gabby m'a dit que tu étais revenue dans sa vie, j'ai été sur le cul, je peux te le dire.

Elle penche la tête vers elle.

— Jamie Sullivan, je ne pensais pas que je t'autoriserais à remettre les pieds ici un jour.

— Je suis ravie d'être là, assure Jamie.

Sous la table, son pied me trouve et elle noue sa cheville à la mienne.

— Je ne suis pas sans inquiétude, poursuit ma mère. Tu comprends sûrement pourquoi, mais… d'une certaine manière, c'est logique. De vous voir toutes les deux ensemble, ça a du sens.

Elle pose son regard sur moi et m'adresse un bref sourire.

— Le conseil que j'aimerais vous donner, en tant que mère, c'est de ne pas laisser les années perdues se dresser entre vous maintenant.

Elle lève son verre.

— Bon sang de bonsoir ! Tu as cinquante ans.

Tout à coup, sa voix se met à trembler.

— Tu es le plus beau de mes accomplissements, ma chérie. Et de loin.

Elle se tourne vers Jamie.

— Alors tu ferais mieux de prendre soin d'elle. Même si c'est la plus vaine des promesses à faire, j'ai besoin que tu me le promettes, Jamie.

Jamie porte une main à la poitrine.

— Je vous le promets, de tout mon cœur, que je traiterai Mac comme une princesse.

— J'espère bien ! s'exclame maman, avant d'avaler une gorgée de champagne.

— Arrêtez un peu ! On va redescendre d'un cran.

Si leur sentimentalisme ne me laisse pas indifférente, je trouve qu'elles en font un peu trop. Je roule des yeux devant leur étalage de sensiblerie. D'ailleurs, je sais me protéger. Je suis très douée pour ça, trop peut-être.

— Ne fais pas comme si c'était anodin, ma chérie.

Ma mère tourne son regard vers moi.

— Si personne d'autre ne le dit, moi si. Parce que je suis ta mère et que c'est mon rôle.

— J'ai cinquante ans, maman. Je suis une grande fille.

Si j'apprécie son intention, et je comprends que c'est sa manière à elle d'aborder la situation, qu'elle doit adopter une certaine posture devant Jamie, ça me rappelle toutefois le passé, toutes ces fois où je suis rentrée à la maison pour pleurer sur son épaule, toutes ces choses que je lui ai confiées au sujet de mes rêves et mon cœur brisés.

— Si tu veux être mère, tu trouveras le moyen de l'être, m'a-t-elle dit un jour. Et si ça n'arrive pas, tu pourras faire, en temps voulu, la paix avec ça.

Ses paroles m'ont beaucoup réconfortée au fil des ans, car il est clair que je n'ai pas trouvé le moyen d'être mère, et j'en ai longtemps voulu à Jamie. Seulement, me voilà assise ici avec la mienne et Jamie, et bien que le temps n'ait pas encore fait entièrement son œuvre, je suis néanmoins étrangement en paix.

CHAPITRE 32
JAMIE

— À la tienne.

Je lève mon verre. L'océan se reflète dans les yeux tout aussi bleus de Mac. L'hôtel où nous avons séjourné il y a vingt ans et où je l'ai demandée en mariage est aujourd'hui une propriété privée entourée d'une haute clôture. À la place, j'ai mis la main au porte-monnaie pour louer une villa en bord de plage, où nous avons de l'intimité et une vue imprenable sur l'océan.

Mac n'a cinquante ans qu'une fois, et j'ai manqué ses vingt derniers anniversaires. Je dois me rattraper sur beaucoup de plans, même si, tôt ou tard, il va bien falloir que j'arrête de voir les choses de cette façon. Tout comme elle doit se débarrasser de sa peur, je dois me débarrasser de ma culpabilité.

— À nous deux !

Mac trinque avec moi.

— Le meilleur cadeau d'anniversaire qui soit.

— Le plus inattendu aussi.

— J'ai toujours aimé les surprises, mais là ça remporte la palme.

Elle a l'air aussi décontractée que le décor. Cela fait quelques semaines qu'elle m'a surprise lorsqu'elle m'a dit vouloir nous redonner une chance, et les journées ont été plus que parfaites. Matin après matin, à me réveiller à ses côtés. Soir après soir, à me coucher près d'elle, à rattraper toutes ces nuits d'amour que nous avons ratées. Passer un bras autour de son corps chaud au milieu de la nuit a été le plus merveilleux des plaisirs. L'avoir là, avec moi, là où elle aurait dû être depuis le début.

— Je t'aime, Jamie, me dit-elle.

— Moi aussi, je t'aime.

Ces mots ne suffisent pas à exprimer à quel point c'est le cas. Je me souviens avoir ressenti exactement la même chose il y a vingt ans, lorsque nous sommes venues pour la première fois sur cette plage et que j'avais une alliance en poche. Même si j'étais sûre que Mac dirait oui à ma demande, nous y avions fait allusion suffisamment de fois, j'étais nerveuse. Il arrive que votre cerveau vous joue des tours. Il s'efforce toujours de trouver le moindre « mais ». *Je t'aime, mais…*

Cette fois où je lui ai dit ces mots quand je l'ai quittée pour Cherry, les pires à entendre quand on est amoureux.

C'est effrayant de voir que, malgré mon amour pour elle, malgré ma demande en mariage, malgré tous ces grands sentiments indéniables que j'avais pour elle, je suis partie et ai eu la capacité de nous blesser de la sorte. Or, la plus grande victoire de la vie et de l'amour n'est-elle pas que nous soyons assises ici même ? Je n'ai pas de bague dans ma poche, mais, qui sait ? Peut-être qu'un jour j'en aurai une à nouveau.

— C'est difficile de ne pas penser à la dernière fois qu'on était ici.

Mac braque son regard sur moi.

Je hoche la tête.

— J'étais surprise que, de tous les endroits sur terre, tu veuilles venir ici pour ton anniversaire.

— On aurait peut-être dû retourner à Maui, plaisante-t-elle. Blague à part, venir à Rockaway, c'est une façon pour moi de boucler la boucle. On a rencontré Cherry…

Je tressaille à la mention de ce nom, mais je n'en laisse rien paraître.

— Trois ou quatre jours plus tard ?

Et c'est là que tout est parti en vrille.

— Hmm… fais-je, tout en me demandant où elle veut en venir.

— Ensuite, tout a changé, même si on ne le savait pas encore. Mais quand on était ici, quand on s'est fiancées, c'est sûrement la dernière fois qu'on a pleinement choisi d'être ensemble.

Mac sirote une gorgée de champagne, et c'est en totale contradiction avec ce qu'elle dit, à moins que je ne sois trop à cran pour ne pas comprendre où elle veut en venir.

— C'est pour ça que je voulais venir ici. C'est peut-être idiot, mais le fait de revivre ce moment-là, c'est comme appuyer sur le bouton « reset » avant qu'on la rencontre.

— Okay.

Mac n'est ni idiote ni naïve, et je suis loin d'être convaincue qu'elle croie véritablement que ça marche ainsi, mais parfois, l'acte idiot et naïf est le seul que l'on soit capable d'entreprendre.

Elle a dû entendre l'inquiétude dans ma voix, car elle pose son verre et se penche vers moi.

— Je te promets que je ne cherche pas à te punir. Ça ne m'intéresse pas. J'essaie juste de trouver tous les moyens possibles pour accepter ce qui s'est passé.

Elle pose ses mains sur mes genoux et les presse.

— Je sais que je ne peux pas revenir en arrière et qu'on ne peut pas reprendre là où on s'est arrêtées, mais… c'est la semaine de mon anniversaire, alors je me fais plaisir.

Elle enfonce ses doigts dans ma cuisse.

— En fait, j'aimerais me faire encore plus plaisir.

Je me penche vers elle, m'attendant à un baiser passionné, mais ce n'est visiblement pas ce plaisir-là que Mac a en tête.

— Juste pour quelques minutes, j'aimerais remonter le temps et revenir sur les projets qu'on avait faits quand on s'est fiancées.

Je pose mes mains sur les siennes.

— Tu es sûre ?

Elle me regarde dans les yeux.

— Sûre.

— Dans ce cas, allons-y, dis-je, même si je n'ai pas bien compris ce qu'elle veut faire.

— Je voulais quatre enfants, mais j'aurais été heureuse avec trois.

— Je sais.

— Je rêvais d'une maison remplie de petites têtes blondes aux prénoms ignobles, comme Président ou Princesse.

Je secoue la tête.

— Nos enfants n'auraient jamais eu des prénoms pareils. Hors de question.

— On ne le saura jamais.

— Certes.

Mais tout de même.

— Après ton départ, je me suis accrochée trop longtemps à l'idée de cette famille imaginaire parfaite, explique-t-elle. Je voulais que ma vie se déroule d'une certaine manière et comme ce n'était pas le cas, je n'arrivais pas à changer de cap. J'aurais pu avoir un Président et une Princesse, mais je comprends aujourd'hui que ces enfants que je n'ai pas eus faisaient tous partie de cette grande vision que j'avais de mon avenir. Celle que je te reprochais d'avoir gâchée. Alors, je me suis jetée à corps perdu dans le travail et me voilà, vingt ans plus tard. Avec toi. La vie continue, quoi qu'il arrive et quels que soient les choix qu'on fait.

— En effet, nous voilà vingt ans plus tard.

Je la regarde dans les yeux, car je veux qu'elle comprenne bien ce que j'ai à dire.

— Je regrette de…

— Non.

Mac secoue la tête.

— Laisse-moi finir. J'ai besoin de t'expliquer, chérie.

Elle me sourit avec tendresse.

— Je n'ai pas besoin de énièmes excuses de ta part. Ce que j'essaie de dire, c'est que malgré mes choix ou mes erreurs, toutes les décisions que j'ai prises, quelle qu'en soit la raison, m'ont apporté une belle vie. Demande à n'importe qui, à n'importe quelle personne ici-bas, si son existence s'est déroulée comme il le voulait. Ce n'est pas ça, la vie. Oui, j'ai eu un chagrin d'amour. Tu m'as fait beaucoup de mal. Mais tu sais quoi ? Ça fait aussi partie de l'expérience. Ça m'a peut-être pris beaucoup de temps, mais je m'en suis sortie. Peu importe ce que ça m'a coûté, ça en valait la peine. Parce que, oui, nous voilà vingt ans plus tard. Il aurait pu se passer tellement de choses si nous étions restées ensemble. On aurait pu rencontrer Cherry plus tard. On aurait pu divorcer. On aurait pu ne pas avoir d'enfants. Ou on aurait pu être le couple le plus heureux du monde. Le fait est qu'on n'en sait rien. Mais on s'est retrouvées, et je suis peut-être lente sur certaines choses, comme les sentiments…

Elle s'interrompt pour me décocher un sourire béat.

— … comme t'oublier et vivre sans toi, et comprendre, quand je t'ai revue, que tout ce que je voulais, c'était être à nouveau avec toi, mais j'ai fini par y arriver.

— Je comprends maintenant pourquoi tu voulais venir ici.

Je me penche en avant jusqu'à ce que mon front repose sur le sien.

— Quoi qu'il arrive, conclut-elle, tu restes la bonne, Jamie. Tu l'as toujours été.

Mon cœur se réchauffe.

— Toi aussi, je murmure.

Mac porte sa main à mon menton et l'incline vers elle.

— Tu te souviens de ce que j'ai répondu quand tu m'as demandé de t'épouser ?

— Oui.

Un sourire se dessine sur mes lèvres à ce souvenir.

— Mille fois oui. Je réitère aujourd'hui. Au fait d'être avec toi.

— C'est bon à entendre.

Nous comblons la petite distance qui nous sépare et nous embrassons, avec le grondement des vagues dans les oreilles et une ribambelle de souvenirs, bons et mauvais, comme l'est la vie, dans le cœur.

CHAPITRE 33
MAC

J'ai embrassé Jamie à Maui. Je l'ai embrassée plusieurs fois depuis que je suis rentrée à Brooklyn, et maintenant je l'embrasse à Rockaway Beach, dans le Queens. Je suis dans tous mes états depuis le mariage de Sandra. J'ai perdu pied à maintes reprises, mais, comme tous les êtres humains, je me suis rétablie tout autant de fois. Je n'aurais pu le faire pour personne d'autre que pour elle, car la seule femme qui pouvait réparer mon âme était celle qui l'avait déchirée en lambeaux. Si je ne peux pas m'empêcher de l'aimer, de ressentir un profond réconfort et un grand contentement à ses côtés, alors je dois être avec elle. Je dois lui donner une seconde chance, je dois essayer. Je serais folle de ne pas le faire.

Jamie, à mon humble avis, est la femme qui embrasse le mieux de l'univers. Je ne vois pas d'autre explication. Personne ne m'a embrassée comme elle l'a fait. Aucun baiser ne m'a troublé comme le sien. Aucun baiser n'a changé le cours de ma journée, de ma vie, de mon existence comme le tout premier que nous avons échangé, dans ma chambre d'étudiante à l'université de New York.

À la fac, Jamie portait des jeans moulants et des vestes en

cuir et, déjà, une frange qui lui retombait devant les yeux. Quand je l'ai rencontrée à une fête, je n'arrivais pas à détacher le regard d'elle. C'était la fille la plus cool que j'avais jamais vue, et ce n'est pas peu dire quand on fait des études à New York.

Elle était tout le contraire de moi, l'athlète qui mène une vie d'ascète et qui a bien failli ne pas aller à la soirée organisée dans son propre dortoir, parce qu'elle avait un grand match à disputer deux jours plus tard. Le football a toujours été plus important que tout le reste, car sans ma bourse sportive, je n'aurais pas été à l'université de New York. Seulement, je n'aurais pas non plus rencontré Jamie.

Ma mère avait raison quand elle a déclaré que ce n'était rien de moins qu'un énorme miracle. Le fait que je sois ici, avec Jamie, plus de trente ans après l'avoir repérée à cette fête, lorsque nos regards se sont croisés pour la toute première fois et que nous n'avions pas la moindre idée de ce qui se passait, de ce qui allait être le début d'une grande histoire et de la façon dont ça allait façonner notre existence.

Ma vie ne s'est peut-être pas déroulée comme je le souhaitais, mais elle a suivi le cours qu'elle devait suivre. J'ai appris qu'il ne s'agit pas tant de surmonter les épreuves que de les vivre.

Plus encore, j'ai appris qu'il est possible pour un cœur de guérir. C'est peut-être la plus difficile des leçons, mais aussi la plus nécessaire. Car, il n'y a jamais de garantie. Je souffrirai encore, en revanche je ne choisirai plus le repli comme mécanisme de survie, même si le fait de fuir les relations m'a beaucoup apporté. J'ai couvert quatre Jeux olympiques, d'innombrables championnats du monde dans tous les sports possibles et imaginables. Je suis l'experte de ma nation en football féminin et masculin.

Lors de notre tout premier rendez-vous, Jamie a dit que j'avais une gueule faite pour la télé et, même si elle ne faisait que flirter, elle était dans le vrai sans le savoir à l'époque. J'ai vu se réaliser plus de rêves que je n'aurais jamais pu l'imaginer, des rêves dont je ne soupçonnais même pas l'existence. Des rêves différents de ceux auxquels je me suis toujours accrochée, mais des rêves merveilleux et inattendus.

J'ai travaillé dur et aimé avec prudence. Il est peut-être temps de renverser la vapeur. Je suis prête à, à nouveau, aimer aveuglément Jamie. À lui accorder ma confiance. C'est le seul moyen pour que ça marche. C'est la seule façon pour nous d'avoir, peut-être un jour, ce mariage que nous n'avons jamais eu. Au moins, ce seront de vraies noces, et non une cérémonie sans aucune valeur juridique. Nous serons épouses. Je serai la femme de Jamie Sullivan. Je serai tout ce que j'ai toujours voulu être : heureuse dans le travail comme en amour.

— J'ai apporté l'Engin, me murmure-t-elle à l'oreille.

Je souris, même si ce n'est pas ce dont j'ai envie là, tout de suite. Je veux seulement sentir son corps contre le mien. Sa langue. Ses doigts. Ses lèvres sur moi.

— Demain, peut-être, dis-je entre deux respirations rauques.

Jamie répond en m'embrassant à pleine bouche, en m'agrippant plus fort, en défaisant les boutons de ma chemise, en me poussant sur le lit. Nous nous embrassons, encore et encore, et parvenons à nous déshabiller en même temps. Ce n'est pas toujours comme ça, mais parfois, comme aujourd'hui, il y a une urgence dans nos ébats, comme si nous avions encore toutes ces choses à rattraper. Quoi qu'il en soit, nous ne pouvons pas revenir en arrière. Tout ce que nous pouvons faire, c'est profiter du temps que nous avons à présent et, espérons-le, des décennies qu'il nous reste à vivre ensemble.

Le corps de Jamie est collé au mien. Elle arrête de m'embrasser un instant et me regarde dans les yeux. Je la regarde à mon tour. Elle est toujours aussi sexy que la première fois que j'ai posé les yeux sur elle, quand j'étais convaincue qu'elle était trop bien pour moi. Jamie est une belle personne, peu importe les erreurs qu'elle a commises. Je lui pardonne tout, parce que je le veux, parce qu'elle est tout ce que j'ai toujours voulu.

Elle porte deux doigts à mes lèvres, et j'ouvre instinctivement la bouche. Délicatement, elle les glisse à l'intérieur et je fais tourner ma langue autour d'eux. Je les aspire, aussi profondément que j'aimerais les avoir en moi plus tard.

Avec rien d'autre que de la tendresse dans le regard, elle retire les doigts. Sa main passe entre mes jambes. Ses doigts caressent mon clitoris. Je retiens mon souffle. Ils descendent plus bas. Lorsqu'elle me pénètre, je sais que cela aussi continuera de guérir mon âme, cette alchimie entre nous que je n'ai jamais trouvée avec personne d'autre.

L'un des avantages de passer à la télé est de se faire draguer par des femmes toutes plus belles et intrigantes les unes que les autres. J'ai invité certaines d'entre elles dans mon lit, mais aucune n'a jamais réussi à me faire l'effet que me fait Jamie, parce que je ne les aimais pas comme je l'aimais, elle. Peut-être se sont-elles heurtées aux murs que j'ai érigés autour de moi et autour de mon cœur. Or, ça n'a plus d'importance. Ces murs sont tombés.

Depuis le début, depuis ce premier baiser à Maui, suivi de ce premier orgasme éclair et embarrassant, mon corps savait ce que mon cerveau n'était pas encore en mesure d'accepter. Jamie a toujours été la bonne. Il est temps que je me concentre sur ce que nous pouvons encore vivre plutôt que sur ce que nous n'avons pas vécu.

Pour l'instant, je ne pense qu'à ses doigts qui font de la sorcellerie en moi, comme s'ils possédaient à eux seuls le pouvoir de m'emmener, en quelques minutes, là-bas. Là où le plaisir est le plus grand. Parce que je la connais et qu'elle me connaît. Parce qu'il y a des choses que l'on n'oublie pas, quel que soit le temps que l'on passe séparés.

— Je t'aime, gémis-je, tandis qu'elle me fait jouir à nouveau, comme elle seule arrive à le faire.

CHAPITRE 34
JAMIE
UN AN PLUS TARD

Izzy est au piano et chante *A Breathless Place*. Les paroles me touchent au plus profond de mon âme, ou peut-être suis-je émue en raison de l'endroit où je me trouve, là où étaient Sandra et Tyrone il y a un an. Cette fois, c'est moi qui me marie. Cette fois, j'épouse vraiment Gabrielle Mackenzie.

Je regarde la petite assemblée que nous avons réunie. Nos familles et un petit groupe d'amis. Alan renifle comme s'il était à un enterrement plutôt qu'à un mariage. Charles l'entoure d'un bras. La tête de Sandra repose sur l'épaule de Tyrone. Puis mon regard se tourne inévitablement vers Mac, la femme que je vais épouser contre toute attente. Elle est magnifique dans son smoking blanc. Ses cheveux sont plaqués en arrière, comme j'aime. Ses chaussures sont d'un rouge éclatant.

— En guise de clin d'œil à nos retrouvailles, a-t-elle dit en me les montrant.

Je n'oublierai jamais à quel point elle était éblouissante dans cette robe rouge il y a un an, dans ce même lieu de villégiature. Comment elle a ôté ses chaussures pour cette balade impromptue sur la plage. Comment elle a relevé sa robe rouge pour pouvoir s'asseoir sur le sable avec moi. Comment tout a pris forme très lentement, avant de s'emballer tout d'un coup. Comment Mac et moi nous sommes remises ensemble, parce que notre place est aux côtés de l'une et l'autre. Nous avons dû surmonter tous les problèmes, et ils étaient nombreux, mais nous y sommes parvenues, car, cette fois, nous avons laissé l'amour l'emporter.

Un sourire étire mes lèvres lorsque je la regarde. Je vais vieillir aux côtés de cette femme, de cette belle personne qui illumine ma vie chaque jour.

La chanson se termine, et nous applaudissons. Je peux désormais qualifier Isabel Adler d'amie. Elle vient de chanter à mon mariage. Leila et elle sont charmantes, et j'ai eu la joie d'apprendre à les connaître durant l'année qui vient de s'écouler.

— C'est l'heure d'échanger les vœux, annonce le maître de cérémonie. Jamie, vous êtes la première.

L'homme me fait un signe de tête. Nous avons tout répété, sauf ça. Jusqu'à maintenant, Mac et moi avons gardé nos vœux pour nous.

Je lui prends les mains, la regarde dans les yeux, fais abstraction de ce qui m'entoure et me lance.

— Ma très chère Mac.

Ma gorge se serre déjà, mais je vais y arriver. Je prends une seconde pour respirer, puis recommence.

— Me tenir ici avec toi aujourd'hui est à la fois hautement improbable et parfaitement évident. Cette contradiction résume une grande partie de notre vie, ensemble et séparément.

Je marque une courte pause.

— T'épouser est le plus grand des honneurs, parce que tu es...

Les larmes me montent aux yeux.

— ... la femme la plus incroyable que j'aie jamais rencontrée. Tu es forte, brillante, belle. Tu es tendre, aimante et douée d'un pardon que je ne mérite peut-être pas, mais que tu me l'as accordé malgré tout. C'est peut-être cliché de dire que c'est le plus beau jour de ma vie, mais il égale presque celui où nous nous sommes retrouvées il y a un an pour le mariage de Sandra et de Tyrone, ici même, celui où je t'ai revue pour la première fois et où ma vie a changé du tout au tout. Comme ce jour où nous nous sommes rencontrées.

Je prends une respiration tremblante.

— On pourrait croire que toi et moi, nous ne devrions pas être ensemble, qu'il s'est passé trop de choses, que je t'ai fait trop de mal.

Bien qu'il eût été tentant d'ignorer le fait que j'ai brisé le cœur de Mac en mille morceaux, cela aurait été malhonnête de ma part, car cet acte a en grande partie fait de nous les femmes que nous sommes aujourd'hui, que nous le voulions ou non.

— Mais le fait que nous soyons ensemble, que tu veuilles toujours m'épouser, atteste du pouvoir de l'amour. Cet amour que nous partageons. Je te promets, devant tous ces gens ici présents, que je serai toujours l'épouse fidèle et aimante que tu mérites.

Mac cligne des yeux pour chasser ses larmes. Elle me serre les mains.

— Je suis tellement chanceuse et fière de pouvoir t'appeler ma femme. Je te remercie de m'avoir donné, et de nous avoir donné, une autre chance. Je ne l'oublierai jamais et je ne te négligerai plus. Je t'aime de tout mon cœur.

Un court silence s'installe, ponctué par les reniflements de nos proches. D'un geste, le maître de cérémonie invite Mac à prononcer ses vœux.

Elle s'éclaircit la voix.

— Si vous avez des papillons dans le ventre, invitez-les dans votre cœur, commence Mac, qui démarre fort. C'est ce que j'ai fait quand je n'ai plus été capable de nier que toi, ma chérie…

Mac me regarde dans les yeux. Elle est tellement plus douée que moi pour ce genre d'exercice. J'ai les jambes en coton.

— … es la raison de tous ces papillons ici.

Elle porte une main à son ventre.

— J'en suis venue à t'aimer à nouveau de tout mon cœur. Avec une passion que seuls les baisers, les regards et des années d'aventures à tes côtés peuvent exprimer.

Bon sang. Elle arrive remarquablement à l'exprimer, cette passion, contrairement à ce qu'elle vient de dire. Des larmes coulent sur mes joues, mais je ne prends même pas la peine de les essuyer. Ces larmes, cette émotion, c'est pour elles que nous sommes ici.

— Ce que tu m'as appris, ce que notre relation m'a appris, c'est qu'aimer c'est croire, même s'il est parfois difficile et toujours un peu fou de croire en l'autre, et pourtant nécessaire. Et je crois en nous, de tout mon être.

Mac prend le temps de ravaler des larmes.

— Après tout ce temps, tu restes la femme de mes rêves, et j'ai hâte de voir la réalité que nous pourrons enfin construire ensemble.

Mac rapproche nos mains.

— Donne-moi ta main, finit-elle, et je te donnerai la mienne pour toujours.

CHAPITRE 35
MAC

— Mes vœux faisaient pitié à côté des tiens, me souffle Jamie, *ma femme*, à l'oreille après la fin de la cérémonie.

— Ce n'est pas une compétition, chérie.

Je passe les bras autour de son cou.

— Si tu le dis.

Elle m'embrasse. Tout le monde nous acclame.

— Ton discours était si beau, ajoute-t-elle, avant de m'attirer dans ses bras. Presque aussi beau que toi.

Elle porte à nouveau les lèvres à mon oreille.

— Tu es une mariée ultra sexy, Gabrielle Mackenzie.

— Rectification. C'est Gabrielle Mackenzie-Sullivan maintenant, Jamie Mackenzie-Sullivan.

— Quelle grande gueule !

Elle m'embrasse sur la joue.

— Je t'appellerai Mac, si ça te va.

Je hoche la tête et prends une grande respiration. C'est fait. Jamie et moi sommes mariées. Mains jointes, nous passons devant notre famille et nos amis. Je vois beaucoup de joues mouillées de larmes et de mouchoirs froissés. En épousant

Jamie, je n'allais tout de même pas prononcer des vœux bateau. Nous sommes loin d'être un couple bateau.

Je l'ai demandée en mariage en cachant une bague dans la pâte qu'elle travaillait. Il y avait un risque qu'elle la mette à cuire au four, ruinant ainsi son pain et l'alliance, mais parfois, il faut savoir oser.

C'était l'une des premières miches de pain qu'elle préparait dans la maison new-yorkaise que nous avions achetée ensemble. Elle ne connaissait pas encore bien la cuisine, cherchant partout les ingrédients qu'elle avait rangés. Je m'attardais dans la cuisine et surveillais ses moindres faits et gestes.

— L'air de cette maison ne convient pas à ma pâte. Je ne sais pas ce qu'elle a !

Elle a enfoncé ses doigts dans la pâte, l'a soulevée, l'a examinée, puis l'a laissée retomber dans le saladier

— C'est la fin, chérie. De ma carrière telle que je la connais. Terminée, la sorcellerie.

Elle m'a souri. Elle savait très bien qu'elle exagérait.

— Tant que ça marche encore là où ça compte, ai-je rétorqué.

J'essayais de me calmer, mais mon cœur battait la chamade. Jamie était trop absorbée par sa pâte pour s'en apercevoir.

— Tu as vraiment l'esprit mal tourné, Mac.

Son visage s'est alors chiffonné.

— Qu'est-ce que c'est que ça ?

Ses doigts se sont enfoncés un peu plus dans la pâte.

— Il y a un truc là-dedans. Qu'est-ce que…

Elle a extrait la bague et est restée sans voix l'espace d'un instant. Elle l'a manipulée, enlevé le plus de matière collante possible. Elle m'a jeté un coup d'œil, puis elle a regardé l'anneau à nouveau. À ce moment-là, j'avais un sourire jusqu'aux oreilles.

— Est-ce que c'est ce que je pense ? a-t-elle bégayé.

J'avais la gorge serrée et je n'ai pu que hocher la tête.

— Tu me demandes en mariage ?

Sa voix était incrédule, même si nous venions d'acheter une maison ensemble, ce qui nous liait l'une à l'autre d'une autre manière.

J'ai hoché la tête encore une fois. Le sourire avait disparu de mon visage. Les larmes me sont montées aux yeux.

— Oh mon Dieu, Mac…

Jamie a tourné le regard vers moi.

— Mille fois oui !

Elle s'est précipitée dans mes bras et m'a regardé dans les yeux.

— Rien ne me rendrait plus heureuse que de t'épouser.

Elle a ravalé une boule dans la gorge.

— Même si tu as gâché une très bonne miche de pain pour ça.

Nous avons éclaté de rire, et le moment était parfait, car nous riions et pleurions en même temps, pour les meilleures raisons qui soient.

———

La fête bat son plein et, même si nous sommes les invitées d'honneur, Jamie et moi nous sommes éclipsées pour aller faire un tour sur la plage.

— Toi aussi, tu as une drôle d'impression de déjà-vu ? me demande-t-elle.

— La plus agréable au monde.

Il fait sombre et la pénombre cache partiellement ses traits, mais je n'ai pas besoin de voir son visage pour savoir à quel point elle est belle. Je connais chaque centimètre carré de sa figure et de son corps, son odeur.

Nous nous sommes fiancées suffisamment de temps en avance pour que nous puissions organiser un mariage à l'étranger. Cet acte deux a été court, moins d'un an, mais tellement intense.

— Si je me souviens bien, la dernière fois, j'étais défoncée à l'herbe, s'esclaffe-t-elle.

— Toi et tes mauvaises habitudes, dis-je sur un ton amusé.

— Hé !

Elle m'attire à elle.

— Je ne prends rien de tout ça à la légère. T'épouser, c'est la chose qui a le plus compté dans ma vie.

— Je sais.

Finalement, il a été facile de lui refaire confiance. Ce n'était plus elle, le problème. Quand je la regarde, je n'arrive même pas à comprendre comment j'ai pu la voir comme la femme qui avait brisé mes rêves, car, un an plus tard, elle a réalisé le plus grand d'entre eux. Parce qu'elle est celle qui devait partager ma vie. Vingt ans de séparation me l'auront appris.

— Je t'aime, Jamie.

— Je sais ce que tu as dû surmonter pour arriver à ce point de ta vie, poursuit-elle, pour m'épouser aujourd'hui. C'est la plus belle chose qu'on ait jamais faite pour moi.

— Non, non.

J'approche mon visage à quelques centimètres du sien.

— Le meilleur reste à venir, chérie.

À l'entendre, je lui ai pardonné ses erreurs uniquement pour faire son bonheur, seulement je me suis aussi fait le plus beau des cadeaux. Ne plus avoir à porter toutes ces angoisses et cette douleur, lâcher les vannes et la reconquérir par la même occasion a été la plus belle fleur que je me sois jamais faite.

— Je te crois.

Jamie colle le bout de son nez contre le mien.

— Tu sais pourquoi ?

Je sais ce qu'elle va dire, elle me l'a déjà dit une centaine de fois, mais je secoue quand même la tête, parce que c'est le jeu.

— Parce que je t'aime tout pain.

— Je t'aime tout pain aussi. Plus que tout.

Je ferme les paupières et l'embrasse.

À PROPOS DE HARPER BLISS

Harper Bliss est l'autrice de plus de quarante romances saphiques très populaires chez les amateurs anglophones du genre. Plusieurs de ses romances ont été traduites en français, dont *A propos de ce baiser* et *Une affaire de famille*.

Après avoir vécu à Hong Kong pendant sept ans, elle est revenue s'installer dans sa Belgique natale, où elle vit dans sa ville préférée avec son épouse, Caroline, et son chat, Dolly Purrton. Elle envisage d'ajouter un chien à la famille, du moins si Dolly le permet.

Harper adore être en contact avec ses lecteurs, que ce soit par email ou dans son groupe Facebook.

www.harperbliss.com
harper@harperbliss.com

ÉGALEMENT DISPONIBLES

Un amour malgré moi

Le Duo

Un baiser et tout a changé

Une affaire de famille

À propos de ce baiser

Sous nos étoiles

Un jour ma princesse viendra (avec Clare Lydon)